Raspberry Lane

MANYBERRIES

Impressum:
© 2020 way2 Verlag
Rosenweg 2, 5107 Schinznach

ISBN: 978-3-907270-08-0

Auflage: 1. Auflage
Coverdesign: Noëmi Caruso, way2 Verlag
Lektorat, Korrektorat: way2 Verlag

Wir können keine großen Dinge vollbringen –
nur kleine, aber die mit großer Liebe.

Kapitel 1

Madison wusste sofort, dass jemand in ihrer Hütte gewesen war. Sie hatte nicht aufschließen müssen - die nächsten Nachbarn waren um die zwanzig Meilen weit weg und die Türschlösser seit jeher nur Dekoration an ihrer Blockhütte. Doch noch ehe sie die Tür hinter sich geschlossen hatte, stellten sich ihre Nackenhärchen auf und in ihre Nase stieg der Duft von etwas Fremdem, Gefährlichem, was in der Luft hing. Sie hielt inne und lauschte, stoppte sogar den Atem, der in ihre Lungen floss. Das einzige Geräusch jedoch, das die Stille unterbrach, war das Rauschen des Baches, der gleich hinter ihrer bescheidenen Behausung durch den Wald floss. Obwohl die Ruhe, die sie kannte, Madison normalerweise innert weniger Minuten entspannen ließ, blieb diesmal ein ungutes Gefühl zurück und bevor sie die Tür hinter sich schloss, warf sie einen Blick zurück auf ihren geparkten Truck und die Auffahrt zu ihrer Blockhütte. Dann verriegelte sie die Tür von innen und schob sicherheitshalber die Kiste mit Brennholz vor den Eingang. Unbemerkt würde hier niemand eindringen, solang sie da war. Die junge Frau hoffte schwer, dass diese Maßnahmen ihr einen ruhigen Schlaf bescheren würden, doch insgeheim wusste sie es besser.

Zu lange hatte sie darauf gewartet, dass die Vergangenheit sie endlich einholen würde, zu oft hatte sie über die Schulter geschaut, ohne jemanden zu entdecken, der ihr folgte. Es war nur wenig erstaunlich, dass es jetzt passierte, wo sie sich endlich zu entspannen begonnen hatte. Mit fahrigen Bewegungen entkleidete sich Madison, faltete die Jeans und legte das Hemd aus grob gewebtem Stoff über die Stuhllehne, damit es bis am nächsten Morgen auslüften konnte. Bevor sie auch die Unterwäsche wechselte, trat sie ans Fenster und zog den dicken Vorhang davor. Dies hatte sie noch nie getan, denn seit dem Tag, als sie hier angekommen war, hatte sie sich sicher und geborgen gefühlt wie schon lange nicht mehr. Dass sie gedacht hatte, alles was je ihre Existenz bedroht hatte, hinter sich lassen zu können, erschien ihr jetzt lächerlich und naiv.

Madison hätte zwar nicht erwartet, dass es ihr gelingen wollte, doch als sie aus dem Schlaf hochschreckte, bemerkte sie verwundert, dass sie überhaupt eingedöst war. Einen Moment lang rieb sie sich die Augen und fragte sich, wieso das Mondlicht nicht in ihr Schlafzimmer fiel, als ihr mit dem Anblick des zugezogenen Vorhanges alles wieder einfiel. In diesem Moment bemerkte sie auch, weshalb sie überhaupt aufgewacht war: Ein Kratzen unter ihrem Fenster an der Hüttenwand erklang auch jetzt wieder. Es dauerte keinen Lidschlag lang, da hatte erneut eine Gänsehaut Madisons ganzen Körper überzogen. Mit einer langsamen Bewegung griff sie nach der Flinte neben ihrem Kopfkissen. Sie hätte gern behauptet, dass diese erst seit gestern Abend dort lag, doch tatsächlich hatte sie seit ihrer Ankunft hier in der Hütte trotz aller Geborgenheit nicht eine einzige Nacht ohne ihre Waffe geschlafen. Dies obwohl seit zwei Jahren außer ihr diese Hütte nicht eine einzige Menschenseele betreten hatte. Ein Kloß bildete sich in Madisons Kehle, als ihr diese Tatsache bewusst wurde und sie auf dem Bauch zum Fenster robbte. Mit Daumen und Zeigefinger hob sie den Vorhang ein wenig an, die Flinte in der anderen Hand. Wer immer um die Hütte schlich, hier draußen würde sie das auf ihre Art regeln und niemand würde erfahren, was passiert war oder dass sie überhaupt nächtlichen Besuch gehabt hatte.

Nervös biss sich Madison auf die Unterlippe. Ob sie wirklich tough genug sein würde, tatsächlich auf einen Menschen zu schießen, das wusste sie nicht mit Sicherheit. Eher bezweifelte sie stark ihren eigenen Mut. Der Platz hinter ihrer Hütte, auf dem sie Holz hackte und manchmal ihre Jagdbeute an große Eisenhaken hängte, war vom Mondschein hell beleuchtet. Eine klare Nacht ließ zu, dass man sogar Schemen zwischen den Bäumen erahnen konnte. Doch auf den ersten Blick war nichts Verdächtiges zu sehen und Madisons Atem verlangsamte sich wieder. Hatte, wer immer sich um die Hütte schlich, entdeckt, dass sie den Vorhang angehoben hatte? War aufgefallen, dass sie aus dem Fenster sah? Erneut erklang das Kratzen. Sie zuckte zusammen, schauderte. Dann, einige endlos scheinende Augenblicke später entdeckte die junge Frau, was das Geräusch verursachte und sie aus dem Schlaf gerissen hatte. Direkt unter ihrem Fenster trieb sich ein kleiner Schwarzbär herum und schien gerade drauf und dran, ihre Hütte einreißen zu wollen. Der Größe nach zu schließen konnte es sich nur um ein älteres Jungtier handeln, das einen seiner ersten Streifzüge ohne Eltern unternahm. Ein leises Schmunzeln schlich sich auf Madisons Lippen. Einem solchen Besucher konnte sie nicht lange zürnen. Dennoch hob sie langsam die Hand und öffnete das Fenster. Dann richtete sie die Flinte auf den Nachthimmel, entsicherte sie, lud und schoss ohne genauer zu zielen. Das Tier zuckte zusammen, brummte empört und nahm dann die Beine in die Hand, um in den Wald zu fliehen. Es sah dermaßen drollig aus, wie der Bär sich zurückzog, dass ein kleines Lächeln auf Madisons Lippen erschien. Sorgfältig schloss sie das Fenster wieder und zog den Vorhang zu. Die Flinte legte sie zurück auf ihren Platz, nachdem sie sich vergewissert hatte, dass sie richtig gesichert war. Sie war froh, dass es nur ein Bär gewesen war, der ihr den Schlaf geraubt hatte und sie hoffte, dass er nicht so bald wieder kommen würde, zu seinem und ihrem Besten. Dennoch fand sie in dieser Nacht keinen Schlaf mehr.

Am nächsten Tag machte sich Madison fertig, um in die Stadt zu fahren, doch schließlich griff sie zu ihrem Satellitentelefon, kurz bevor sie das Haus verlassen und zu ihrem Truck gehen wollte.

„Gracies hier“, erklang die fröhliche Singsangstimme ihrer Arbeitgeberin.

„Grace, hier ist Madison. Ich werde heute nicht zur Arbeit kommen können. Ich… ähm.. ich bin erkältet“, sie räusperte sich. Seit ihrer Ankunft hier hatte sie sich vorgenommen, nur noch aufrichtig zu ihren Mitmenschen zu sein, doch es fiel ihr beim besten Willen keine bessere Entschuldigung ein und kaum dass sie sie ausgesprochen hatte, kam sie sich schäbig vor.

„Madison. Was immer los ist, ich hoffe du kommst damit klar. Sonst sag, wenn ich jemanden zu dir hochschicken soll“, ihre Chefin Grace hatte ihr die Lüge keine Sekunde lang abgekauft und es fühlte sich irgendwie gut an, dass ihre Freundin Bescheid zu wissen schien.

„Danke“, stieß Madison mit belegter Stimme heraus, bevor sie die Verbindung kappte. Nur schon dieses Satellitenteil zu haben, war schon teuer genug. Es dann auch noch zu benutzen war schon fast Luxus, aber hier draußen funktionierte keine andere Verbindung zur Aussenwelt. Internet kannte Madison seit drei Jahren nur aus den kurzen Kaffeepausen bei Gracies, wenn nicht zu viele Gäste das Wlan besetzten.

Mit einem tiefen Seufzer schloss Madison die Haustür hinter sich. Sie war unschlüssig, ob sie tatsächlich abschließen sollte, oder ob dies sowieso vergebliche Liebesmüh gewesen wäre. Sie tat es dann doch und ging, ohne sich noch einmal umzublicken zu ihrem Truck. Dieser schien die Wichtigkeit ihrer Mission zu spüren und sprang ausnahmsweise sofort an. Kies spritzte auf, als sie aus der Einfahrt brauste. Aus irgendeinem unerfindlichen Grund hatte Madison das Gefühl, sich beeilen zu müssen. Sie bog in den Waldweg ab, dann noch einmal und nach einer knappen Meile kam eine tote Holzfällerstraße, in der sie den Truck abstellte. Nachdem sie diesen sorgfältig abgeschlossen hatte, überzeugte sie sich kurz, dass ihr niemand gefolgt war und auch nicht ein verirrter Jäger oder Wanderer in der Nähe sie beobachtet hatte. Dann drehte sie sich um und joggte den Weg zurück, den sie gekommen war.

Danach saß sie stundenlang auf der Ofenbank in ihrer

Hütte, ohne sich zu rühren. Wer durch die Fenster oder durchs Schlüsselloch spähen würde, konnte sie in ihrer Ecke nicht entdecken und die geladene Flinte auf ihrem Schoß gab Madison ein zusätzliches Gefühl von Sicherheit. Erst in den frühen Morgenstunden, als sie sich im Bett hin- und her gewälzt hatte, war sie zum Entschluss gelangt, dass sie sich nicht länger würde in die Opferrolle fügen, wenn sie doch ebenso gut diejenige sein konnte, die den ersten Schritt machte. Bisher kam sie sich allerdings nicht vor, als würde sie irgendwelche Schritte machen, sondern es fühlte sich mehr so an, als würde die Luft in der Hütte mit jeder Minute dünner und als hätte sie Grace vergeblich belogen. Was wenn ihre Sinne ihr einen Streich gespielt hatten? Was wenn sie sich geirrt hatte und das Gefühl vom gestrigen Abend bloß eine Ausgeburt ihrer sowieso empfindlichen Nerven gewesen war? Madison begann langsam, sich für ihre überstürzte Reaktion zu schämen.

„Du solltest dir wenigstens einen Hund zulegen, wenn du schon ganz alleine da oben in dieser Hütte hausen möchtest“, hatte Grace ein ums andere Mal gesagt und Madison jedes Mal darauf hingewiesen, wenn in der Gegend jemand Hundewelpen abzugeben hatte - vergeblich.

„Ich bin schon froh, wenn ich mich nur um mich selbst kümmern muss. Außerdem ziehe ich nicht in die Einsamkeit um mir dann einen nervtötenden Kläffer zuzulegen“, Madison kannte nur die kleinen giftigen Hunde ihrer Freundinnen aus Portland, die nichts konnten, außer den lieben langen Tag hysterisch zu bellen und sich im Hundesalon von dieser Meisterleistung zu erholen. Doch in diesen Augenblicken, als sie alleine reglos auf der

Ofenbank saß und Löcher in die Luft starrte, erschien Madison der Gedanke an einen tierischen Begleiter nicht mehr ganz so blöd. Mit Sicherheit wäre niemals jemand ungebeten in ihr Heim eingedrungen, wenn ein kompetenter Wachhund während ihrer Abwesenheit dort gewartet hätte.

Es dämmerte bereits und der Tag war verflogen, ohne dass Madison auch nur etwas gegessen hätte. Einmal war sie aufgestanden und ins Bad gegangen, doch mit offener Tür und Flinte in der Hand hätte ihr niemals etwas entgehen können. Tatsächlich schämte sich Madison langsam, für diesen verschwendeten Tag ihre Freundin Grace im Stich gelassen zu haben und war gleichzeitig froh, dass niemand außer ihr von all dem hier jemals erfahren würde. Man käme leicht auf den Gedanken, sie wegen Paranoia in die Klapse zu stecken und Madison hätte es nicht einmal abstreiten können. Müde vom Nichtstun rieb sie sich die Schläfen. Gerade als sie aufstehen wollte, um sich etwas zu essen zu machen, kratzte etwas vor ihrer Hütte am Boden. Sofort spannte sich ihr ganzer Körper an und sie lauschte aufmerksam. War es wieder der Bär von gestern Abend, der anscheinend aus dem Warnschuss nichts gelernt hatte? Vielleicht war er hungrig und verstand nicht, wie er sich selbst Nahrung beschaffen konnte? Dann jedoch, ganz, ganz langsam, ging die Türfalle ihrer Tür nach unten. Madison hatte das Geschehen von ihrer Ofenbank aus bestens im Blick, ohne dass der Eindringling sie sofort entdecken würde. Die Tür knarrte leise, als sie aufschwang. Geschmeidig wie eine Katze erhob sich die junge Frau halb von ihrem Sitzplatz, umklammerte die Flinte mit beiden Händen.

„Guten Abend Joey“, sagte sie im selben Augenblick, als ein großer, dürrer Typ ihre bescheidene Behausung betrag. Zur Salzsäule erstarrt, blickte ihr der grobschlächtige Mann entgegen. Er musste laut Madisons Erinnerung auf die vierzig zugehen, doch seine vernarbte Gesichtshaut und die schlechte Farbe seines Teints ließ ihn um einige Jahre älter wirken. Der Geruch, der von ihm ausging verriet schon im ersten Augenblick genug über seinen Lebenswandel. Madison musste einen Würgreiz unterdrücken.

„Madison, Schätzchen“, krächzte er heiser. Obwohl sie es nicht erwartet hatte, schien er nüchtern zu sein. Verlegenheit stahl sich auf seine Züge. Anscheinend war es auch für ihn keine Gewohnheit in die Behausungen anderer Leute einzudringen.

„Für dich genügt Madison“, knurrte sie unerfreut und fragte sich, was er hier wollte. Insgeheim hatte sie gehofft, es wäre nur Joey, doch gleichzeitig hatte sie ihn nicht für dreist genug eingeschätzt, dass er sie nach allem, was passiert war, hier aufsuchte.

„Was willst du hier?“ Sie hätte ihn auch darauf hinweisen können, dass man normalerweise anklopfte, bevor man Haus oder auch Grundstück einer anderen Person betrat, doch sein unsteter Blick und die fahrigen Bewegungen seiner Hände hielten sie davon ab, weiter darauf herumreiten zu wollen.

„Hast du mich denn gar nicht vermisst?“, wollte er wissen und schenkte ihr einen Blick, der wohl treuherzig oder mitleidserregend sein sollte. Ekel war das einzige Gefühl, das Madison empfinden konnte bei seinem Anblick. Sie schüttelte gelassen den Kopf.

„Kein bisschen Joey. Das weißt du. Was immer uns jemals verbunden hat, ist schon längst in deinen Lügen und deiner Trinkerei ertrunken“, gab sie zurück und als sie diese Worte aussprach, fiel Madison auf, dass sie das nicht weiter störte. Sie war nun seit drei Jahren in Kanada und hatte endlich gelernt, all dies hinter sich zu lassen und vor allem mit sich selbst glücklich zu werden. Joey jetzt vor sich zu sehen, als Schatten des Mannes, den er einst gewesen war, bekräftigte sie nur in der Richtigkeit ihrer Entscheidungen.

„Ich hab nicht den ganzen Tag Zeit Joey. Also, was willst du?“, tatsächlich hatte sie heute auf der Arbeit blaugemacht, nur um diesen Typen zu treffen und eigentlich nichts besseres vor, doch in seiner Gegenwart erschien ihr jede Minute, jedes Wort, verschwendet und sinnlos.

„Darf ich nicht vorbeikommen und dich besuchen, wenn mir dein schöner Anblick fehlt“, fragte er, weiterhin mit einschmeichelnder Stimme. Madison schüttelte den Kopf. Sie hatte gedacht, sie wäre schwerer zu finden als der amerikanische Präsident im Urlaub, aber entweder hatte sie sich getäuscht - oder er hatte wirklich hartnäckig gesucht.

„Ich denke nicht, dass das nötig ist Joey, also sag, was du möchtest.“

„Komm mit mir zurück nach New York“, bat er schließlich und versuchte sich erneut, die Hände knetend, an einem bittenden Blick.

„Niemals wird das geschehen, Wenn du nüchtern wärest, wüsstest du das", erklärte Madison und bemühte sich weiterhin, die gelassene Fassade aufrecht zu erhalten, auch wenn sie innerlich tobte wie ein Orkan im Winter.

„Schau dich um, Madison. Das ist doch kein Leben. Du versauerst hier. Niemand gehört mehr in die Stadt als du, also warum bist du noch hier?" Nun verlegte sich Joey darauf, ihr aktuelles Leben schlecht zu machen. Die beste Methode, es sich mit Madison endgültig zu verscherzen, denn auch wenn sie als Portlander-Stadtpflanze hierher gekommen war, hätte sie dieses Leben für kein Geld der Welt mehr eingetauscht. Langsam erschien ihr Joeys Drängen sowieso verdächtig. Zuletzt gesehen hatte sie ihn, wie er sich von zwei Blondinen in einer Tiefgarage hatte oral befriedigen lassen. Es hatte nicht den Anschein gemacht, als wäre sie unentbehrlich in seinem Leben und auch jetzt glaubte sie noch nicht daran, dass sich dies geändert hatte.

„Ich verzichte dankend, Joey. Mir geht es hier besser denn je mit dir in New York", diesen Seitenhieb konnte sie sich nicht verkneifen. Rasch überquerte er die Distanz zwischen ihnen, achtete nicht auf die Flinte in ihrer Hand und legte die Hand auf ihren Arm.

„Du musst hier weg, Madison. Ich bitte dich", sein Blick flackerte hin- und her. Irgendwie machte er einen verwirrten Eindruck auf die junge Frau, die gleichzeitig unwillkürlich den Atem anhielt, um seinen schlimmen Geruch nicht einatmen zu müssen. Seine eindringliche Stimme war langsam beängstigend und Madison warf einen raschen Blick in den Raum, um ihr Satellitentelefon zu orten. Nicht nahe genug, um ihr im Ernstfall behilflich sein zu können, doch ein Gefühl sagte ihr, dass dieser Typ harmlos war.

„Ich habs kapiert Joey. Wie lange dauert es nun, bis du kapierst, dass ich nicht mehr am Start bin? Dass ich hier bleibe und du aus dieser Tür und aus meinem Leben spazieren sollst?“, Madison spürte leichten Ärger in sich aufsteigen. Längst hatte sie keine Angst mehr und sie wusste auch, dass sie dies vor Joey nicht mehr zu haben brauchte. Sein jämmerlicher Zustand sagte alles aus darüber, wie er sein Leben gelebt hatte, seit sie ihm und Portland den Rücken gekehrt hatte.

„Du verstehst nicht, Madison. Du bist in Gefahr, wenn du länger hierbleibst. Glaube mir, bitte“, er klang richtig verzweifelt und schien noch nicht bereit, aufzugeben.

„Die einzige Gefahr ist, dass ich langsam die Geduld verliere. Möchtest du das wirklich riskieren?“, erneut schielte Madison zum Schießeisen hinüber und überlegte sich, ob sie ihn vielleicht damit irgendwie dazu bewegen konnte, endlich einen Rückzieher zu machen.

„Nein, so höre mir doch zu. Während du weg warst, sind in New York viele Dinge passiert. Ich hatte einige Schwierigkeiten, so ganz ohne dich. Du hast mir ziemlich fest gefehlt. Dann bin ich leider mit den falschen Leuten in Kontakt gekommen und einige Unglücksfälle haben dafür gesorgt, dass ich einigen ganz üblen Typen Geld schulde. Ziemlich viel Geld. Leuten, mit denen wirklich nicht zu spaßen ist. Und naja in einem schwachen Moment habe ich diesen Kerlen erklärt, dass sie hier finden werden, was sie suchen. Ich hatte gerade erst dank der Webseite von der Pension, in der du deine Tage verbringst, herausgefunden, wo du lebst und ich war sauer, dass du dich so lange nicht bei mir gemeldet hattest und einfach untergetaucht bist. Das verstehst du doch? Ich war betrunken, weißt du. Es war nicht böse gemeint Madison. Und jetzt habe ich dich ja gewarnt“, erklärte er treuherzig zum Abschluss, während ihm nicht auffiel, dass die junge Frau ihn mit offenem Mund anstarrte. Ihre Augen waren geweitet, Schweiß stand auf ihrer Stirn und ihre Stimme zitterte vor Aufregung und Wut.

„Du hast was getan?“ Sie schrie beinahe, doch es fiel ihr nicht auf.

In diesem Augenblick wurde die Tür mit einem Poltern eingetreten und ein schweres Paar Holzfällerstiefel trat in den sowieso schon beengenden Raum. Überrascht blickte Madison auf, in ein Gesicht, das sie noch nie gesehen hatte.

Kapitel 2

„Was?“, perplex musterte Madison den Typen, der in ihre Hütte getreten war, als ob er hier zu Hause wäre. Noch überraschter jedoch schaute Joey aus der Wäsche und Madison beschloss, den Moment auszunützen. Sachte aber bestimmt begann sie, ihn am Oberarm in Richtung der nun sperrangelweit offen stehenden Tür zu schieben.

„Was geht hier vor?“, der Fremde stellte sich so vor die Tür, dass Madisons Vorhaben nicht gelingen konnte.

„Ich habe alles im Griff“, behauptete sie und ihr fiel auf, wie unglaublich grün seine Augen waren. Es schien, als ob er den kanadischen Wald darin eingefangen hätte. Faszinierend, aber gerade irrelevant. Ganz und gar irrelevant.

„Belästigt Sie dieser Typ, Miss?“, fragte der Eindringling und nahm den Hut vom Kopf, sodass sie einen Blick auf eine schwarze Lockenpracht werfen konnte. Sie zuckte mit den Achseln.

„Haben Sie nicht gehört? Ihre Hilfe wird hier nicht gebraucht“, knurrte Joey nun aufsässig und im Licht, das durch die Tür hereinfiel erkannte Madison, dass seine Augen noch mehr glänzten als zuvor schon. Unnatürlich irgendwie - und krank.

„Sei still“, entgegente sie in seine Richtung und schenkte dem Fremden ein Lächeln. Sie liebte es, dass in diesem Land jeder für jeden da zu sein schien, auch wenn sie diesen Typen noch nie gesehen hatte. An diese Augen hätte sie sich mit Sicherheit erinnert. Er erwiderte das Lächeln und es kräuselte seinen Dreitagebart zu lustigen Fältchen rund um die Mundwinkel.

„Dieser Typ hier wollte sowieso gerade gehen. Nicht wahr - Joey?“, sie betonte seinen Namen und deutete dann auf die Tür. Ihr Blick fiel auf die geballten Fäuste des Fremden und Joey schien dies im selben Moment zu registrieren. Er knurrte noch einmal dumpf und machte dann auf dem Absatz kehrt - um tatsächlich zu verschwinden. Verblüfft starrte Madison ihm hinterher. Das hätte sie so nicht erwartet. Eine große Erleichterung durchflutete sie. Das war nicht ganz so schwer gewesen wie erwartet. Das leise Misstrauen, das in ihr wuchs, als sie Joey zusah, wie er tatsächlich ihr Grundstück mit langen Schritten verließ, ohne sich noch einmal umzusehen, drängte sie beiseite.

Dann war sie plötzlich alleine mit dem Fremden.

„Danke für Ihre Unterstützung. Bei dem Typen handelt es sich um eine Bekanntschaft aus meiner Vergangenheit, die ich nur ungern hätte wiederaufleben lassen. Ich bin froh, dass er weg ist“, erklärte sie und lächelte ihn erneut an, in der Hoffnung, dass er auch diesmal das Lächeln erwidern würde. Doch er trat nur einen Schritt näher auf sie zu und blickte sie ernst an, musterte sie von Kopf bis Fuß, als sähe er sie jetzt zum ersten Mal.

„Dieser Typ ist nicht ungefährlich. Sein verschlagener Gesichtsausdruck hat mir ganz und gar nicht gefallen. Er hat Ihnen sicher nichts angetan?“, erkundigte er sich und die tiefe Stirnfalte ließ ihn gleich viel älter aussehen, als er wahrscheinlich war.

Sie schüttelte den Kopf, weiterhin lächelnd.

„Es ist alles in Ordnung, wirklich. Allerdings habe ich von ihm einige Informationen erhalten, die ich besser auf ihren Wahrheitsgehalt überprüfen werde." Im selben Augenblick biss sie sich auf die Zunge. Wieso war sie bloß so eine Plaudertasche und wie zur Hölle kam sie dazu, einem völlig Fremden diese Sache anzuvertrauen. Zerknirscht blickte sie ihn an und zum ersten Mal seit einer ganzen Weile schlich sich ein leichtes Schmunzeln in sein Gesicht.

„Gibt es jemanden, mit dem du über diese Sache sprechen kannst? Ich denke es ist nicht von Vorteil, wenn du hier draußen alleine haust und dann auch noch in Gefahr bist, dass dieser schräge Vogel zurückkehren wird." Es erstaunte Madison, dass er auch jetzt, wo seine Hilfe offensichtlich nicht mehr gebraucht wurde, nicht aufzuhören schien, sich Sorgen zu machen. Einen Moment lang ging sie im Kopf durch, mit wem sie sich seit ihrer Ankunft hier in Kanada näher unterhalten oder angefreundet hatte. Die Anzahl der in Frage kommenden Leute war überschaubar, ließ sich an einer Hand abzählen. Madison dachte an Grace, einige andere Leute, die sie von der Arbeit kannte, fing wieder vorne an und schloss einen nach dem anderen aus. Niemanden von ihnen kannte sie gut genug oder wollte sie mit ihren Problemen belasten.

Der Fremde räusperte sich - offensichtlich erwartete er eine Antwort. Hastig nickte sie.

„Ja, ja, klar", log sie und spürte gleichzeitig eine leise Traurigkeit in sich aufsteigen. Viel weiter als bei ihrer

Flucht aus den Vereinigten Staaten war sie offensichtlich nicht gekommen, zumindest was ihr Sozialleben anbelangte. Der Mann ihr gegenüber schien sie dummerweise genau zu durchschauen - er zog eine Augenbraue hoch und musterte sie eindringlich.

„Nun gut", meinte er dann und zuckte mit den Achseln.

„Dann werde ich hier nicht länger gebraucht", stellte er fest und streckte ihr die Hand entgegen.

„Hat mich gefreut", meinte er. Madison versuchte sich noch einmal an einem Lächeln und nahm seine Hand. Sein Händedruck war kräftig und warm, seine Hand ein wenig rau. Ein kleiner Schauer kroch Madisons Arm entlang und siedelte sich irgendwo in ihrer Magengegend an. Er blickte ihr in die Augen, während er sich verabschiedete und sie wartete vergeblich darauf, dass er ihr Lächeln erwidern würde. Viel zu schnell verfolg er Moment und er war zur Tür hinaus im Wald verschwunden.

Nach diesem Tag brauchte Madison erstmal einen Kaffee und so beschloss sie dennoch, bei Gracies vorbeizufahren. Theoretisch hätte sie sich auch auf dem alten Gasherd Wasser aufbrühen und mit dem ekligen Instantpulver mischen können, doch so tief gesunken fühlte sie sich doch noch nicht. Außerdem würde es ihr gut tun, bekannte Gesichter zu sehen und über andere Dinge zu tratschen und quatschen als das, was ihr gerade widerfahren war. Gleichzeitig ließ der Gedanke an den Fremden in ihrer Hütte sie nicht los und sie hatte die Hoffnung, gerade an ihrem Arbeitsplatz wo der gesamte Klatsch und Tratsch von Manyberries zusammenkam, mehr über ihn erfahren zu können. Gleichzeitig fragte sie sich, ob es nicht sinnvoller wäre, das Ganze einfach zu vergessen. Doch Joeys Worte und die Warnung des Fremden schien ständig in ihrem Kopf nachzuhallen. Egal wie sie es drehte oder wendete, tatsächlich war es nicht möglich, einfach zu ignorieren, was Joey von sich gegeben hatte, auch wenn sie sich unter den Umständen fragen musste, wie viel Wahrheit tatsächlich in seinen Aussagen steckte. Auch im Wagen in die Stadt schwirrten diese Gedanken unablässig durch Madisons Kopf, doch sie wurden sofort zurück in die Gegenwart katapultiert, als sie am Stadtrand von einem Polizisten angehalten wurde. Die Hauptstraße war gesperrt. Ein ungutes Gefühl beschlich Madison und sie überlegte krampfhaft, ob sie irgend ein städtisches Ereignis vergessen oder verpasst hatte, das vielleicht eine Straßensperrung erforderte. Beim besten Falle wollte ihr nichts einfallen und sie kurbelte mühsam das Fenster herunter, als der Officer der städtischen Polizei, Mr Camden, an ihr Auto trat.

„Miss Parker", begrüßte er sie und tippte sich freundlich an die Mütze. Sie lächelte.

„Guten Abend Officer Camden", sie wollte gerade nachfragen, als er schon von selbst zu einer Erklärung ansetzte.

„Vor dem Pub hat sich ein Unfall ereignet. Noch können wir nichts genaueres bekanntgeben, aber wir sind Ihnen sehr dankbar, wenn Sie Ihren Wagen hier irgendwo stehenlassen und zu Fuß weitergehen. Außer Sie haben etwas Schweres zu Tragen, Miss?" Dass er aufrichtig besorgt war und in ihren Wagen spähte, um herauszufinden ob sich darin vielleicht große Einkäufe oder ein Möbelstück verbarg, rührte Madison irgendwie, besonders nach diesem schrecklichen Tag. Es war definitiv richtig, hier zu sein, wo sich die Menschen noch umeinander sorgten und Gedanken machten, wie es ihren Nächsten ging. Sie schüttelte den Kopf.

„Ich gehe gerne zu Fuß", erklärte sie dann und wendete, nach einem erneuten Gruß an Officer Camden, ihren großen Wagen und parkte ihn am Straßenrand in Fahrtrichtung nach Hause. Die Abendluft war kühl, aber angenehm, sodass Madison ihr dünnes Jäckchen auf dem Beifahrersitz liegen ließ und flotten Schrittes an der Absperrung vorbei zu Gracie marschierte. Einige Meter weiter unten, vor dem Pub, standen weitere Polizisten und auch ein Krankenwagen war da. Was Madison am meisten beunruhigte war jedoch der weiße Pavillon, der auf dem Gehsteig aufgebaut war. Er konnte kaum etwas Gutes verheißen, wenn etwas verbergen musste vor den Augen neugieriger Zuschauer. Einen Moment lang hing Madison ihren Gedanken nach, beobachtete die Szene, bevor sie sich davon losriss und die Tür zu Gracie schwungvoll aufstieß.

„Madison", Grace kam ihr entgegen, balancierte einen vollen Korb mit Wäsche vor sich und schenkte ihr einen erstaunten Blick.

„Hallo", grüßte die Angesprochene mit leicht zerknirschter Miene. Gracie lächelte und enthüllte dabei eine Reihe weißer Zähne, die durch eine große Lücke zwischen den Schneidezähnen unterbrochen wurde.

„Mit dir hatte ich heute nicht mehr gerechnet. Deine Schicht ist außerdem schon rum“, sie klang nicht unfreundlich, zu Madisons unendlicher Erleichterung. Niemals hätte sie Joey verziehen, wenn seine Mätzchen sie in Schwierigkeiten gebracht hätte oder in Ungnade bei ihrer Vorgesetzten. Besonders jetzt wo sie endlich seit Jahren einen Platz gefunden hatte, an dem sie länger als einige Wochen bleiben wollte.

„Es tut mir leid, Grace“, beteuerte sie aufrichtig und ein Blick in die Augen der älteren Frau verriet ihr, dass sie sich keine Sorgen zu machen brauchte. Grace, von der niemand ihr genaues Alter kannte, zwinkerte ihr aus den geschminkten Augen zu.

„Morgen brauche ich dich wieder - alles andere ist unwichtig. Aber wenn du nicht zum Arbeiten da bist, nehme ich an, du kannst einen Kaffee gebrauchen?“, es war weniger Frage denn Feststellung und sie ging bereits zur Rezeption hinüber, hinter der ein Kaffee-Vollautomat mit gefühlten hundert Funktionen stand. Madison hatte zwei Wochen gebraucht, um zu lernen, welche Tasten sie bei welchem Kundenwunsch zu drücken hatte und dass dies der beste Kaffee war, den es in ganz Manyberries zu trinken gab. Obwohl nebst dem Gracie ein Pub und ein Restaurant zur Verfügung stand, kamen viele Einheimische hierher, um einfach schnell einen Kaffee zu genießen, wenn sie gerade Pause oder Feierabend hatten. Schon vor dem Frühstück waren die wenigen Plätze in der kleinen Eingangshalle von Gracie besetzt mit Kaffeetrinkern. Jetzt sprang die Maschine mit dem altbekannten Summen an, Grace stellte eine große Tasse darunter und wartete bis sie zu zwei dritteln voll war. Dann hielt sie sie unter den Milchschäumer und stellte sie schließlich schwungvoll vor Madison ab. Diese lehnte sich an den Tresen der Rezeption.

„Strenger Tag gehabt?“, Grace lehnte sich auf der anderen Seite gegen den Computertisch und musterte Madison von oben bis unten. Sie konnte ihre Neugierde kaum zügeln, das konnte man ihr an der Nasenspitze ablesen, doch sie war zu anständig, um weniger subtil zu fragen. Madison nickte schließlich, nachdem sie einen Moment lang nachgedacht hatte. Dass sie nicht wirklich krank war, hatte ihre Chefin schließlich schon am Morgen früh durchschaut.

„Ich werde morgen wieder pünktlich da sein, versprochen“, beteuerte sie erneut, obwohl sie längst wusste, dass Grace ihr nicht grollte. Und wenn sie doch ein wenig sauer war, dann bloß weil sie hinter Madisons Abwesenheit eine spannende Story witterte und in diese offensichtlich nicht eingeweiht wurde.

„Ich hatte - unerwarteten Besuch“, platzte sie schließlich heraus. Sie konnte es genau so wenig aushalten wie Grace und wusste, dass diese nicht einfach weitererzählen würde, was passiert war, wenn Madison dies nicht wünschte. Diese entschloss sich trotz ihres Mitteilungsbedürfnisses für eine Kurzfassung - wer konnte schon sagen, wie viel wahr war an dem was Joey gesagt hatte. Sollte etwas davon stimmen, konnte es verheerende Folgen haben, wenn die falschen Personen davon Wind bekam, dass sie getratscht hatte. Also erzählte sie nur kurz, dass Joey aufgetaucht war und dann erwähnte sie in einem Nebensatz den Fremden, der plötzlich in ihre Hütte geplatzt war. Grace horchte auf und musterte Madison aufmerksam.

„Dieser Fremde - hat er dir einen Namen genannt?", wollte sie wissen. Gleichzeitig bemühte sie sich wieder um einen gleichgültigeren Gesichtsausdruck. Madison musste innerlich grinsen. Ihre Chefin war eine Meisterin des Tratsches und doch so gut zu durchschauen. Dennoch schüttelte sie den Kopf und wunderte sich, dass keiner von ihnen beiden auf die Idee gekommen war, sich vorzustellen.

„Sonst etwas, das dir an ihm aufgefallen wäre, das uns vielleicht weiterhilft?" Grace war nun ganz in ihrem Element, das irgendwo zwischen Detektivarbeit und Seelsorgerin lag. Erneut schüttelte Madison den Kopf, doch dann stutzte sie.

„Er hatte eine Axt bei sich", fiel ihr plötzlich auf. Am Vormittag war ihr dies nicht weiter seltsam vorgekommen, doch jetzt wurde ihr klar, dass er die Axt stets bereitgehalten hatte, ganz so als ob er durchaus bereit wäre, diese auch zu benutzen. Sie schauderte einen Augenblick.

„Äxte benutzen hier alle und zwar ständig, Kleines. Kein Grund zur Sorge", Grace schüttelte den Kopf, wie sie es manchmal tat, wenn sie Madison darauf aufmerksam machen wollte, was für eine naive Städterin sie doch war. Madison nahm ihr dies nicht übel, sondern war bloß erstaunt, wie leicht es ihrer Chefin einmal mehr fiel, sie und ihre Gefühlslage zu durchschauen.

„Wirst du uns jetzt wieder verlassen, Madison?", erklang plötzlich eine piepsige Stimme unter dem Tresen, an den die junge Frau sich gelehnt hatte. Mit einem Scheppern stieß sie vor lauter Schreck ihren frisch aufgebrühten Kaffe um, bedsudelte ihre Kleidung und stieß daraufhin einen leisen, verärgerten Schrei aus.

„Finlay“, kreischte Grace und zog an den Haaren einen kleinen, strohblonden Jungen unter dem Tresen hervor.

„Du sollst nicht lauschen - und erst recht sollst du uns nicht einen solchen Schrecken einjagen“, tadelte sie und reichte Madison einen Stapel Servietten, um das gröbste Malheur zu beseitigen.

„Hast du dich verbrüht, Liebes?“, erkundigte sie sich besorgt. Madison schüttelte rasch den Kopf.

„Nein, nein, das nicht. Nur ein bisschen erschreckt. Du solltest dich den Leuten schon zeigen, bevor du sie ansprichst“, das Letzte ging in Finlays Richtung, der zerknirscht unter seinen viel zu langen Stirnfransen hervorschielte.

„Außerdem werde ich nicht einfach verschwinden - mach dir keine Sorgen. Dazu habe ich euch alle und die Stadt hier viel zu sehr ins Herz geschlossen“, mal abgesehen davon war die Hütte bis zum heutigen Tag das zu Hause gewesen, in dem sie sich am wohlsten gefühlt hatte von allen Wohnungen und Häusern, die sie in den letzten Jahren seit ihrer Flucht aus Portland bewohnt hatte. Bis zum heutigen Tage… Madison wusste nicht, wie sie in dieser Nacht auch nur ein Auge zutun würde. Sie richtete ihre Gedanken wieder auf Finlay, der ziemlich zerknirscht aus der Wäsche schaute.

„Tut mir leid“, murmelte er und kam sogleich mit einem großen Geschirrtuch hinter dem Tresen hervor gewuselt. Seine Augen blickten irgendwie traurig drein, sodass es Madison schon fast leid tat, ihn ebenfalls geschimpft zu haben, auch wenn dies in einiges liebevollerem Ton geschehen war als bei seiner Tante Grace.

„Ich verschwinde kurz und bringe das hier in Ordnung“, sie deutete zuerst auf ihre Kleidung und dann auf die Toilette.

In dem kleine, holzgetäferten Raum blieb sie vor dem Spiegel stehen und betrachtete sich selbst, während sie tief durchatmete. War es möglich, dass dieser Tag noch verrückter wurde? Normalerweise liebte sie den kleinen Finlay, der so zu sagen der gute Hausgeist bei Gracie war. Der Sohn ihrer Chefin hatte eine genauso dubiose Herkunft wie Grace selbst, sie spach nie über ihn, sein bisheriges Leben oder gar seinen Vater. Dennoch wurde er von allen Angestellten der Pension ebenso wie von allen Gästen und eigentlich allen Einwohnern von Manyberries abgöttisch geliebt und verwöhnt. Bei den vielen Süßigkeiten, die er zugesteckt bekam, war es ein großes Wunder, dass er weiterhin so klein und schmächtig blieb. Gleichzeitig war er stets auf Zack, ging manchmal den Zimmermädchen zur Hand, half in der Küche mit oder kümmerte sich um den Garten, dass nicht länger in Frage stand, wo die ganzen Kalorien blieben. Daneben hatte er stets Zeit, den Ladenbesitzern an der Hauptstraße täglich einige Besuche abzustatten und sogar manchmal bis zu den drei Farmen hinauszulaufen, wo er ebenfalls empfangen wurde, als sei er da zu Hause. Für sein junges Alter - er war erst acht - war Finlay erstaunlich seltsam. Es kam regelmäßig vor, dass Grace zu Feierabend angerufen wurde und irgendwo hin fuhr, wo sie ihren Spross wieder aufgabelte, dass er etwas Anständiges zu Abendessen bekam und pünktlich im Bett landete. Eine Schule gab es in

Manyberries auch, doch Finlay würde sie nur noch drei Jahre besuchen können, bevor die Entscheidung anstand, ob er an eine weiterführende Schule in die Stadt musste - wo er dann auch wohnen würde - oder ob er doch Heimunterricht bekommen würde wie viele andere ältere Kinder in Manyberries.

„Alles okay?", nachdem Madison ihre Kleidung notdürftig gesäubert und die Toilette aufgesucht hatte, trat sie wieder zu Grace an den Rezeptions-Tresen. Ihre Chefin war damit beschäftigt, den Schlüsselkasten zu ordnen und zu säubern. Inzwischen hatte sich ein weiterer Gast eingefunden und bereits eine dampfende Tasse Kaffee vor sich. Madison nickte in Grace' Richtung und warf dem Polizisten von der Seite einen Blick zu. Es war nicht Officer Camden, den sie zuvor getroffen hatte, sondern ein neues Gesicht, das sie in Manyberries noch nie gesehen hatte.

„Guten Abend Miss", begrüßte er sie und hob die Mütze. Sie lächelte ihn an.

„Guten Abend Officer", sie konnte den Namen auf seinem Revers nicht lesen, da er am entgegengesetzten Ende des Tresens saß und die betreffende Körperseite von ihr abgewandt war.

„Officer Peters hier stammt aus Calgary. Er wurde nach Manyberries gerufen, um bei einem sehr speziellen Fall mitzuwirken, wie er mir gerade erzählt hat. Angeblich soll auf der Straße vor dem Pub jemand ermordet worden sein", flüsterte Grace, aber dennoch war sich Madison sicher, dass ihre Chefin laut genug war, dass auch der Officer aus der Stadt sie verstehen konnte. Ermordet?

Die junge Frau war sich sicher, dass Grace übertrieb. Die Kleinstadt Manyberries im Süden Albertas war kein Ort, an dem Menschen eines gewaltsamen Todes starben. Die meisten, die nicht erst im hohen Alter das Zeitliche segneten, wurden Opfer der rauen kanadischen Natur, begegneten einem Bären, verunglückten beim Holzfällen oder erfroren im Winter im Schnee.

„Callum Peters", der Mann kam hinüber, setzte sich neben Madison und steckte ihr die Hand entgegen. Er war auf den ersten Blick außerordentlich gutaussehend mit seiner glatten Haut, die nur von wenigen dunklen Bartstoppeln geziert wurde, und den blauen Augen, die ernst dreinblickten aber dennoch den Anschein machten, als könnte man mit ihrem Besitzer auch herzhaft lachen.

„Madison Parker", die junge Frau war erstaunt, dass er sich ihr vorstellte, doch sein Händedruck war warm und fest, eine Hand, auf die man sich im Notfall verlassen konnte.

„In Manyberries ist heute Nachmittag ein Unbekannter verstorben. Dies ruft automatisch die Kriminalpolizei auf den Plan und wir sind die dafür zuständige Dienststelle. Da Fälle soweit abseits der Zivilisation für die meisten gestandenen Officers nur unangenehme Nebenerscheinungen unseres Berufes sind, schicken sie junges Gemüse wie mich in die Wildnis und stellen mich zugleich vor die Aufgabe, gestandenen Polizisten wie Officer Camden zu erklären, dass sie die Leitung dieses Falles einem Greenhorn wie mir überlassen müssen", er klang keineswegs unbeschwert, doch der leise Humor in seinen Worten machte ihn Madison zugleich sympathischer.

„Ihnen ist heute nicht zufällig eine fremde Person in Manyberries aufgefallen, Miss Parker?“, erkundigte er sich sogleich, als er ihr Interesse bemerkte. Madison schluckte und sie wusste auch ohne Spiegel, dass ihre Gesichtsfarbe irgendwo zwischen leichenblass und tomatenrot schwankte.

„Also doch?“ Er las anscheinend in ihrer Miene wie in einem offenen Buch und die junge Frau ärgerte sich. Wenn dies nebst Grace einfach jedem x-beliebigen Stadtpolizisten gelang, dann musste sie definitiv an ihrer Mimik arbeiten, wenn sie sich nicht komplett blamieren wollte.

Sie nickte.

„Ich hatte heute Besuch von einem Mann aus meiner Vergangenheit. Er ist extra aus Portland angereist, doch da er nicht hier bei Gracies abgestiegen ist, habe ich leider keine Ahnung, wo Sie ihn finden könnten.“ Sie hatte beschlossen, dass es am Besten war, ehrlich zu berichten, was sie wusste. Sie befürchtete, dass er sie sowieso sofort durchschauen würde, wenn sie probierte, ihm eine Lügengeschichte aufzutischen. Außerdem kannte er ja nicht ihre Beziehung zu Joey und musste sie auch nicht erfahren.

Kapitel 3

„Ich muss Sie bitten, mich heute Nachmittag im Leichenschauhaus von Medicine Hat zu treffen. Noch haben wir niemanden gefunden, der den Toten allenfalls identifizieren könnte und das wäre sehr wichtig für den weiteren Verlauf der Ermittlungen", erklärte der Officer. Dabei stand er aufrecht vor Madison, als hätte er einen unsichtbaren Faden am Hut angenäht, der ihn mit der Decke verband und ihm verbot, sich einen Haltungsfehler zu erlauben.

Madison erblasste und griff nach der Theke. Hinter sich konnte sie Grace' Schritte hören, dann war ihre ältere Freundin an ihrer Seite.

„Schh, Schätzchen, es ist alles gut. Sicher nur eine Formalität. Und garantiert ist es nicht dein Bekannter, der da im Leichenschauhaus liegt", sagte sie und drückte ihre Hand. Madison blickte von Grace zu Officer Peters. Die Erwartung in seinem Blick ließ sie stocken. Es ging nicht um die Fahrt nach Medicine Hat, die über eine Stunde ihrer Zeit auffressen würde. Es ging auch nicht darum, dass sie fürchtete, dass Joey etwas zugestoßen war. Es war nur so, dass er der einzige Mensch im Umkreis von Manyberries war, der am heutigen Tage in Gefahr geschwebt hatte, eines gewaltsamen Todes zu sterben. Und insgeheim war er genau der Mensch gewesen, dem sie es in den letzten paar Stunden einige Male gewünscht hatte.

„Ich kann Sie auch gerne hier abholen und wieder nach Hause bringen, wenn Ihnen das lieber ist, Miss

Parker", meldete sich wieder der Cop zu Wort. Madison blinzelte und ihre Augen richteten sich erneut auf ihn. Sie war froh, dass er so enorm geduldig war - die Situation überforderte sie in diesem Augenblick maßlos.

„Das wäre nett", gab sie deswegen zu, auch wenn es ihr unangenehm war, sein Angebot anzunehmen, nachdem sie sich gerade mal fünf Minuten kannten. Er nickte.

„Ich treffe Sie nach dem Mittag hier - in Ordnung?" Er klang so bestimmend, selbstsicher und dennoch war sein Auftreten genau das, was Madison in diesem Augenblick ein kleines bisschen Sicherheit schenkte.

Sie warf einen unsicheren Blick zu Grace, da sie ja immerhin an diesem Nachmittag noch arbeiten musste. Der Plan war sogar gewesen, einige zusätzliche Stunden aufzuholen, die sie am Tag zuvor versäumt hatte.

„Das muss doch sein, Mädchen. Nun mach dir mal um uns hier keine Sorgen. Wir kommen ganz gut klar und so viele Stunden wie du bisher auf deinem Konto gesammelt hast, darfst du dir ruhig ein paar Stunden freinehmen", erklärte Grace ruhig und entspannt. Sie war die ganze Zeit mit irgendwelchen Aufräumarbeiten beschäftigt, doch Madison wusste ganz genau, dass sie jedes Wort ihrer Unterredung mit Officer Peters mitbekommen hatte. Diesmal jedoch störte die Neugierde ihrer Chefin Madison nicht weiter, sondern sie war dankbar für deren Verständnis.

„Danke", meinte sie dann auch, als Officer Peters das Gracies verlassen hatte, um sich um andere Details zu kümmern.

„Kein Problem Liebes. Ich hoffe einfach, es handelt

sich dabei um irgendeinen anderen Fremden. Anscheinend hat die Polizei bisher niemanden getroffen, der sagen konnte, um wen es sich bei dem Toten handelt.“

„Womit die Wahrscheinlichkeit steigt, dass es doch Joey ist. Was mich auch nicht weiter wundern würde - er war nicht unbedingt jemanden, den man auf Anhieb ins Herz geschlossen hat. So wie ich das sehe, gab es ziemlich viele Menschen, die ihn lieber unter als über der Erde gesehen hätten.“ Madison fragte sich insgeheim, was die Aussicht, dass Joey Barlett tot sein könnte, in ihr auslöste. Ein Schaudern kroch ihr über den Rücken, den Nacken und die Arme. Sie schüttelte sich.

„Wie traurig, wenn man fast annehmen muss, dass tatsächlich jemand aus dem eigenen Bekanntenkreis dazu prädestiniert ist, ermordet zu werden“, bemerkte Gracie mit verdüsterter Miene. Madison fragte sich schon lange, was ihre Chefin hierher nach Manyberries verschlagen hatte, doch es war offensichtlich, dass dieser die Sache mit Joey - was immer sie in der Vergangenheit erlebt haben mochte - dennoch nahe ging.

Sie zuckte mit den Schultern, versuchte gleichgültig zu wirken.

„Eigentlich hatte ich nicht erwartet, überhaupt jemals wieder etwas von ihm zu sehen oder zu hören. Er ist allerdings ein Überlebenskünstler und es würde mich auch nicht weiter wundern, wenn er es nicht wäre, den ich heute Nachmittag zu sehen bekomme. Bisher hat er den Kopf noch immer aus der Schlinge gezogen, ganz egal wie eng sie sich schon zugezogen hatte.“

„Aber wer ist es dann?“, sinnierte Grace nachdenklich

und starrte aus den breiten Fenstern neben dem Eingang. Auf der Straße hasteten einige Menschen vorbei, die meisten hielten sogar inne und winkten, wenn sie Grace und Madison entdeckten. Auch Madison kannte inzwischen fast jedes Gesicht aus Manyberries, was bei einer Bevölkerung von unter 500 Seelen auch nicht verwunderlich war. Auf der einzigen Hauptstraße kam fast jeder irgendwann vorbei und zu einem Kaffee und Plauderstündchen bei Gracies sagte auch niemand nein.

Die Zeit des Rätselns verging viel zu schnell und nach einem hastig heruntergeschlungenen Pausenbrot stand Officer Peters bereits wieder vor der Rezeption. Madison hatte sogar vollkommen vergessen, sich umzuziehen, beschloss dann aber, dass auch die einfachen Arbeitsklamotten ihren Dienst tun würden. Schließlich ging sie weder zu einem Date noch zu einer Beerdigung und da sie noch nie eine Leiche hatte identifizieren müssen, konnte man ihr auch nicht vorwerfen, sie wüsse sich nicht passend zu kleiden. Der Kriminalpolizist verschwendete dann auch keinen Blick auf ihre Kleidung, sondern führte sie mit einem Lächeln zu seinem großen Geländewagen, mit dem er in der Stadt angekommen sein musste. Das Fahren des Polizeiwagens überließ er augenscheinlich noch immer seinem lokalen Kollegen, Officer Camden und dessen Team. Ein kurzer Blick die Straße hinunter, bevor Madison ins Auto stieg, verriet ihr, dass das Zelt und die Absperrung vor dem Pub wieder verschwunden waren. Was immer dort geschehen war, würde nun auf den Schreibtischen der Polizisten aufgearbeitet werden.

„Bereit?“, riss der Officer sie aus ihren Gedanken. Zerstreut gurtete sie sich an und nickte dann.

Innerlich hatte Madison gedacht, sie hätte sich gewappnet auf was immer sie erwartete. Immerhin würde sie so oder so einen toten Menschen zu sehen bekommen – etwas was ihr trotz der Vergangenheit in Portland bisher immer erspart geblieben war. Sie hatte gehört, es würde einen für immer verändern, eine Leiche zu sehen. Sie hatte gelesen man würde nie wieder diesen Ablick der Totenstarre vergessen. Sie hatte gedacht, es würde etwas bringen, zu lesen oder hören oder im Fernsehen aufzuschnappen. Doch im Augenblick, als sie der aufgebahrten Gestalt gegenüberstand, war es, als würde mit einem lauten Poltern ein Stück ihres Herzens abbrechen. Sie hatte ihn schon lange nicht mehr geliebt und auch der Hass war in den vergangenen drei Jahren seit ihrer Flucht aus Portland verblasst und hatte sie schließlich in den Wäldern Kanadas losgelassen.

Jetzt allerdings Joey als totem Mann gegenüberzustehen war ein unglaublicher Schrecken, der die junge Frau wanken ließ. Sofort traten der Gerichtsmediziner und der Pförtner, der Madison und den Officer eingelassen hatte, an ihre Seite, doch Mr Peters war schneller.

„Dann ist er es also", murmelte er leise. Sie nickte, presste die Lippen aufeinander, unfähig etwas zu sagen. Er hielt ihren Arm fest und strich mit dem Daumen über ihre Hand, die zu zittern begonnen hatte.

„Das wäre schon alles, Miss. Entschuldigen Sie bitte die Umstände, die Sie sicher sehr erschüttern müssen. Wir werden Ihnen gerne einige Tage zur Erholung gönnen, bevor wir Sie zu diesem Fall befragen. Allerdings werden

Sie nicht darum herumkommen, uns Rede und Antwort zu stehen. Zudem wären wir froh, wenn Sie bis auf Weiteres den Bundesstaat nicht verlassen würden und sich bereithalten, falls wir mit Fragen auf Sie zukommen."
Es klang alles furchtbar offiziell und ein wenig wie die Krimiserien, die Madison in Portland angeschaut hatte, bevor sich ihr eigenes Leben in eine Krimiserie verwandelt hatte.

Sie nickte bloß, unfähig, etwas zu sagen. Der Gerichtsmediziner trat ein wenig näher.

„Sollten Sie mit einem Psychologen reden wollen, Miss…" Sie unterbrach ihn mit einem Kopfschütteln.

„Ich komme schon klar", murmelte sie und ging dann unaufgefordert auf den Eingang zu. Ihr erschien es, als würde sie es keine fünf Minuten länger in dieser Halle voller Tod und Verwesung aushalten, ohne mit Schreien anzufangen. Draußen wartete sie am Wagen des Officers und begann alsbald in der Hitze des Spätsommers von Alberta zu schwitzen. Sie trug noch immer ihre Arbeitskleidung, unbequeme Schuhe inklusive, und hätte sich die Sachen am liebsten gleich hier auf dem Parkplatz vor dem Leichenschauhaus vom Leibe gerissen. Daheim würde sie hinter ihr Hütte ein großes Feuer machen und die Kleidung verbrennen. Grace würde sie verstehen, oder es gar nicht erst bemerken, da sie jeden Mitarbeiter dermaßen großzügig mit Arbeitskleidung ausstattete, dass man damit mehrere Jahre auskommen konnte.

„Alles in Ordnung bei Ihnen, Miss?" Es waren erst einige Minuten vergangen, in denen Madison ans Auto gelehnt gewartet hatte, als der Officer aus dem Eingang trat. Sie nickte.

„Es ist bestimmt ein Schock für Sie, Ihren Bekannten hier so zu sehen“, meinte er mitfühlend und legte die Hand auf ihren Arm. Ihr erster Reflex war, ihn abzuschütteln, doch dann merkte sie, dass es sich gar nicht mal schlecht anfühlte. Im Gegenteil war es, als würde Ruhe aus seinem in ihren Körper übergehen und das Zittern, das sie gefangen gehalten hatte, ließ langsam nach. Sie nickte.

„Wir hatten uns lange nicht gesehen. Insgeheim hatte ich nach unserer gemeinsamen Vergangenheit, die nicht ganz glücklich geendet hat, nicht erwartet, ihn überhaupt wiederzusehen. Er war sozusagen dazu prädestiniert auf irgend eine unnatürliche und grausame Art und Weise vorzeitig zu enden. Das wusste ich schon lange vor dem heutigen Tag und aus diesem Grund haben sich damals auch unsere Wege getrennt. Ich wollte nicht Teil dieser Abwärtsspirale sein, in der er schon längst gefangen war.“ Es erstaunte Madison, dass es ihr dermaßen entspannt gelang, über Joey und ihre Vergangenheit zu sprechen, besonders gegenüber einem vollkommen Fremden. Sie standen sich noch immer auf dem Parkplatz gegenüber, Officer Peters mit diesem unglaublich besorgten Blick, dem Madison nicht standhalten konnte. Das Zittern und das ungute Gefühl in ihrem Magen verstärkte sich sowieso von Minute zu Minute.

„Ich bin froh, dass wir immerhin die Identität des Toten so rasch aufklären konnten. Es wird dennoch wichtig sein, dass Sie diese Sachen auch bei der Zeugenbefragung erzählen, Miss Parker. Ich weiß, wie schmerzhaft dies für Sie sein muss. Sollte ich Ihnen in irgendeiner Form behilflich sein können, zögern Sie nicht, sich an mich zu wenden, in Ordnung?“

„Ich wäre froh, wenn wir zurück nach Manyberries fahren könnten“, gestand sie schließlich, als sie es nicht länger aushielt. Seine netten Worte machten die ganze Sache fast schlimmer, denn sie war gewohnt, alleine zu kämpfen und dieses ehrlich gemeinte Mitgefühl war völlig neu für die junge Frau. Er nickte verständnisvoll, ohne noch etwas zu sagen und öffnete ihr die Autotür. Dankbar ließ sie sich auf den aufgeheizten Ledersitz fallen. Die Arbeitskleidung klebte inzwischen mehr als nur ein bisschen an ihrem verschwitzten Körper und Madison freute sich, als Mr Peters die Klimaanlage aufdrehte.

Es war lange still zwischen ihnen. Ihr fiel auf, dass er ab und an einen Seitenblick auf sie warf, ansonsten fuhr er ruhig und wortlos aus Medicine Hat hinaus und auf die Landstraße, auf der sie irgendwann nach Manyberries kommen würden.

„Wo leben Sie, solange sie an diesem Fall arbeiten?“, erkundigte sie sich nach einer Weile mit einer Mischung aus Höflichkeit und Neugierde. Viele Möglichkeiten, in Manyberries unterzukommen gab es nicht, außer er kannte irgendjemanden dort, der ihn auf seiner Couch schlafen ließ. Ausserhalb von Manyberries zu übernachten war zwar eine Option, würde aber automatisch einen längeren Arbeitsweg für ihn bedeuten. Blieb nur eine Möglichkeit.

„Ich habe heute morgen ein Zimmer bei Gracies reserviert. Wir werden uns also in der nächsten Zeit noch einige Male über den Weg laufen“, erklärte er und zum ersten Mal seit ihrem Aufbruch von der Leichenschauhalle begegneten sich ihre Blicke. Er schien ehrlich erfreut über diese Tatsache und lächelte, während Madison nur zaghaft die Mundwinkel hob. Ihr fiel auf, dass er beim Lächeln ein lustiges Grübchen in der Wange bekam, welches ihn gleich viel jünger aussehen ließ. Dass ihn das plötzlich ungemein sympathisch wirken ließ, verwirrte die junge Frau. Rasch wandte sie den Blick ab und starrte aus dem Fenster, wo die trockene Prärielandschaft Südalbertas vorbeiflitzte. Der Herbst zeigte sich bereits in vielen Anzeichen und es würde der Natur guttun, wenn einige Regengüsse und Herbststürme über das Land fegten. Madison war jetzt seit fast drei Jahren hier und noch immer hatte sie sich nicht entschieden, welche Jahreszeit ihr am Besten gefiel. Urplötzlich fiel ihr wieder der Fremde ein, der gestern in ihrer Hütte gestanden hatte. Ob er wohl das ganze Jahr draußen verbrachte? Genau so hatte er ausgesehen. Noch immer fragte sie sich insgeheim, ob es nicht schön wäre, ihn noch einmal zu sehen und sich vielleicht persönlich bedanken zu können. Immerhin hätte die Szene mit Joey auch ganz anders ausgehen können, wenn der Fremde nicht gewesen wäre. Joey. Plötzlich fiel Madison ein, dass nicht nur sie gestern, sondern auch dieser andere Kerl Joey getroffen hatte. Was wenn sich die beiden noch einmal über den Weg gelaufen waren und es vielleicht Streit gegeben hatte? Konnte es sein, dass der Fremde…? Siedend heiß fiel ihr ein, dass es genau solche Informationen waren, die Mr Peters von ihr haben wollte.

„Ist alles in Ordnung, Miss?“, erkundigte sich dieser just in dem Augenblick. Madison schluckte. Konnte der Typ Gedanken lesen? Nun gut, wenn er nicht zumindest über ein gewisses Einfühlungsvermögen verfügt hätte, wäre er wohl kaum bei der Kriminalpolizei gelandet. Sie nickte.

„Alles Bestens“, erklärte sie und erst dann fiel ihr ein, dass die Frage vielleicht auch darauf bezogen gewesen war, dass sie gerade eine Leiche hatte identifizieren müssen. In diesem Zusammenhang hörte sich ihre Entgegnung fast ein wenig pietätslos an.

„Ich meine…“, versuchte sie zu retten, was zu retten war, doch er winkte ab.

„Ich verstehe schon“, sagte er warmherzig und als sie ihn erstaunt von der Seite anblickte, erkannte sie an seinen entspannten Gesichtszügen, dass er es tatsächlich so meinte.

„Danke“, murmelte sie und widmete sich wieder der vorbeiziehenden Landschaft vor ihrem Fenster. Obwohl Medicine Hat eine Stunde von Manyberries entfernt war, kannte sie die Strecke in- und auswendig, denn alles was nicht nach Manyberries geliefert und dort in dem kleinen Supermarkt verkauft wurde, musste man in der größeren Stadt im Norden kaufen. Kleidung und speziellere Kosmetik suchte man beispielsweise in ihrer neuen Heimat vergeblich, ebenso exklusivere Esswaren wie Sojasauce oder Fisch. Meist wenn Madison die Gelüste aus ihrer Großstadt-Zeit überkamen, nahm sie auch eine Einkaufsliste von Grace und manchmal gleich noch von anderen Dorfbewohnern mit. Sie hätte auch jederzeit ihre Bestellungen jemandem mitgeben können, doch die Fahrten machten ihr Spaß und sie hatte damit das Gefühl, der Gemeinschaft, die sie so offen aufgenommen hatte, etwas zurückgeben zu können. Medicine Hat war nur ein Bruchteil dessen, was Portland gewesen war, doch ab und an dorthin zu kommen, erinnerte sie sogleich an alles, was sie an der Stadt nicht vermisste und heilte sie sozusagen von allfälliger Sehnsucht.

Nach einer Weile - die Stadtgrenze von Manyberries lag nun nur noch wenige Meilen entfernt - unterbrach der Officer die Stille, die sich im Auto ausgebreitet hatte. Das GPS-Gerät verriet ihm ihre Ankunft in weniger als zehn Minuten. Madison hatte nichts gesagt, als er das Teil eingeschaltet hatte und nun war sie sogar froh darüber gewesen, dass die Computer-Stimme an ihrer Stelle die Wegbeschreibung übernommen hatte. Zu Anfang hatte sie sich gewundert, bis ihr eingefallen war, dass er ja erst am heutigen Tage frisch aus Calgary gekommen war. Einen Kanadier, der sich nicht auskannte, hatte sie sonst nämlich noch nie getroffen.

„Jetzt müssen Sie mir aber erklären, wie ich Sie nach Hause bringen kann“, bat Mr Peters. Madison schreckte aus ihren Gedanken auf.

„Sie können mich da absetzen, wo Sie mich mitgenommen haben“, entschied sie spontan. Vom Gracies würde sie auch alleine nach Hause finden.

Kapitel 4

Nach dem Ausflug nach Medicine Hat war es Madison zuerst besser erschienen, sich direkt in der Nähe ihrer Hütte absetzen zu lassen. Allerdings hatte sie am Morgen schließlich ihren Wagen bei Grace stehenlassen und hätte sonst am Tag darauf einen gar weiten Arbeitsweg zu Fuß gehabt. Außerdem empfand sie es nach diesem aufwühlenden Nachmittag als zu intim, dem Polizisten aus Calgary zu zeigen, wo sie wohnte. Nicht dass sie sich geschämt hätte, aber nach dem gestrigen Besuch von Joey kam ihr die Hütte sowieso schon gewissermaßen entweiht vor und so wollte sie lieber später alleine nach Hause fahren. Ein kurzer Kaffee bei Grace würde ihr wohl nach diesem Nachmittag gut tun.

„Du kommst gerade rechtzeitig, Liebes." Madison seufzte innerlich und wappnete sich gegen die neugierigen Fragen ihrer Chefin. Doch diese blieben aus, da stattdessen ein Computerproblem das gesamte Buchungssystem der Pension lahmgelegt hatte und zwei Pärchen an der Rezeption auf das gebuchte Arrangement warteten. Madison überließ Grace die Versorgung der Gäste, die sich bei einem Kaffee und einem Stück Kuchen sogleich ein wenig entspannten, während sich die junge Frau selbst hinter den Computer klemmte und das Problem zu beheben versuchte.

Es dauerte dann über drei Stunden und inzwischen war auch die Zeit, die sie eigentlich hätte arbeiten müssen, bereits rum. Dies fiel ihr erst auf, als sie den Kopf hob und direkt in die Augen von Officer Peters blickte.

„Ich wusste nicht, dass Sie heute noch arbeiten“, erklärte er, während sie nach seinem Schlüssel suchte. Sie zuckte mit den Schultern.

„Ich auch nicht, aber wenn Not am Mann ist, springe ich gerne ein“, erwiderte sie und sie deutete auf den Computer.

„Außer Madison kann keiner von uns das Teil richtig bändigen.“ Grace ging vorbei mit einer großen Kiste voller sauberer Wäsche. Der Polizist lächelte ihr hinterher.

„Es ist schön, wenn eine Pension eine gute Seele hat wie sie“, meinte er, als sie außer Hörweite war. Madison drehte sich um, doch Grace war schon im Lift verschwunden. Sie nickte.

„Sie ist wirklich ein Goldstück“, stimmte sie ihm zu.

Er räusperte sich.

„Ich bin allerdings nicht gekommen, um mich über Ihre tolle Vorgesetzte zu unterhalten.“ Er schien richtiggehend verlegen. Madison blickte ihn verwirrt an, während sie ihm den passenden Schlüssel reichte.

„Ich wollte fragen, ob ich Sie zum Abendessen einladen darf“, klärte er sie auf, als er ihren verständnislosen Blick bemerkte.

„Oh“, machte sie, gedehnt aber hoffentlich nicht zu überrascht. Er blickte fast ein wenig ängstlich drein, was Madison wiederum zum Lächeln brachte.

„Ich bin hier gleich fertig. Allerdings hätte ich mich ganz gern zuvor geduscht und umgezogen. Bei diesen Kleidern hier habe ich das Gefühl, dass sie nach - sie wissen schon - heute Nachmittag riechen", druckste sie herum und war gleichzeitig erstaunt, weil sie bemerkte, dass sie tatsächlich Lust hatte, mit ihm Essen zu gehen.

„Soll ich Sie doch noch nach Hause fahren?", schlug er vor, doch sie schüttelte rasch den Kopf.

„Ich habe alles hier. Das Einzige was ich brauche ist eine halbe Stunde Zeit", lächelte sie. Dass er sich so eifrig bemühte, berührte sie und tat ihrer geschundenen Seele nach diesen zwei aufregenden Tagen mehr als nur gut.

Einige Minuten später stand sie unter dem heißen Strahl der Dusche im Mitarbeiterquartier. Zwei wunderschöne kleine Hotelzimmer hatte Grace nur für sich und ihre Angestellten eingerichtet, sodass solche, die längere oder doppelte Schichten übernahmen, sich zwischendurch hinlegen konnten. Auch die Duschgelegenheit wurde regelmäßig genutzt, besonders da die Temperaturen im Sommer hier mörderisch werden konnten. Dieses Jahr hatten sie einmal sogar über 42 Grad Aussentemperatur gemessen. Doch Madison wusste, dass sie diesen extremen Temperaturen bald nachtrauern würden und stellte die Dusche etwas kälter ein. Der Herbst würde bald genug kommen und auf ihn folgte mit Sicherheit der Winter, der Temperaturen von ebenfalls 42 Grad bringen konnte - allerdings auf der anderen Seite der Null auf dem Thermometer. Mit diesen Gedanken genoss sie noch einen Augenblick die erfrischende Dusche und spürte, wie der ganze Schmutz des Tages von ihr abgewaschen wurde und sie langsam begann, sich besser zu fühlen.

Erst dann gestattete sie sich, über die kommenden

Stunden nachzudenken. Hatte sie ernsthaft einem Date zugestimmt? Und dann auch noch mit einem Polizisten? Sie musste verrückt sein, aber es fühlte sich sogar ein klein wenig aufregend an. Wahrscheinlich hatte er sie sowieso nur eingeladen, um sie über den Verlust hinwegzutrösten - so versuchte sie, das Ganze vor sich selbst zu verharmlosen. Allerdings würde ihm wohl auch aufgefallen sein, dass sie nicht eine Träne geweint hatte, als sie Joey erblickte. Auch jetzt noch konnte Madison nicht sagen, was sein Tod tatsächlich für Gefühle in ihr auslöste. Trauer war es nicht - sie war gestern zu froh gewesen, als er wieder aus ihrer Hütte und vermeintlich auch aus ihrem Leben verschwunden war. Es fühlte sich eher an, als wären ihr Herz und ihr Magen mit einem stumpfen Gegenstand gerammt worden. Eine innere Unruhe, ein ganz und gar ungutes Gefühl war zurückgeblieben, ohne dass sie je einen Moment lang ernsthaft dachte, dass sein Dahinscheiden ein tatsächlicher Verlust für sie wäre.

Während sie sich abtrocknete, wählte sie zwischen den beiden Alltagsshirts, die sie in ihrem Spind aufbewahrte und entschied sich schließlich für ein weißes mit V-Ausschnitt. Ihre Haut war genügend gebräunt, dass sie weiß tragen konnte, ein Umstand den sie in Portland nie vorzuweisen gehabt hatte. Die Stadt ließ nicht zu, dass die Sonne den Teint der Jahreszeit anpasste, zwischen den Häuserschluchten schien man stets blass zu bleiben, ein Gesicht unter vielen.

Dunkle Jeans vervollständigten ihr Outfit und während sie einen kurzen Blick in den Spiegel warf, beschloss Madison, die Haare offen zu lassen. Diese waren noch nicht ganz trocken und wellten sich so ein wenig um ihr

Gesicht, ohne dabei zu stören. Noch einmal überzeugte sie sich, dass es in Ordnung war, ohne BH auf die Verabredung mit dem Officer zu gehen. Das Exemplar, welches sie den ganzen Tag getragen hatte, stank und klebte, während sie leider in ihrem Spind keinen Ersatz dafür gefunden hatte. Doch das Shirt war aus einem dicken Baumwollstoff und enthüllte nichts, was es nicht sollte.

Beruhigt griff sie zu Wimperntusche und Parfüm, ließ jedoch jeden weiteren Schnickschnack weg und betrat schließlich so wieder die Lobby der Pension.

Madison hätte nie gedacht, dass es ihr nach diesem Tage noch möglich sein würde, sich zu amüsieren, geschweige denn so viel Spaß zu haben, wie sie mit dem Polizisten aus Calgary hatte. Schon bei der Wahl des Weins offenbarte sich, dass sie auf diesem Gebiet beide vollkommene Nieten waren. Sie entschieden sich schließlich für einen Tropfen aus Kalifornien, da sie beide schöne Erinnerungen an einen Urlaub im Südwesten der USA hatten. Sogleich war das Eis zwischen ihnen gebrochen, das erste Gesprächsthema war gefunden.

Die nächste Herausforderung war die Wahl des Essens. Auf der Speisekarte des kleinen Restaurants stand nur eine Handvoll Gerichte, allesamt mit Zutaten aus der Region zubereitet, was Madison besonders gefiel. Bei den Fleischgerichten stand sogar dabei, von welcher nahe liegenden Farm das Fleisch stammte. Die junge Frau kannte kein anderes Dorf und kein anderes Lokal, indem das möglich gewesen wäre. Am Nebentisch entdeckte sie einen Farmer, dessen Schafe auch auf der Speisekarte standen. Als dieser ihren Blick bemerkte, nickte er ihr und Callum freundlich zu. Sie lächelte und wandte sich dann wieder dem Officer zu, nachdem dieser etwas zu ihr gesagt hatte.

„Entschuldigung?“, räusperte sie sich und kam sich furchtbar unhöflich vor, schon zu Beginn des Dates zu zerstreut zu sein, dass sie verpasste, was ihr Gesprächspartner erzählte.

„Ich meinte gerade, dass die Restaurants auf dem Lande zwar nicht viel anders dekoriert und eingerichtet sind, aber um Längen authentischer wirken als die Country-Restaurants in Calgary, wo das Fleisch noch nicht einmal unbedingt kanadisch ist. Die einzige Zeit in der Calgary wirklich ist, was es vorgibt zu sein, ist während der Stampede.“ Er grinste und schwenkte seinen Drink. Auch Madison lächelte, froh dass er ihre Zerstreutheit nicht weiter kommentierte und dass es anscheinend so leicht war, andere Themen mit ihm zu finden, als Joey.

„Ich habe immer gehört, dass diese Zeit wirklich großartig sein soll. Anscheinend steht die Zeit in der ganzen Stadt still und niemand geht mehr einer vernünftigen Arbeit nach. Bisher habe ich es allerdings noch nie geschafft, mich selbst davon zu überzeugen.“ Madison dachte daran, wie leicht man sich an den ganzen Cowboy-Kram gewöhnen konnte. Trotzdem gab es noch so viele lokale Brauchtümer und Veranstaltungen, die sie bisher nicht kennengelernt hatte.

„Das darfst du dir auf keinen Fall entgehen lassen. Auch wenn ich bisher eigentlich immer gearbeitet habe während dieser Zeit, kann man die Stampede nicht verpassen - es sei denn, man verlässt die Stadt, wie dies tatsächlich jedes Jahr einige besonders spießige Bürger tun." Callum verzog das Gesicht, um zu zeigen, was er von solchen Menschen hielt. Madison lachte laut heraus.

„Nicht in jedem steckt auch ein Cowboy oder ein Cowgirl", verteidigte sie halbherzig diese Menschen, die sich offensichtlich ein großes Spektakel entgehen ließen. Auch Madison war kein Fan von Menschenaufläufen und irgendwelchen riesigen Festen. Schon als Kind litt sie unter leichter Platzangst, die sich nicht in engen Räumen, sondern unter vielen Menschen zuweilen meldete. Ihre Erlebnisse in Portland, die sie schließlich dazu bewogen hatten, nach Kanada zu kommen, hatten diese Probleme nicht eben verbessert. Dennoch war sie sich sicher, dass die Stampede in Calgary etwas war, wofür es sich lohnte, ihre Ängste zu überwinden.

„Du solltest auf jeden Fall das nächste Mal mit mir nach Calgary kommen, wenn die Stampede da ist", meinte Callum bestimmt. Madison musterte ihn erstaunt.

„Das ist in fast einem Jahr", stellte sie fest, etwas leiser als die vorherige Gesprächslautstärke. Nervös spielte sie an ihrer Serviette. Er hingegen zuckte gelassen mit den Schultern und die niedlichen Grübchen tauchten wieder in seinem Gesicht auf.

„Na und?", erwiderte er gelassen und beachtete ihr Erstaunen nicht weiter. Sie lächelte schüchtern und nickte dann. Warum nicht? Schließlich konnte in diesem einen Jahr noch so viel passieren und die Wahrscheinlichkeit, dass er bis dahin längst alleine nach Calgary zurückgekehrt war und sie vergessen hatte, war ziemlich groß.

In diesem Augenblick, als beinahe peinliches Schweigen zwischen ihnen entstanden wäre, trat ein Kellner an ihren Tisch, um die Bestellung aufzunehmen. Als er die Getränke gebracht hatte, nahm Callum das Gespräch wieder auf.

„Was machst du eigentlich, wenn du nicht arbeitest?" Seine Frage war harmlos, neugierig und dennoch musste Madison ein wenig zu lange überlegen, bevor sie eine Antwort parat hatte.

„Ich lese sehr gerne, besonders in den Wintermonaten. Ansonsten versorge ich mich zu einem gewissen Teil selbst - was in der rauen Natur hier nicht ganz einfach ist." Es war ihr jeweils, als würde sie jeden einzelnen Salatkopf mit ihrem eigenen Schweiß erkaufen und für Blumen fand sie noch nicht einmal die Nerven. Anders sah es mit der Jagdbeute aus. Auch wenn der Wald sehr, sehr klein war und deswegen nur wenig Wild einen Lebensraum bot, fand sich immer genügend Beute, um für sie alleine ab und an ein Stück Fleisch auf dem Teller zu gewährleisten. Ein Wildschwein hielt schließlich fast den ganzen Winter, eine Hirschkuh ebenfalls. Hinter dem Haus hatte Madison eine bärensichere Kühltruhe aufgestellt, worin sie das Fleisch aufbewahren konnte. Ob ihre Jagderfolge allerdings das richtige Gesprächsthema für ein erstes Date waren?

„Oh, und du kannst davon tatsächlich leben?", erkundigte sich ihr Gegenüber neugierig und mit ernsthaftem Interesse in der Stimme. Sie nickte und antwortete mit einem gewissen Stolz:

„Ich bin schließlich alleine und brauche nicht viel, aber

tatsächlich muss ich zumindest Obst und Gemüse kaum mehr einkaufen. Sogar der Mais reicht für mich alleine, wenn ich das Glück habe, dass er von Waschbären und Wieseln verschont bleibt", erzählte sie und lächelte. Das Werken in ihrem eigenen Garten hatte sie erst vergangenen Frühling entdeckt, doch die ersten beiden Ernten waren schon richtig vielversprechend gewesen und die naturverbundene Arbeit ließ sie jeweils viele Sorgen einfach vergessen. Rund um die Hütte stand ihr genügend Platz zur Verfügung für alle möglichen Gartenpläne. Der Platz war außerdem großzügig gerodet worden, um sicherzustellen, dass die Bewohner der Hütte bei einem allfälligen Besuch von Bären oder Elchen frühzeitig aufmerksam wurden. Sogar ein Hühnerstall stand bereits hinter dem Häuschen, doch die Anschaffung von Haustieren wiederstrebte Madison zu sehr.

„Wir haben eine solch vielfältige Tierwelt in Kanada und jeder hat irgendwelche Geschichten zu erzählen, doch ich habe manchmal das Gefühl, das alles zieht in Calgary völlig an uns vorbei", gestand Callum etwas enttäuscht und zog ein langes Gesicht. Madison lachte.

„Sicher habt ihr auch Waschbären in der Stadt?" Er grinste.

„Naja, schon eine Handvoll", stimmte er dann zu.

„Wo bist du denn aufgewachsen?", wollte Madison nun ihrerseits wissen, einerseits aus aufrichtiger Neugierde, andererseits weil es unverfänglicher war, über ihn zu plaudern als über sie selbst.

„In den Vororten von Calgary. Ich komme aus einer sehr klassischen Familie. Mein Vater ist Arzt, meine Mutter Hausfrau, meine Schwester besucht die Musikhochschule. Platz für einen Polizisten gab es zum Glück noch“, grinste er. Auch wenn das Ganze nicht so positiv klang, sprach aus seinen Augen und seiner Stimme so viel Liebe, dass Madison kurzzeitig richtig neidisch wurde.

„Macht ganz den Anschein, als kämst du aus einer harmonischen Familie?“ Sie schluckte und bemerkte dies dann ganz gelassen, nebenbei. Er nickte heftig.

„Auf jeden Fall. Wir streiten viel, wir diskutieren gern, wir treffen uns regelmäßig für Gesellschaftsspiele, bei denen wir uns dann stundenlang hassen wie die Pest, aber unter dem Strich ist jeder immer für jeden da“, lächelte er selig.

„Aber inzwischen lebe ich trotzdem alleine. Meine Mutter hat sich sehr ins Uniform-Waschen verguckt, aber ein bisschen Selbständigkeit tut letztendlich doch gut und nachdem meine Schwester unter der Woche ebenfalls nicht mehr zu Hause lebt, erschien es mir vernünftiger, auch langsam auf eigenen Beinen zu stehen.“ Er war so offen und erzählfreudig, dass es nicht schwer würde, diesen Abend zu überstehen, ohne allzu viele Facts zu ihrem Leben preisgeben zu müssen. Madison hatte sich insgeheim davor gefürchtet, er würde sie vielleicht ausquetschen wollen, mehr zu ihrer Verbindung zu Joey erfahren, aber nichts dergleichen passierte und als die Vorspeise serviert wurde, merkte die junge Frau, wie sie sich langsam entspannte.

Tatsächlich wurde der Abend dann auch noch sehr schön. Gemeinsam leerten sie die Flasche Wein und mit jedem Glas, sowie mit jedem Happen des wirklich leckeren Abendessens, löste sich die Anspannung mehr und mehr von Madison, sodass sie zum Schluss ungezwungen einige lustige Anekdoten von ihrer Arbeit preisgab. Ihr gefiel, dass Callum ein unglaublich aufmerksamer Zuhörer war. Selten einmal wandte er den Blick von ihren Lippen, während sie sprach, stellte kluge Fragen dazwischen und lachte an den passenden Stellen. Aus diesem Grund war es leicht, sich in seiner Gegenwart wohl zu fühlen und so stimmte sie schließlich auch zu, sich von ihm nach Hause bringen zu lassen. Ein strammer Marsch am nächsten Morgen durch den Wald nach Manyberries würde ihr ebenfalls gut tun und die Gelegenheit geben, ihre Gedanken wieder zu ordnen und die vergangenen zwei Tage Revue passieren zu lassen.

Als sie aus dem Lokal hinaustraten, war es immer noch angenehm mild, ein leichter Wind wehte, doch es war noch warm genug, die leichte Sommerjacke, die sie mitgenommen hatte, weiterhin über dem Arm zu tragen.

Im Auto breitete sich gelassenes Schweigen aus, das eine gewisse Vertrautheit nicht abstreiten ließ. Es war nicht immer nötig, etwas zu sagen, um sich zu verstehen und Madison kuschelte sich in die angenehm weichen Sitze von Callums Truck. Sie hatte ihn gefragt, weshalb er nicht mit dem Polizeiwagen gekommen war, doch nur eine vage Antwort erhalten. Anscheinend war dieser Wagen besser geeignet, hier draußen zu fahren, wo nicht jede Straße richtig befestigt war. Gelegentlich unterbrach Madison die Stille mit einigen Anweisungen, doch nach einer knappen Viertelstunde tauchte ihre kleine Hütte im Scheinwerferlicht des Autos auf.

„Da sind wir auch schon“, lächelte sie. Callum kam

ums Auto herum, noch bevor sie ihren Sitzgurt gelöst hatte und öffnete die Türe, bevor er ihr beim Hinausklettern behilflich war. Tatsächlich war dies nötig bei einem solch riesigen Truck und sie war froh, mit ihren Sommerschuhen nicht einfach planlos auf den unbefestigten Boden hüpfen zu müssen.

„Danke für die Einladung und für das Nachhausebringen“, meinte sie und es klang aufrichtig.

„Danke für den schönen Abend“, entgegnete er und beide hielten sie einen Augenblick inne, ein Moment, in dem sich ihre Augen begegneten.

„Gute Nacht“, sagte Madison leise, wohlwissentlich, was in diesem Moment zwischen ihnen ablief.

„Gute Nacht Madison“, entgegnete Callum und ging zur Fahrertür zurück. Die junge Frau atmete einige Atemzüge lang tief die kanadische Nachtluft ein, bevor sie die wenigen Schritte zu ihrer Hütte ging. Ein warmes Gefühl breitete sich in ihrer Brust aus - ein Gefühl, welches sie nicht genau definieren konnte, das sich aber alles andere als schlecht anfühlte.

Kapitel 5

„Hast du heute nach der Arbeit Zeit für die Befragung bezgl. Joeys Todesfall? Treffpunkt Polizeiposten 16.00?“

Dass nach dem schönen Abend gestern nur eine solch knappe Nachricht von Callum kam, verwirrte Madison, nachdem sie die SMS gleich nach dem Aufstehen gelesen hatte. War das alles? Doch dann trudelte nur wenige Minuten später eine weitere Nachricht von einer anderen Nummer ein. Neugierig öffnete Madison sie.

„Guten Morgen Madison. Ich hoffe, du hast gut geschlafen. Danke für den schönen Abend gestern - lass uns das bald wiederholen! Callum.“ Oh, der Typ konnte ja richtig ausführlich. Seine zweite, von einer privaten Nummer geschriebene Nachricht, erfreute sie um einiges mehr, als die erste. Dennoch antwortete sie nur auf diese und bestätige ihm ihren Feierabend um sechzehn Uhr. Es war ja nicht so, dass sie viele Freundinnen, Hobbys oder andere Dinge hätte, die sie davon abhielten, sich mit ihm zu treffen. Und wenn es nur eine offizielle Befragung durch die Kriminalpolizei von Calgary war.

Den ganzen Tag über beschäftigte sie sich innerlich mit dem bevorstehenden Termin, haderte mit sich selbst weil sie gedacht hatte, dass es das Schicksal endlich gut mit ihr meinte und dann doch wieder so etwas passierte. Insgeheim war sie wütend auf Joey. Dass er so kurz vor seinem Ableben in ihre Hütte geplatzt war und sie da mit reingezogen hatte, warf sie ihm im Stillen immer wieder vor, auch wenn er wohl nicht hatte ahnen können, dass es mit ihm so schnell zu Ende gehen würde. Viel zu schnell rum war auch der Arbeitstag und schon stand Officer Peters im Foyer, um sie abzuholen.

„Wir müssen mit dem örtlichen Polizeiposten vorlieb nehmen. Das Gespräch muss zur Sicherheit aufgezeichnet werden und mein Zimmer hier im Gracies ist dafür zu wenig ausgestattet", erklärte Callum nach der Begrüßung entschuldigend. Madison zuckte mit den Schultern. Sie hatte nicht damit gerechnet, dass sie Joeys Tod gemütlich bei einem Kaffee besprechen würden.

„Ist es dir überhaupt Recht, jetzt schon darüber zu sprechen? Wir wollen die Zeugenaussagen natürlich möglichst schnell beisammen haben, aber dabei möchte ich nicht deine persönlichen Gefühle aus den Augen verlieren." Wie einfühlsam er doch war. Während sie nebeneinander die Straße hinuntergingen - Fahren hätte sich bei der kurzen Strecke nicht gelohnt - brachte er Madison mit seiner Art und dem Mitleid in seiner Stimme beinahe dazu, in Tränen auszubrechen. Und dies obwohl sie sich noch nicht einmal entschieden hatte, ob sie überhaupt um Joey trauerte oder nicht.

„Ich bin jemand, der unangenehme Dinge gerne hinter sich bringt - je eher desto besser", erklärte sie. Man musste sich das Pflaster abreißen, nicht sanft abziehen. Der Schmerz blieb derselbe, doch man konnte ihn verkürzen oder künstlich in die Länge ziehen. Joey hatte sie schon vor langer Zeit verloren, nicht erst gestern.

„Es wäre fürs Protokoll besser, wenn wir heute noch einmal darauf verzichten würden, uns zu duzen. Ist dir das Recht?", erkundigte sich der junge Polizist, kurz bevor sie den Polizeiposten von Manyberries erreichten. Madison nickte.

„Natürlich“ gab Madison zurück. Sie fragte sich insgeheim wie seine Bosse dazu standen, dass er mit einer Zeugin in einem Mordfall essen ging und sie danach zum Abschied beinahe küsste.

Callum hielt ihr die Tür auf. Während sie an ihm vorbeiging, stieg ihr sein Rasierwasserduft in die Nase. Was sie roch, gefiel ihr.

„Hallo Madison. Was machst du denn hier?“ Officer Camdens einziger Angestellter, Deputy Nelson stand gerade vor der Kaffeemaschine und drückte einige Knöpfe. Sie deutete mit dem Daumen über die Schulter auf den Kriminalpolizisten.

„Achso. Hallo Mr Peters.“ Nelson tippte sich an seine Mütze und Callum erwiderte seinen Gruß auf dieselbe Weise.

„Hallo Mr Peters, hallo Miss Parker.“ Aus dem Hinterzimmer trat Officer Camden in den Empfangsbereich.

Madison und Callum begrüßten auch ihn.

„Es ist alles vorbereitet“, erklärte der örtliche Polizist und deutete über seine Schulter.

„Wollen wir?“, wandte sich Callum an Madison. Sie nickte tapfer. So richtig vorbereitet fühlte sie sich nicht, aber was konnte schon schiefgehen?

Kaum hatte Callum an dem Tisch, der mit Mikrofonen und zwei gegenüberliegenden Stühlen ausgestattet war, Platz genommen, verwandelte er sich sofort in eine Amtsperson.

„Sie wissen, dass Sie jederzeit das Recht haben zu schweigen oder zuerst einen Anwalt zu kontaktieren? Auf keinen Fall müssen Sie sich selbst beschuldigen, ansonsten sind Sie allerdings dazu verpflichtet die Wahrheit zu sagen." Das ganze Blabla kannte Madison aus dem Fernsehen und sie nickte. Sie kannte keinen Anwalt, den sie hätte beiziehen können und sah auch keinen Grund dazu, denn sie fühlte sich nicht schuldig oder anderweitig in Bedrängnis. Am besten war es, diese Sache so schnell wie möglich hinter sich zu bringen. Alles andere konnte sie später überlegen.

„In welchem Verhältnis standen Sie zu dem Toten, Joey Barlett?" Schon die erste Frage brachte Madison leicht aus der Fassung. Stockend begann sie zu erzählen, dass sie sich schon seit früher Kindheit kannten und später in Portland wieder begegnet waren, wo sie zusammen gelebt hatten. Sie musste nicht lange erklären, bis Callum die ganze Wahrheit erahnen konnte - sie sah es in seinen Augen und sie sah auch, dass es ihn kränkte, dass sie nicht eher davon gesprochen hatte.

„Würden Sie behaupten, Sie und Mr Barlett hätten eine glückliche Beziehung geführt?"

„Das haben wir in der Tat. Zu Anfang waren wir sehr glücklich, brauchten nur uns und sonst niemanden. Doch diese erste Phase der Verliebtheit ging für meinen Geschmack viel zu schnell vorbei."

„Sie hätten also gern die Beziehung mit ihm wieder auf den Stand zu Anfang gebracht?"

Diese Frage verstand Madison nicht ganz und Callums lauernder Blick, das leise Wippen mit dem Stift in seiner

Hand, das machte ihr ein wenig Angst.

„Aber natürlich. Ich habe mich bemüht und um unsere Beziehung gekämpft. Leider haben äußere Umstände nicht zugelassen, dass wir weiterhin zusammenpassten." Irgendwann hatte sie aufgegeben.

„Äußere Umstände? Was ist damit gemeint?"

„Joey hatte in Portland Menschen kennengelernt, die ihm einen Lebensstil nahegelegt haben, der nicht dem meinen entsprochen hat und den ich für unser Zusammenleben nicht annehmen konnte." Madison hatte irgendwie das ungute Gefühl, sich langsam aber sicher Callums seltsamer, überhaupt nicht für Normalsterbliche geeignete, Sprechweise anzupassen. Wann benutzte sie schon Worte wie ‚nahegelegt' oder ‚annehmen konnte'?

„Können wir etwas konkreter werden, Miss Parker? Wie sah dieser Lebenswandel aus, der dazu geführt hat, dass sie nicht länger eine Lebensgemeinschaft mit Mr Barlett führen wollten?" Insgeheim fragte sich die junge Frau, ob auch ein gewisses, persönliches Interesse an ihren Antworten bestand, doch niemals hätte sie dies Callum einfach so unterstellt. Viel zu professionell sah er aus in seiner Uniform und der lässigen, knappen Art, wie er seine Notizen machte.

„Er… nun", Madison stockte. Diesen Teil mochte sie überhaupt nicht, hatte sie doch gehofft, über einiges von all dem nicht mehr nachdenken zu müssen.

„Er begann, einige Dinge zu konsumieren", erzählte sie langsam.

„Drogen." Sie stockte erneut, holte tief Luft und hob den Kopf. Ihre Augen begegneten Callums mitfühlendem

Blick. In diesem Augenblick schenkte er ihr ein aufmunterndes Lächeln.

„Dabei lief es auf seiner Arbeitsstelle schon länger sehr schlecht. Es kam immer weniger Arbeit rein und irgendwann erschoss sich sein Boss vor den Angestellten. Einige von Joeys Kollegen konsumierten wohl ebenfalls Drogen, jedenfalls nehme ich das an. Lange Zeit habe ich von all diesen Sachen nicht allzu viel mitbekommen. Ich hatte selbst eine sehr anspruchsvolle Stelle, für die ich auch viel meiner Freizeit opferte."

Callum unterbrach Madison kurzfristig.

„Würden Sie also sagen, dass Sie zu wenig Zeit in die Beziehung investiert hatten oder dass der Verstorbene sehr geschickt darin war, seine Machenschaften zu verheimlichen?"

„Wie bitte? Was willst du damit sagen? Wohl kaum, dass ich irgend eine Form von Mitschuld habe, nur weil ich für unseren Lebensunterhalt gesorgt habe? Was Joey schon länger nicht mehr richtig konnte?" Madison blitzte den Polizisten an, war in ihrer Rage wieder zum ‚Du' übergegangen, was ihr nicht einmal auffiel.

„Wohl kaum kann ich etwas dafür, dass er auf die schiefe Bahn geraten ist. Vielleicht willst du auch noch behaupten, er hatte zu wenig sexuelle Befriedigung in seiner Beziehung und tat deshalb, was er tat? Dass er in der Gegend rumgehurt hat, war vielleicht die Schuld meiner Karriere?" In ihrer Wut hätte die junge Frau beinahe ihr Wasserglas umgestoßen, konnte es im letzten Moment mit einem beherzten Griff noch retten.

„Keineswegs, liebe Miss Parker", beschwichtigte

Officer Peters sofort. Er sah betreten aus, schien sich ein wenig zu schämen. Gleichzeitig wusste Madison, dass sie überreagierte. Diese ganzen Gefühle hatten sich über Jahre in ihr aufgestaut und dass Joey sich jetzt so leicht davongemacht hatte, sich einfach hatte umbringen lassen, das machte es nicht leichter für sie, zu akzeptieren, was passiert war.

„Nichts von all dem ist deine Schuld." Auch Callum vergaß die förmliche Anrede und griff über den Tisch nach Madisons Hand. Sie ließ es geschehen, zog die Finger nicht weg, obwohl sie sich überhaupt nicht wohl fühlte.

Nach einem Augenblick zog sie ihre Finger weg und nahm einen tiefen Schluck aus dem Wasserglas.

„Ich habe in Joey lange einen wirklich wunderbaren Menschen gesehen, der er wahrscheinlich auch war - auf seine eigene Art. Doch ich habe wohl auch deswegen sehr spät erst mitbekommen, was tatsächlich abläuft und zwar als er plötzlich arbeitslos wurde. Seine Stelle war schon lange nicht mehr sicher und er hatte das sinkende Schiff einfach zu spät verlassen wollen, als es schon kaum mehr andere Optionen gab. Die Drogen haben ihren Teil dazu beigetragen, dass er nicht wirklich motiviert an die Suche einer neuen Stelle herangegeangen ist. Sicher waren einige Erlebnisse auf der Arbeit auch traumatisch für ihn, er versuchte wohl, sie zu vergessen. Nachdem er nun den ganzen Tag nichts Besseres zu tun hatte, verschwand er manchmal stundenlang, oder aber trank schon am frühen Morgen vor dem Fernseher. Wir hatten eigentlich eine schöne Wohnung, aber diese zu halten wurde fast unmöglich mit nur einem Gehalt - davor hatten wir beide gut verdient."

„Miss Parker, könnten Sie mir noch sagen, von welchen Drogen wir hier sprechen?" Madison schüttelte den Kopf. Langsam zog sich diese Befragung ihrer Meinung nach sehr unangenehm in die Länge und sie wollte schnell weiterreden.

„Sie werden dazu sicher genügend Angaben in seinen Akten finden. Er wurde mehr als einmal aufgegabelt und verhaftet oder einfach in eine Ausnüchterungszelle gebracht. Nach seinem Stellenverlust kam nämlich noch die Alkoholsucht dazu." Callum nickte, er schien nicht weiter beleidigt, dass er dazu keine genauen Auskünfte von ihr erhielt. Madison blieb nach seiner Reaktion misstrauisch: Suchte er immer noch nach Gründen, ihr in irgendeiner Form etwas von Joeys Schuld anzuhängen? Sah er in ihr nicht, was sie war? Weiterhin versuchte sie aufrichtig zu bleiben.

„Es wurde richtig schlimm, als er tief in den Schulden steckte und seinen Schuldnern verriet, dass ich eigentlich gut verdienend war. Zu Anfang hatte ich ihm noch Geld geliehen, später kamen seine Freunde und holten es sich - ob ich wollte oder nicht." Madisons Stimme erstarb. Der Kloß in ihrem Hals war zu groß, die Tränen warteten hinter ihren Augen nur darauf, über ihre Wangen zu kullern. Um dies zu verhindern, schloss sie die Lider und presste die Hand auf den Mund. Dennoch entschlüpfte ihr ein leiser Schluchzer.

„Sie müssen nicht weiterreden, wenn Sie nicht wollen, Miss Parker." Callums Stimme klang beruhigend, und doch so fern von der anderen Seite des Tisches.

Madison schüttelte den Kopf.

„Das ist schon die ganze Geschichte. Ich habe ihn verlassen und das wars." Sie hatte beschlossen, genug ausführlich auf seine Frage geantwortet zu haben. Solange er jetzt auf der richtigen Spur blieb und nicht plötzlich wissen wollte, warum sie nach Kanada gekommen war, sollte sie diese Befragung weiterhin überstehen können.

„Was waren das für Freunde, die - nun, die gekommen sind, um Geld bei Ihnen zu holen?"

Die junge Frau zuckte mit den Schultern.

Wahrscheinlich genau die Sorte Freunde, die einen hinterrücks vor einem Pub ermorden, wenn die Schulden zu groß werden.

„Ich weiß es nicht. Vielleicht Arbeitskollegen, vielleicht auch Menschen, die Joey auf der Suche nach seinen Drogen kennengelernt hatte. Wir hatten nur einen sehr kleinen, gemeinsamen Freundeskreis, der sich sehr bald von uns abwandte, nachdem das alles passiert ist." Madison konnte nicht verhindern, dass eine Spur Bitterkeit ihre Aussage begleitete. Tatsächlich gab es Menschen aus ihrer Vergangenheit, für die sie die Hand ins Feuer gelegt hätte, dass diese zu ihr stehen würden, egal wie kompliziert alles werden mochte. Dass dies nicht der Fall war, zeigte nur schon der Fakt, dass sie jetzt alleine in einer Hütte in der Wildnis lebte.

„Sie kannten niemanden davon näher?"

Madison schüttelte den Kopf.

„Könnten Sie einen dieser Freunde identifizieren, wenn Sie ihn sehen?"

Sie zögerte kurzzeitig.

„Ganz so einfach ist das nicht. Aber an einige erinnere ich mich sehr gut."

„Wir werden Sie gerne erneut kontaktieren, wenn erste Unterlagen aus Portland bei uns eingetroffen sind. Ihre Mithilfe in diesem Fall könnte weiterhin von großer Wichtigkeit für uns sein." Callum klang immer noch sehr geschäftsmäßig und so überhaupt nicht so, als ob sie am vergangenen Abend miteinander ausgegangen wären.

„Würden Sie es als wahrscheinlich bezeichnen, dass einer dieser Freunde etwas mit Joeys Tod zu tun hat?" Diese Frage bejahte Madison rasch und ohne eine Sekunde zu zögern.

„Ich kann mir nicht vorstellen, wie es anders gewesen sein soll. Er war meines Wissens nach zum ersten Mal in seinem Leben in Kanada. Wohl kaum hat er sich hier innert vierundzwanzig Stunden schon Feinde gemacht, oder?" Sie war sich sicher, dass jemand aus Portland ihm gefolgt sein musste und sie hatte den Verdacht, dass sich diese Person oder diese Personen noch immer in der Gegend aufhielten.

Callum stellte ihr noch einige Fragen zu Joeys Besuch und stimmte mit ihr überein, dass es ganz schön seltsam war, dass ihr früherer Freund nach so langer Zeit wieder bei ihr auftauchte und dann einen Tag später tot aufgefunden wurde.

„Wir werden in der Umgebung Ihres Hauses öfters patrouillieren und auf alles achten, was eine Gefahr für Sie darstellen könnte." Callums Versprechen war zwar nett gemeint, trug jedoch nicht unbedingt zu Madisons

Beruhigung bei. Zu oft hatte sie erlebt, dass die Polizei im genau falschen Moment abwesend war.

„Joey hat noch etwas erwähnt bei seinem Besuch bei mir. Er meinte, dass er tatsächlich einen ganzen Schuldenberg angehäuft hätte und dass er nun einigen seiner Gönner meinen Aufenthaltsort angegeben hatte, mit der Bemerkung, dass das gewünschte Geld bei mir abzuholen wäre." Sie schaute zu Callum auf, der die Brauen in der Stirn zu einer tiefen Furche zusammengezogen hatte.

„Das ist nicht gut. Das ist gar nicht gut", murmelte er, mehr zu sich selbst als zu Madison. Diese nickte zustimmend. Dass das nicht gut war, hatte sie bereits gewusst. Doch wie schlecht es war, hatte ihr wohl erst der Anblick von Joeys Leiche verraten.

„Dies könnte eine ganz heiße Spur für uns sein, tatsächlich aber auch eine, die sehr gefährlich werden könnte. Wenn Sie möchten, können wir Sie gern irgendwo anders einquartieren? Vielleicht in Medicine Hat oder in Calgary? Bis dieser Fall aufgeklärt ist, sind Sie dort sicherer als in Manyberries oder vor allem als in Ihrer Hütte im Wald. Was meinen Sie?"

Callum sah mehr als nur ein bisschen besorgt aus und presste die Handflächen gegeneinander. Selten hatte Madison erlebt, dass ein Officer im Dienst sich dermaßen emotional zeigte.

Dennoch schüttelte sie den Kopf.

„Ich habe hier eine neue Heimat gefunden. Deswegen ist es für mich aktuell am sichersten, hier zu bleiben. Ich kann mir dies alles hier nicht nehmen lassen." Sie deutete auf die Straße hinaus auf das kleine Städtchen, welches sie so freundlich aufgenommen hatte.

Ein verständnisloser Blick von Callum traf sie. Augenblicke lang fürchtete Madison bereits, er würde ihr verbieten, wieder nach Hause zurückzukehren, doch dann nickte er langsam.

„Während ich hier bin, werde ich höchstpersönlich ein Auge auf Sie haben. Ansonsten übernimmt die örtliche Polizei das gerne - Verkehrsbußen und ähnliches muss man ja in Manyberries zum Glück nur wenige verteilen", zwinkerte er Madison zu und schaltete dann endlich, endlich das Mikrofon aus. Sie lächelte ebenfalls - zum ersten Mal seit über einer Stunde. Mit dem Handrücken wischte sie sich über die Stirn. Das Gespräch war mehr als nur ein bisschen ermüdend gewesen und sie war froh, dass es nun offensichtlich beendet war.

„Ich danke dir für deine Offenheit, Madison. Es war sicher nicht leicht für dich, dir all diese Dinge noch einmal durch den Kopf gehen zu lassen und vor allem über deinen verstorbenen Freund zu sprechen." Callum stand auf und kam um den Tisch herum. Fürsorglich füllte er ihr Wasserglas erneut und Madison trank sogleich durstig.

„Er war schon lange nicht mehr mein Freund. Er war jemand, den ich sehr, sehr gern vergessen hätte. Aus diesem Grund war es ein wenig unglücklich, dass er sich ausgerechnet Manyberries ausgesucht hat, um ermordet zu werden", seufzte sie und obwohl Callum grinste, wussten sie beide, dass sie nicht gescherzt hatte.

„Arbeitest du heute noch?", wollte er unvermittelt wissen.

Sie schüttelte den Kopf.

„Grace dachte sich, dass ich nach dem Gespräch nicht mehr unbedingt die beste Mitarbeiterin sein würde, womit sie wohl auch vollkommen richtig lag. Jetzt noch nett zu irgendwelchen Touristen zu sein - ich weiß nicht, ob mir dies gelingen würde." Noch einmal rieb sie sich die Augen und wischte sich den Schweiß von der Stirn.

„Wäre es dann vielleicht möglich, dass ich dich in ein oder zwei Stunden abhole? Ich kann dich nicht wirklich zu mir einladen, da ich nur ein Zimmer bei Gracies habe, aber vielleicht können wir irgendwo hin fahren für einen Film oder so?" Es war lustig zu beobachten, wie sich der korrekte, selbstsichere Polizist wieder in einen jungen Mann mit schüchternem Gesichtsausdruck und offensichtlich schweißnassen Händen verwandelte. Immer wieder legte er sich die flachen Hände auf die Uniformhose - ein eindeutiges Zeichen für seine Nervosität. Madison lächelte.

„Ich könnte einen Picknickkorb packen und wir fahren an den Pakowki-Lake?", schlug sie vor. Die Abende waren noch mild genug, die Sonne lang genug da, als dass ein kleiner Ausflug durchaus drin lag. Der See war nur eine halbe Autostunde von Manyberries entfernt und ein echter Geheimtipp, der meist nur von Einheimischen besucht wurde.

„Das klingt wundervoll", meinte Callum und versprach, sie rechtzeitig abzuholen. Madison verließ das Polizeipräsidium und trat in die heiße Nachmittagssonne hinaus. Dennoch dauerte es länger als der kleine Spaziergang die Straße hinunter zu ihrem Auto, welches hinter Gracies wartete, um ihr Herz zu erwärmen. Noch immer standen ihr kalte Schweißperlen auf der Stirn, noch immer zitterten ihre Hände. So schlimm, dass sie sogar den Autoschlüssel fallen ließ, nachdem sie diesen endlich aus ihrer Handtasche geangelt hatte. Dennoch schaffte sie es, sich hinters Lenkrad zu klemmen und in Richtung nach Hause zu fahren.

Kapitel 6

„Aus irgendeinem unerfindlichen und überaus dämlichen Grund, geht mir dieser Fremde nicht aus dem Kopf. Auch wenn es unglaublich dreist von ihm war, einfach so in mein Haus zu platzen, hatte er schließlich gute Absichten. Mal abgesehen davon, dass er wirklich nicht schlecht ausgesehen hat“, berichtete Madison zerknirscht, als Grace sie auf ihre geistesabwesende Miene ansprach.

„Möchtest du ihn denn wiedersehen?“ Mit dieser Frage hatte Madison überhaupt nicht gerechnet und bis zu diesem Augenblick auch nicht weiter darüber nachgedacht. „Ich weiß es wirklich nicht. Wenn ihm etwas an mir gelegen wäre, dann weiß er ja, wo er mich findet. Außerdem habe ich immer noch Angst, dass er vielleicht doch etwas mit Joeys Tod zu tun haben könnte. Immerhin haben wir beide ihn als letzte lebend gesehen. Vielleicht ist er ein Mörder?“ Madison glaubte selbst nicht wirklich daran, was sie gerade ausgesprochen hatte. Doch in den dunklen Nächten in ihrer Hütte, wenn sie keinen Schlaf finden konnte, gingen ihre Gedanken oft in diese Richtung und sie probierte, herauszufinden, warum Joey hatte sterben müssen. Sein Tod war jetzt eine Woche her. Auch wenn es Madison leicht fiel, realistisch zu sehen, was für ein verkorkstes Leben er schon damals geführt hatte und in welche Dinge er sich verstrickt hatte, nachdem sie ihn verlassen hatte, so fragte sie sich dennoch, was von all dem ihn sein Leben gekostet hatte. Auch wenn er nie ein Mann gewesen war, den man als guten Menschen bezeichnen konnte, war er auch niemand gewesen, dem man den Tod gewünscht hätte. Immer wieder drehte und wendete Madison im Kopf die Worte dieser letzten Begegnung. Dass ihm jemand bis hierher nach Kanada gefolgt war, erschien ihr ebenso realistisch wie die Möglichkeit, dass sein Tod von jemandem verursacht worden war, den er erst kürzlich getroffen hatte.

„Du solltest wirklich deinem Officer von diesem Fremden erzählen. Es ist nicht richtig, dass er noch immer nicht weiß, dass dieser Joey vor seinem Tod noch jemand anderem als nur dir begegnet ist“, drängte Grace. Es war nicht das erste Mal, dass sie es sagte und Madison musste sich wirklich Mühe geben, nicht genervt aufzuseufzen. Insgeheim wusste sie aber, dass ihre Chefin Recht hatte.

„Callum ist nicht mein Officer“, erklärte sie stattdessen und hoffte, dieses Ablenkungsmanöver würde gelingen. Noch lieber als mit Mordfällen beschäftigte sich Grace nämlich mit anderer Leute Liebesleben.

„Dafür habt ihr allerdings ganz schön viel Zeit miteinander verbracht in der letzten Woche“, bemerkte Grace spitz und wischte ein weiteres Weinglas sauber, das Madisons Meinung nach schon zuvor blitzblank gewesen war.

„Jeden Abend, wenn ich mich recht entsinne“, legte ihre Chefin nach und zwinkerte der jungen Frau zu. Diese fand das Geplänkel nicht halb so witzig.

„Gestern nicht“, protestierte sie schwach.

„Du hast gearbeitet bis um Mitternacht“, kam der Konter auch sogleich und Madison zuckte mit den Schultern. Es stimmte durchaus: Callum und sie waren sich sofort sympathisch gewesen, sodass es auch keinen Grund gegeben hatte, seine Einladung zum Essen abzulehnen. Nur zu dumm, dass in einer Kleinstadt wie Manyberries anscheinend rein gar nichts geheim bleiben konnte, noch nicht einmal eine Woche lang. Vielleicht hätte sie auch bestimmter ablehnen sollen, als Callum darauf bestanden hatte, sie bei der Arbeit abzuholen. Dies war schließlich auch eine Möglichkeit, eine Beziehung in Manyberries offiziell zu machen.

„Du machst dich dennoch strafbar, Madison. Auch wenn du vielleicht von einem Sympathiebonus profitieren kannst, dieser Mann ist ein überaus korrekter Kriminalpolizist und stammt zudem nicht vom Lande. Ich kann mir nicht vorstellen, dass er sich in einem der ersten Fälle, die er selbst leitet, einen solchen Fauxpas erlaubt und dir durchgehen lässt, dass du ihm einen potenziellen Mörder verschweigst, nur weil dir dieser vielleicht ein wenig sympathisch war."

„Jetzt hör schon auf Grace. Ich bin doch keine Verbrecherin. Offiziell verhört hat er mich ja noch gar nicht und außerdem habe ich vielleicht einfach noch keine Gelegenheit gefunden, Officer Peters von dem komischen Kauz in meiner Hütte zu erzählen", protestierte Madison trotzig und ärgerte sich, dass das Gespräch sich dennoch im Kreis zu drehen schien.

„Wenn du bloß weißt, was du da tust", murmelte ihre Chefin bloß und wandte sich schließlich ihren Büchern zu, die sie eigentlich schon längst auf den neuesten Stand hatte bringen wollen. Sie überließ es Madison, ein neu angekommenes Paar an der Rezeption zu begrüßen. Ihrer Aufmachung nach, waren diese eindeutig Stadtpflanzen, die sich das große Abenteuer in der Wildnis erhofften. Ihre Ausrüstung war nagelneu und übertrieben umfangreich, doch Madison begrüßte sie mit einem verschwörerischen Lächeln und versicherte ihnen, dass sie mit Manyberries genau den richtigen Ort für ihren Urlaub ausgesucht hatten. Die beiden sahen auch dementsprechend begeistert aus, als sie ihnen einen Schlüssel überreichte, an dem ein kleiner Cowboyhut-Anhänger baumelte.

Es machte keinen Sinn, das Wildwest-Image dieser Gegend zu ignorieren und so hatte Grace längst angefangen, in ihrer Pension diesen Lifestyle zu leben, vom Frückstück bis zu den Zimmereinrichtungen und eben bis zu den Schlüsselanhängern. Madison konnte sich gut erinnern, wie sie sich an ihrem ersten Tag in Kanada gefühlt hatte. Es war mehr als nur ein großer Zufall gewesen, dass sie auf das Stelleninserat gestoßen war, in dem eine Assistentin der Hotelleitung gesucht worden war.

„Wir sind hier alle Cowboys und Cowgirls, junge Lady", erklärte ihr Grace beim Einstellungsgespräch ernsthaft.

„Und wenn wir uns mal gar nicht nach Kühen und schweren Stiefeln fühlen, dann tun wir unseren Gästen zuliebe immer noch so, als ob wir direkt aus dem Stall kämen und zu Abend vor dem Lagerfeuer Gitarre oder Geige spielen." Diese Geschäftsphilosophie hielt Grace aufrecht, ganz egal wie viel Trubel herrschte. Dennoch gelang es ihr, das Ganze unaufdringlich und alles andere als kitschig zu veranstalten, sodass es Madison leicht fiel, hinter dieser Mentalität zu stehen.

„Dan wird Sie sogleich zu Ihrem Zimmer geleiten. Ihr

Gepäck wartet dort bereits auf Sie. Abendessen gibt es à la carte ab sechs bis zehn, Frühstück ebenfalls ab sechs bis zehn, dieses bei schönem Wetter mit Buffet auf unserer Terasse mit Seesicht.“ Madison wusste auswendig was sie ihren Gästen zu erzählen hatte und dennoch gelang es ihr in den meisten Fällen gut, persönlich und vor allem liebevoll zu klingen. Es war das A und O im Gracies, dass die Besucher sich sofort zu Hause fühlten und dazu trugen nicht nur die sorgfältig gefalteten Handtücher, sondern eben auch die erste Begrüßung bei. Sie erklärte den Gästen noch kurz die Parkplatzordnung und beantwortete einige Fragen zu Freizeitaktivitäten in Manyberries. Letztere bestanden mehrheitlich aus geführten Ausritten und anderen Wildwest-Angeboten, ansonsten musste man sich hier draußen wohl auf ein gutes Buch oder die eigene Fantasie besinnen.

„Genießen Sie Ihren Aufenthalt in Manyberries.“ Grace blickte von ihren Büchern auf und winkte den Neuankömmlingen freundlich zu. Madison schielte kurz auf die Anmeldeformulare, die die beiden ihr ausgehändigt hatten. Sie waren vollständig ausgefüllt, das hatte sie längst gecheckt, aber nun siegte doch ihre Neugierde darüber, welche Großstadt es wohl war, die die beiden ausgespuckt hatte. „New York – wie klischeehaft“, murmelte sie.

„Hast du etwas gesagt, Liebes?“ Die beiden waren in diesem Augenblick von Dan, dem Jungen für alles bei Gracies abgeholt worden und deswegen in besten Händen. Zeit für Grace, mit Madison weiter zu plaudern. Diese jedoch blickte sogleich wieder der Eingangspforte entgegen, die erneut mit einem Bimmeln einen Gast angekündigt hatte.

„Hallo Callum", begrüßte sie überrascht den Officer aus Calgary. Es war selten, dass sie ihn tagsüber zu Gesicht bekam, da er vollumfänglich in die Ermittlungen rund um Joeys Tod eingespannt war.

„Madison – wie schön dich zu sehen. Ich dachte du hättest heute die Frühschicht gehabt, aber ich habe dich beim Kaffee gar nicht angetroffen." Wie konnte jemand nur so direkt und geradeheraus sein und dennoch Polizist werden? Madison wunderte sich einmal mehr über Callums offene Art.

„Ich habe mit jemandem die Schicht getauscht. Ava ist heute Abend verabredet und mir macht es nichts aus, länger zu arbeiten. Mir war nicht bewusst, dass wir verabredet waren oder so." Madison spürte, wie sie sogar ein wenig errötete und fragte sich gleichzeitig warum eigentlich. Sie war kein junges Mädchen mehr, das bei der erstbesten Uniform schwach wurde und sowieso hatte sie den Männern seit ihrer überstürzten Flucht aus Portland komplett abgeschworen. Insgeheim fragte sie sich, ob er sie dazu bringen würde, Manyberries wieder zu verlassen. Bisher hatte sie es mit all ihren Stationen seit Portland so gemacht, sobald sie Menschen getroffen hatte, die sie dazu gebracht hatten, sich ein wenig zu öffnen. Es war keinesfalls gut, wenn sie zu enge Freundschaften schloss, doch da sie annahm, dass Callum nach Abschluss des Falles wieder nach Calgary zurückkehren würde, kam es ihr nicht ganz so schlimm vor, ein wenig Zeit mit ihm zu verbringen.

„Oh nein, keineswegs. Mach dir keine Gedanken, Madison. Mir hat nur dein Lächeln die letzten Tage das Frühstück versüßt, sodass mir deine Abwesenheit sofort aufgefallen ist. Aber solange du gesund bist, spielt das doch keine Rolle." Nun war er an der Reihe verlegen zu sein. Madison lächelte.

„Besser spät als nie", meinte er sogleich und lächelte zurück.

Flirtete er etwa mit ihr? Es tat gut, dass es jemanden gab, dem sie offensichtlich nicht egal war, doch gleichzeitig brachte er sie damit ganz schön durcheinander.

„Und wie geht es bei eurem Fall voran?", erkundigte sie sich und hoffte, ihn damit ein wenig abzulenken. Dass sie sich besonders wegen Joey sowieso dafür interessierte, konnte sie nicht verstecken.

„Hm, ich habe irgendwie das Gefühl, ein wenig festzustecken und alle Ermittlungsstellen, die mir helfen, ebenso. Wir haben deine Hinweise zu seiner Vergangenheit überprüft, doch sie verlaufen allesamt im Nirgendwo. Auch die Kriminalpolizei in Portland hat kaum Chancen, tatsächlich Personen zu finden, die zu den Informationen hinter den Aussagen von Joey Barlett passen. Wir wissen ja schließlich immer noch nicht, wie viel davon auch bloß erfunden war, vielleicht gerade um dich zurückzugewinnen." Madison lauschte seinen Worten, die auf den ersten Blick Sinn machten. Sie erwähnte aber nicht, dass sie das Gefühl nicht loswurde, dass die Masche, sie zurückzugewinnen bloß eine Ausrede gewesen war, um sie aus ihrem Heim zu vertreiben. Ob es stimmte, dass er ihren Aufenthaltsort als Geldquelle angegeben hatte, konnte sie nicht beurteilen und bisher hatte sich niemand bei ihr blicken lassen, der diese Aussage bekräftigt hätte. Sie sagte nicht, dass sie sich weiterhin genau davor fürchtete und seit Joeys Besuch nicht eine Nacht durchgeschlafen hatte. Zu groß war die Angst, noch tiefer in diese Geschichte verwickelt zu werden oder – besser spät als nie – doch noch in der Klapse zu landen. Das Einzige, was sie mit Stolz erfüllte waren die Schlaftabletten, die unangetastet in ihrem Badezimmerschrank standen. Zu viele davon hatten seit ihrem Aufbruch aus Portland ihr Leben bestimmt und es war ihr erst hier in Kanada gelungen, langsam davon abzulassen.

„Wie bitte?", fragte sie zerstreut, als ihr auffiel, dass Callum anscheinend mit ihr gesprochen hatte.

„Solange sich diese Kerle nicht selbst zeigen, werden wir wohl nie herausfinden, ob sie etwas mit dem Mord an Joey zu tun haben."

„Kann man denn wirklich sicher sein, dass es Mord war?" Sie dachte daran, wie fahrig, verwirrt, ja regelrecht krankhaft er bei ihrer Begegnung gewirkt hatte.

„Inzwischen sind die Ergebnisse der Obduktion bei uns eingetroffen und es bestehen keinerlei Zweifel mehr daran, dass er durch Fremdeinwirkung und keinesfalls freiwillig aus dem Leben schied. Und dies auch wenn einige Substanzen in seinem Blut gab nachgewiesen wurden, die ich tatsächlich nicht konsumiert hätte, wenn mir mein Leben lieb gewesen wäre." Einmal mehr fragte sich Madison, wie viel davon Callum tatsächlich verraten sollte, nachdem er doch immerhin diesen Fall als Vertreter der Kriminalpolizei von Calgary leitete.

„Drogen also...", murmelte sie leise. Sie war nicht überrascht. Schon immer waren Alkohol, Kokain und schlimmere Dinge Bestandteil seines Lebens gewesen, ein

Grund, warum er mit den falschen Leuten in Kontakt gekommen war und ein Grund, weshalb sie sich mehr und mehr voneinander entfernt hatten.

„Wusstest du, dass ich den Kindergarten besucht habe, als Joey im Abschlussjahrgang war? Ich habe ihn immer total bewundert, natürlich nur aus der Ferne.“, platzte sie plötzlich heraus, selbst überrascht, wieso sie jetzt diese Tatsache offenlegte, wo es doch überhaupt nichts zur Sache tat.

„Ihr wart ziemlich lange befreundet, hm?“ In Callums Stimme schwang ein wenig Schwermut mit. Woran er wohl gerade denken mochte? Madison musterte seine Gesichtszüge neugierig, die Falten um seinen Mund und um seine Augen, die verrieten, wie gern er lachte. Die Augen selbst, die aktuell alles andere als fröhlich dreinblickten. Sie wurde nicht schlau aus ihm und dennoch fühlte sie sich in seiner Gesellschaft so wohl, wie bei sonst kaum jemandem seitdem sie nach Kanada gezogen war.

„Eigentlich nicht. Wir hatten uns lange aus den Augen verloren, ganz andere Wege eingeschlagen und uns dann erst als Erwachsene wieder getroffen“, berichtigte sie.

„Achso. Dann weißt du auch nicht ganz genau, was er in der Zeit zwischen Kindergarten und eurer nächsten Begegnung alles gemacht hat“, stellte er fest. Dieses Thema war auch Teil der Befragung gewesen, der sich Madison hatte stellen müssen, nachdem sie Joey identifiziert hatte. Sie schüttelte erneut den Kopf und versuchte, sich nicht zu fest darüber zu wundern, dass Callum noch einmal danach fragte.

Wenig später, als ihre Schicht dann doch noch ein Ende gefunden hatte, spazierte Madison mit schmerzenden Füßen über den Parkplatz. Die letzten Wochen hatte sie viel Büroarbeit erledigt und so war ein ganzer Tag auf den Füßen nicht das, was sie sich gewohnt war. Zudem steckten ihre Füße in unglaublich unbequemen, wenn auch sündhaft schönen und teuren Schuhen. Eigentlich überhaupt nicht das, was zu ihr passte, doch gewisse Anforderungen an das Äußere ihrer Angestellten hatte Grace doch und dazu gehörte auch anständiges Schuhwerk und ein gepflegtes Aussehen. Immerhin ein Grund für Madison, ab und an in den Spiegel zu schauen und sich ein wenig zurechtzumachen, denn seit sie Portland hinter sich gelassen hatte, waren solche Dinge komplett in den Hintergrund gerückt.

Plötzlich, als sie so über ihr neues Leben in Kanada nachdachte, nahm sie im Augenwinkel eine Bewegung war. Im Dunkel der Nacht hatte sich eine Gestalt hinter einem Auto davongemacht. Madison blinzelte. Spielten ihre Sinne ihr einen Streich oder war tatsächlich gerade ein Mann hinter ihren Wagen gehuscht? Mit zackigen Schritten ging sie auf das Fahrzeug zu und einmal rundherum, während sie angespannt in die Dunkelheit spähte. Nichts. Kein Geräusch, kein Schatten, rein gar nichts was darauf hin deutete, dass sie nicht langsam aber sicher verrückt wurde. Sie wischte sich über die Augen und ging schließlich zurück zur Fahrertür, stieg ein und fuhr in Richtung ihrer Hütte. Bis vor wenigen Augenblicken war sie sich sicher gewesen, endlich wieder richtig gut schlafen zu können, nachdem sie einen solch anstrengenden Tag hinter sich gebracht hatte. Doch anscheinend schien es zur Gewohnheit zu werden, dass irgendwelche Ängste und Gedanken durch ihren Kopf geisterten, und sie damit von der dringend benötigten Erholung abhielten.

Ihr Gefühl sagte Madison, sogleich sie aus dem Auto stieg, dass rund um ihre Hütte alles in Ordnung war. Niemand war da gewesen, alles lag ruhig und dunkel vor ihr. Erleichtert schloss sie die Haustür auf. Diese war seit dem Tag von Joeys Besuch nie mehr offen geblieben - etwas, was Madison insgeheim ein wenig bedauerte. Aber nur den Schlüssel im Schloss zu drehen gestattete ihr, ein klein wenig Ruhe zu finden. Auch als sie in der Hütte das Licht anzündete, konnte sie nichts Verdächtiges entdecken. So gelang es ihr dennoch, Schlaf zu finden.

Ihre Nachruhe wurde jäh unterbrochen, als es dumpf an ihre Hüttentür klopfte. Madison konnte nicht sagen, wie lang sie geschlafen hatte, doch ihr Kopf brummte und ihre Füße schmerzten immer noch von dem langen Tag und den unbequemen Schuhen. Während sie sich den Schlaf aus den Augen rieb, fragte sie sich, ob es bloß ein Traum gewesen war, der sie hatte aufschrecken lassen. Doch da klopfte es erneut an der Tür. Sie warf sich einen Pullover über und schlüpfte in ihre Hausschuhe, die auf dem Bettvorleger standen. Noch war der Boden nicht zu kalt, doch kaum zog der Herbst ins Land, hatte man nachts das Gefühl, festzufrieren, wenn man das warme Bett verließ. Noch bevor Madison an der Tür war, klopfte es erneut, diesmal noch energischer. Sie zuckte zusammen und verfehlte den Lichtschalter. Schließlich gelang es ihr doch noch, die Hütte in den warmen, wenn auch sparsamen Lichtschein ihrer Strohlampe zu tauchen. Dann schloss sie zögerlich die Tür auf und drückte die Falle nach unten. Kaum hatte sie dies getan, wurde sie ihr schon aus der Hand gedrückt und ehe sich Madison versah, standen drei riesige, grobschlächtige Kerle in ihrer Hütte, die plötzlich verdächtig klein wirkte.

„Was wollt ihr hier?“, brachte die geschockte junge Frau dennoch über die Lippen. Sie hatte im Schein der Lampe Gelegenheit, die drei Typen unter die Lupe zu nehmen. Insgesamt wirkten sie alle gefährlich und keiner von ihnen schien in wirklich gutem Zustand zu sein. Ihre Kleidung hatte zahlreiche Risse und Löcher, zudem verrieten die Flecken, dass sie schon länger nicht mehr gewechselt worden waren. Der Gestank, der von ihnen ausging und die fettigen Haare deuteten daraufhin, dass auch die eigene Körperpflege stark vernachlässigt worden war. Auf den ersten Blick war ihr Auftreten dasjenige von Menschen, die man bemitleiden sollte.

„Was wollt ihr hier? Und wer seid ihr?“, wiederholte Madison, als die drei nicht sofort reagierten. Stattdessen kamen sie noch einen Schritt näher, schnürten den Halbkreis um sie noch enger, sodass die junge Frau das Gefühl hatte, nicht mehr richtig atmen zu können. Auch wenn noch keiner von ihnen ein Wort gesagt hatte, wusste sie insgeheim, um was es hier ging.

„Du bist doch das Flittchen von Joey Barlett, oder?“ fragte einer von ihnen plötzlich, mit hämischem, verschlagenem Gesichtsausdruck. Madison presste die Lippen zusammen - sie ahnte, wer diese Männer waren.

„Ihr habt ihn umgebracht, nicht wahr?" Im selben Augenblick bereute sie, was sie soeben von sich gegeben hatte. Wenn diese Männer dachten, sie könnte ihnen gefährlich werden, dann war sie gelinde gesagt ebenfalls in ernsthafter Todesgefahr. Langsam wich sie einen Schritt zurück, dann noch einen. Doch unerbittlich folgten ihr die drei Typen, ebenso wie deren unangenehmer Geruch.

„Er hat uns versprochen, dass du uns das Geld geben würdest. Doch anscheinend hat er es nicht übers Herz gebracht, dich selbst darum zu bitten - jedenfalls hatte er uns nichts zu geben, obwohl wir ihm extra nach Kanada nachgereist sind. Nun denn, du siehst was mit ihm passiert ist - das selbe werden wir mit dir machen, wenn du uns nicht innert zehn Tagen seine volle Schuldsumme zukommen lässt. Nur dass wir mit dir noch ein wenig Spaß haben können, bevor wir dich nicht mehr benötigen." Ein fieses Lächeln begleitete die Worte des einen, die anderen beiden leckten sich synchron über die Lippen. Madison zuckte zusammen, versuchte ihren Ekel nicht allzu offensichtlich zu zeigen. Diese Männer - das waren Monster. Insgeheim schämte sie sich, dass ihr auch nur eine Sekunde lang der Gedanke gekommen war, dass Zach etwas mit Joeys Tod zu tun haben könnte.

„Ich habe kein Geld und ich weiß auch nicht, von welchen Schulden wir sprechen. Die letzten drei Jahre hatte ich keinen Kontakt mit Joey", erklärte sie und probierte dabei, so ruhig und gefasst wie möglich zu wirken.

Der eine Typ, derjenige mit einem verfilzten, grau-schwarzen Bart, zuckte mit den Schultern.

„Das ist uns gleichgültig. Wir brauchen dreißigtausend

bar auf die Hand binnen zehn Tagen oder du bist fällig, Kleines." Er streckte die Hand aus. Madison wich mit einem Laut des Ekels zurück und stieß gegen die Tür zu ihrem kleinen Badezimmer. Seine schmutzigen Finger grapschten nach ihrer rechten Brust und er drückte unsanft zu. Der Schmerz war weniger schlimm als die Demütigung und mit einem wütenden Aufschrei schlug sie seine Hand weg.

Überrascht blickte er sie an, da hatte Madison ihm auch schon eine Ohrfeige verpasst. Im selben Augenblick sah sie das Messer in der Hand seines Kumpans aufblitzen, der andere hatte die Hand am Gürtel auf sein Pistolenhalfter gelegt.

„Lasst sie", winkte der Bartträger ab.

„Du wirst noch sehen, was du davon hast", knurrte er, der sie so bedrängt hatte. Madison probierte sich an einem gelassenen Gesichtsausdruck - auch ohne Spiegel wusste sie, dass ihr dieser nur mäßig gut gelang.

„Wir kommen wieder und dann wirst du dir wünschen, die Kohle zu haben. Gnade oder Zimperlichkeit hast du nicht zu erwarten - wir wissen, wie man mit kratzbürstigen Frauen umspringt." Er drehte sich um und ging. Seine beiden Gefolgsmänner hinter ihm verschwanden ebenfalls, ohne noch einen weiteren Blick an die junge Frau zu verschwenden. Mit einem wütenden Tritt schloss sie hinter ihnen die Tür. Draußen peitschte ein Pistolenschuss über die Lichtung und Madison zuckte erschrocken zusammen. Eine Warnung - mehr nicht, aber eine, die ihr Ziel nicht verfehlte. Ein Schluchzer stieg aus ihrer Kehle empor, sie sank auf die Knie und presste den Kopf auf die kalten Holzdielen. Auch wenn sie die Augen zusammenpresste, ließen sich die Bilder nicht aus ihrem Kopf vertreiben. Bunt vermischten sich Gegenwart und Vergangenheit zu einem schrecklichen Wirbelsturm, der sie in seine düstere Tiefe hinabzuziehen schien. Einen Augenblick lang kniete sie so da, rund um sie herum die Stille der Nacht. Das unkontrollierte Zittern, das ihren ganzen Körper nach der Anspannung schüttelte, ließ nur langsam nach. Auch nachdem sie mehrmals tief ein- und ausgeatmet hatte, blieb das Gefühl, der Gestank und der Dreck dieser Männer hätte sich um ihre Seele gelegt. Langsam sammelte Madison all ihre Kraft und rappelte sich auf, um ins Bad zu gehen. Dort riss sie sich achtlos die Kleidung vom Leib, ließ sie in einem Haufen auf dem Boden liegen und stieg in die Dusche.

Dort ließ sie sich fast eine volle Stunde lang das heißeste Wasser über den Körper laufen, wusch sich drei Mal die Haare und seifte sich ebenso oft mit Duschgel ein. Erst als sie sich wieder sicher auf den Beinen fühlte und das Zittern nachgelassen hatte, stieg sie aus der Dusche und cremte sich sicherheitshalber mit ihrer duftendsten Bodylotion ein, um jegliche Erinnerung an den Besuch und den damit verbundenen Geruch zu vertreiben. Dann wählte Madison einen neuen Piyama, einen extraflauschigen, und legte sich wieder ins Bett. Erst als sie allerdings eine CD in den Player auf dem Nachttisch eingelegt hatte, konnte sie mit den Klängen indianischer Musik langsam wieder in einen unruhigen Schlaf finden.

Kapitel 7

Der erste Herbststurm fegte schneller über Manyberries hinweg, als erwartet. Gerade noch waren die Temperaturen weit über dreißig Grad gewesen, da schlug das Wetter um und über Nacht war es locker fünfzehn Grad weniger warm. Madison fröstelte, als sie die Füße aus dem Bett setzte und den kalten Boden ihrer Hütte an den Zehen spürte. Das Pfeifen des Windes war jetzt schon durch alle Ritzen der kleinen Behausung zu hören und als sie aus dem Fenster blickte, schien es, als würde es regnen - nur dass es Herbstlaub war, das von den Bäumen segelte und sich rund um die Hütte sammelte. Madison liebte diese Zeit, doch die bedrohlichen Wolkentürme am Horizont verrieten, dass noch einiges auf sie zukommen würde, bevor sie und die Bewohner von Manyberries den gemütlichen Herbst genießen konnten. Madison riegelte das ganze Häuschen gut ab, schloss die Fensterläden und steckte bedauernd auch den Elektroofen wieder aus. Am Abend würde es bitterkalt sein, wenn sie von der Arbeit käme. Auch wagte sie nicht, ein kleines Feuer im Kamin brennen zu lassen. Wenn eine Windböe den engen Schacht hinunterbeugte und Funken in der Hütte verteilte, wäre am Abend gar nichts mehr übrig, mit dem sie sich wärmen konnte. In ihrem Kleiderschrank hingegen gab es längst genügend Sachen, mit denen sich den kälteren Temperaturen und den eisigen Winden trotzen ließ. Nach drei Jahren in Kanada hatte Madison einiges dazugelernt und würde sich nicht mehr beim ersten Temperatursturz eine Lungenentzündung holen, wie noch in ihrem ersten Jahr in Manyberries.

Die Lage der kleinen Stadt inmitten der Prärie setzte die mehrheitlich aus Holz gebauten Häuser allerdings auch jedes Jahr einem besonderen Härtetest aus. Die Winde wurden von keinen größeren Hindernissen, keinen hohen Hügeln und keinen großen Wäldern aufgehalten. Der Wald, in dem Madison wohnte, endete kurz vor der Stadt und war auch nicht breiter als etwa eine Meile, sodass er nicht wirklich Schutz vor den Sturmböen bieten konnte. In der Vergangenheit hatte es deshalb öfters verheerende Schäden gegeben, abgedeckte Häuser und niedergedrückte Mais- oder Getreidefelder, die dann nicht mehr geerntet werden konnten. Jetzt bogen sich die Pflanzen im Wind, die eine oder andere Böe spürte sie sogar während dem Fahren an ihrem Auto rütteln.

„Da braut sich was zusammen“, wurde sie dann auch sogleich von Dan, Grace' Helfer und langjährigem Angestelltem begrüsst. Madison nickte. Anscheinend hatte sie sich nicht eingebildet, dass da was auf sie zukam, auch wenn sie offiziell immer noch als sogenanntes Greenhorn - als Stadtpflanze die neu in der Wildnis angekommen war - galt. Sie nickte.

„Wir sollten die Vorfenster aufhängen. Spätestens morgen früh frieren sich unsere Gäste sonst den Arsch ab und die Heizkosten steigen ins Unermessliche, wenn wir dies ausgleichen wollen“, meinte er. Madison stimmte ihm zu.

„Ich ziehe mich nur noch rasch um, dann bin ich bei dir“, meinte sie und wandte sich in Richtung der Garderoben-Zimmer.

„Nimm lieber alte Sachen. Die Fenster auf dem Dachboden werden wohl ganz schön eingestaubt sein", warnte Dan sie, wie er es schon im letzten und im vorletzten Jahr getan hatte. Er war Vater dreier halbwüchsiger Töchter und der einzige Mann, den Madison kannte, der sich darum scherte, welche Kleidung eine Frau zu welcher Arbeit oder welchem Anlass zu tragen hatte. Sie hatte ihn an diversen Anlässen schon mit Frau und Kindern gesehen und wusste, dass sich keine von ihnen einen besseren und fürsorglicheren Familienvater wünschen konnte. Sogar sie selbst hatte manchmal das Gefühl, dass er väterlicher mit ihr umging, als dies ihr eigener Erzeuger jemals getan hatte.

In dem Hotelzimmer, das den Angestellten zur Verfügung stand, traf Madison auf Serenity. Diese war ganz neu im Team der Zimmermädchen und Madison hatte auf den ersten Blick erkannt, dass diese einiges mehr konnte, als nur Bettlaken wechseln und Handtücher zusammensammeln. Sie hätte nicht genau sagen können, worin sich dieser Gedanke begründete, denn Serenity sprach kaum mit den anderen Angestellten. Von Grace wusste Madison, dass sie schon ihr Leben lang in Manyberries verbracht hatte.

Nun saß sie allerdings mit hängendem Kopf auf einer der Lounges und sah aus, als könnte sie ein wenig guten Zuspruch gebrauchen.

„Hey", machte Madison schüchtern. Auch sie war nicht unbedingt der Typ Mensch, der auf jeden Fremden gleich offen zuging, als würden sie sich schon ewig kennen. Tatsächlich bereitete es ihr große Mühe, Leute kennenzulernen, seitdem sie Portland verlassen hatte.

„Hi!" Serenity ging es offensichtlich genau gleich wie ihr und der Gesprächseinstieg fiel ihr schwer.

„Kann ich etwas für dich tun? Du siehst nicht gerade glücklich aus? Einen Kaffee vielleicht? Ich bin auch gerne da, wenn du jemanden zum reden brauchst. Allerdings kennen wir uns nicht wirklich. Ich würde also verstehen, wenn du die Gesellschaft von jemandem anderen vorziehen würdest. Oder ist es einfach der Sturm, der dir Sorgen bereitet?" Madison langte sich an die Stirn. Wie immer wenn sie aufgeregt war, redete sie zu viel und vor allem sehr wenig, das wirklich Sinn machte. Ihr Gegenüber würde sie wohl schon längst für total bescheuert halten. Zu ihrem Erstaunen jedoch lächelte die junge Frau. Ihr Wortschwall schien sie aufzumuntern oder zumindest amüsiert zu haben.

„Ich habe tatsächlich die eine oder andere Sorge zur Zeit. Ich denke allerdings, dass ein Schokoladen-Cappuccino das ganze schon viel besser aussehen lässt. Leistest du mir Gesellschaft?" Serenity sah tatsächlich nicht mehr ganz so niedergeschlagen aus, was Madison freute. Anscheinend gelang es ihr nicht nur, die Menschen in Ihrer Umgebung herunter zu ziehen, sondern auch aufzustellen.

„Ich habe Dan versprochen, dass ich ihm helfe, die Pension sturmsicher zu machen. Wenn du dich uns anschließen möchtest, sind wir bestimmt schnell fertig und haben alle Zeit der Welt für eine gemütliche Kaffeerunde. Wäre das okay für dich?" Madison kam sich ein bisschen blöd vor, ihre Mitarbeiterin jetzt wieder zurück zu weisen, nachdem die Idee mit dem Kaffee ja von ihr gekommen war. Doch das Rütteln des Windes an der Fassade des

Hauses erinnerte sie daran, dass sie sich nur kurz hatte umziehen wollen. Zu ihrer Überraschung lächelte Serenity.

„Klar, ich helfe gerne. Handwerklich bin ich nicht unbedingt gut zu gebrauchen, aber ich bin immerhin kräftig und habe vielleicht die eine oder andere schlaue Idee." Alles in allem klang sie noch immer nicht wie die selbstbewusste junge Frau, wie die sie eigentlich aussah, aber sie wirkte lebendiger als zuvor.

„Und danach Kaffee, okay?", vergewisserte sie sich noch einmal und Madison nickte sofort. Dann deutete sie zum Fenster.

„Ich denke, den müssen wir uns hart verdienen." Was am Morgen noch nach harmlosen Wolkengebilden ausgesehen hatte, war rasch näher gekommen und in große Türme zusammengewachsen, die nun am Himmel nur auf den richtigen Moment zum Zuschlagen zu warten schienen.

„Das sieht tatsächlich gar nicht gut aus. Hast du schon einmal hier draußen einen richtigen Herbststurm erlebt?" Serenity schien langsam tatsächlich aufzutauen, während Madison rasch die Klamotten wechselte. Sie genierte sich nicht, vor der fremden Frau in Unterwäsche herumzuspazieren und auch dieser schien es nicht auszumachen. Während sie auf Madisons Antwort wartete, knöpfte sie ihre Jacke zu.

„So lange bist du ja noch nicht hier?", meinte sie dann noch ein wenig entschuldigend, als müsste sie ihre Frage rechtfertigen. Madison lächelte sie kurz an, bevor sie sich einen zerrissenen Pullover über den Kopf zog.

„Einen richtigen Sturm gab es bereits, nur einen Monat nach meiner Ankunft hier. Denkst du es wird so schlimm werden?“ Wenn sogar Serenity, die hier aufgewachsen war, sich Sorgen machte, war es vielleicht ernster, als sie sich gedacht hatte.

„Ich habe seit meiner Kindheit Jahr für Jahr die Stürme erlebt. Mal sind sie schlimm, mal weniger. Man sieht es ihnen nicht unbedingt an. Aber hast du denn gestern oder heute gar nicht fern gesehen?“ Madison schüttelte den Kopf.

„Ich habe nicht einmal Handyempfang, da wo ich wohne“, gestand sie und grinste. Dieser Fakt störte sie meist überhaupt nicht und sie konnte das Entsetzen auf Serenitys Gesicht nicht wirklich nachvollziehen. Diese schien kaum zu verstehen, wie man so überleben konnte.

„Nun, auf jeden Fall sagen sie da, dass es ernst ist. Sie haben Bilder gezeigt. Der Sturm fegt ziemlich ungebremst über die gesamte Prärie. Er soll sich schon in Manitoba aufgebaut haben und nun über Saskatchewan bis hierher gekommen sein, ohne wirklich abzuflauen. Das heißt schon, dass wir es mit einem harten Brocken zu tun haben“, erläuterte sie und folgte dann Madison, die das Personalzimmer verließ, um endlich Dan zu helfen.

„Dann ist es ja gut, dass wir zu dritt sind. So wird Gracies mit Sicherheit dem Sturm standhalten“, meinte Madison dennoch zuversichtlich. Auch Serenity nickte und lächelte, doch Madison entging nicht, dass sie sich auf die Lippen biss, ein deutliches Zeichen von Unsicherheit.

Während sie mit Dan und Serenity die Sachen vom Speicher räumte und entstaubte, hatte Madison viel Zeit, um nachzudenken. Alle drei arbeiteren sie rasch und konzentriert, ohne dass einer dabei besonders gesprächig war. Dennoch ergänzten sie sich gut und kamen schnell voran, während jeder seinen eigenen Gedanken nachhing.

Ihr fiel zuerst Callum ein, der ja ebenfalls neu war hier draußen und dann die drei Kerle, die sie gestern aufgesucht hatten. Madison wünschte ihnen von ganzem Herzen, dass sie nirgendwo untergekommen waren und dem Sturm im Wald oder sonst an einem schrecklichen Ort würden trotzen müssen. Vielleicht wäre ja ein Baum so gnädig, auf alle drei auf einmal hinabzustürzen und damit jegliche Probleme, die sie Madison noch bereiten wollten, auf einen Schlag lösen. Die junge Frau grinste in sich hinein, doch es war ein bittersüßes Grinsen. Sie wusste, dass der Sturm ihr nur Aufschub gewähren würde - mehr nicht.

Schon jetzt war es anstrengend, von draußen die Fenster zu verstärken. Meist mussten sie zu zweit die Rahmen festhalten, während der dritte die Nägel einschlug. Immer wieder fegten Windböen durch die Hauptstraße und drohten, ihnen alles aus den Händen zu reißen. Dennoch schafften sie es mit vereinten Kräften, die Vorfenster anzubringen.

„So früh wie dieses Jahr waren wir noch nie“, murrte Dan und auch Serenity war verunsichert.

„Es war doch gerade noch Sommer.“ Sie wirkte noch immer bedrückt, dennoch hatte Madison das Gefühl, die gemeinsame Arbeit hätte sie ein wenig auf andere Gedanken gebracht.

Madison hielt sich aus der Unterhaltung raus, als die

beiden über die Stürme der letzten Jahre fachsimpelten. Sie konnte nicht auf ein Leben in Manyberries zurückblicken wie Dan und Serenity, doch sie fühlte sich nur kurz ausgeschlossen, als die junge Frau sich wieder ihr zuwandte.

„Wo lebst du eigentlich? Ich habe dich nach Feierabend noch nie in Manyberries getroffen?“ Ihre Aussage verriet einmal mehr wie stark die Bewohner dieser süßen kleinen Stadt aufeinander achteten, doch Madison konnte nicht wütend sein darüber. Im Gegenteil dachte sie daran, dass sie sich nach Joeys Tod wohl nirgendwo hätte geborgener fühlen können als in dieser Gemeinschaft.

„Ich habe etwas nördlich von hier eine kleine Hütte gemietet. Mit dem Auto sind es nur zehn Minuten. So habe ich meine Ruhe und kann dennoch alle Vorteile dieser wunderbaren kleinen Stadt genießen.“

„Ist das nicht ein wenig - nun - einsam?“ Es schien als könnte sich Serenity das Leben außerhalb der Grenzen von Manyberries nicht vorstellen. Dabei war es für Madison zu Anfang schon schwer vorstellbar gewesen, von Portland in eine dermaßen kleine Stadt zu ziehen.

„Man gewöhnt sich ganz gut daran“, Madison zuckte mit den Schultern. „Zudem sehe ich auf der Arbeit ja genügend Menschen“, lächelte sie.

„Woher bist du denn hierhergezogen?“ Serenitys nächste Frage brachte Madison aus dem Konzept. In ihren Anfangstagen in Kanada war sie oft damit konfrontiert worden, doch anscheinend hatte es sich irgendwann in der ganzen Stadt herumgesprochen, sodass niemand mehr fragte, worüber sie sehr froh war. Sie wusste selbst, dass Serenity nur nett sein wollte. Dennoch starrte sie sie einen Augenblick lang mit weit aufgerissenen Augen an, während sie fieberhaft überlegte, was sie zuletzt auf diese Frage geantwortet hatte. Was hatte sie Grace gesagt? Oder Dan?

„Ich stamme aus Oregon. Auch keine große Stadt oder so, aber ein bisschen mehr Häuser und Leute als hier sind es dann schon", lächelte sie. Vom Akzent her konnte sie sich schlecht allzu weit weg lügen.

„Wir waren früher oft in Oregon zum Angeln - als meine Eltern noch lebten", erzählte Serenity. Madison, die nicht gewusst hatte, dass ihre Kollegin Waise war, hielt erschrocken inne, doch im Gesicht der anderen Frau entdeckte sie keine Anzeichen, dass sie zu diesem Zeitpunkt hätte auf diesen Fakt eingehen sollen.

„Das hat mein Vater auch immer gemocht. Hinter unserem Haus gab es einen kleinen See - ich bin so gern auf dem Boot mitgefahren", erzählte sie deswegen. Sie lächelte bei der Erinnerung daran.

„Möchtest du einmal Kinder haben?", fragte Serenity plötzlich aus dem Nichts und wie aus der Pistole geschossen. Madison schrak einen Augenblick zusammen ob der Heftigkeit der Frage, nachdem Serenity den ganzen Nachmittag über eher in sich gekehrt gewesen war. Sie überlegte einen Augenblick und warf ihrer Kollegin einen prüfenden Blick zu, während sie zwei Blumentöpfe unter den Arm klemmte und damit in den Keller der Pension marschierte, dicht gefolgt von Serenity, die einen großen Pflanzkübel mit beiden Händen tragen musste, weil er so schwer war.

„Ich habe noch nicht spezifisch darüber nachgedacht. Meine frühe Kindheit war sicher sehr schön und meine Eltern haben sich stets mehr als nur ein bisschen Mühe gegeben, uns ein schönes Zuhause zu schaffen. Danach habe ich es selbst ein bisschen verbockt, was aber nicht an meinen Eltern lag. Also könnte ich sagen, dass ich zwar durchaus Kinder möchte, aber dazu fehlen doch noch einige andere Dinge, die ich nicht selbst steuern kann", erklärte sie dann. Irgendwie war sie sich verpflichtet vorgekommen, eine solch ausführliche Antwort zu geben, nachdem Serenity diese Frage so wichtig zu sein schien.

„Was fehlt denn?", hakte diese nach und wischte sich mit dem Ärmel den Schweiß von der Stirn, nachdem sie den Pflanzkübel in der Waschküche abgestellt hatte. Dort stapelten sich an einer Wand bereits all die Sachen, die vor dem Sturm in Sicherheit gebracht worden waren. In diesem Augenblick trat Dan in den sowieso schon beengten Raum.

„Los, vorwärts Mädels. Der Wind wird immer stärker und wir wollen schließlich alle pünktlich zu Hause sein. Meine Schwägerin wird von mir erwarten, dass ich ihre Geranien und Rosen ebenfalls in Sicherheit bringe, nachdem ihr nichtsnutziger Mann mit Sicherheit nicht pünktlich sein wird." Sie alle wussten, dass Dans Bruder Officer Camden war, der Stadtpolizist von Manyberries. Beide Männer liebten es, sich gegenseitig zu foppen und auch kleine Sticheleien vor anderen Menschen gehörten offensichtlich zu ihrer Bruderliebe.

„Er hat Recht", stimmte Madison zu und hastete erneut die Kellertreppe hoch. Serenity folgte ihr und als sie wieder voll beladen nach unten stiegen, wusste Madison, dass es nur fair war, die Frage ihrer Kollegin zu beantworten, auch wenn es ihr nicht ganz leicht fiel. Sie probierte es mit einem lockeren, scherzhaften Tonfall.

„Na ein Mann fehlt mir zum Beispiel“, meinte sie.

„Und ich denke auch dass meine Hütte im Wald nicht unbedingt familientauglich ist. Aber momentan fühle ich mich dort ganz wohl und gar nicht unbedingt in der Stimmung, richtig sesshaft zu werden mit Haus, Garten und allem was dazugehört.“ Sie lächelte und drehte sich zu Serenity um. Diese sah jedoch so ernsthaft drein, sodass Madison sich kurz fragte, ob sie etwas Falsches gesagt hatte.

„Gibt es denn niemanden – mit dem du dir das vorstellen könntest?“, hakte Serenity jedoch nach, neugierig wie eine gute Freundin und ohne sich den Schwermut in ihren Augen anmerken zu lassen.

Madison zuckte mit den Schultern, dachte kurz an Callum und schüttelte dann den Kopf.

„Ich hatte in der Vergangenheit ein wenig Pech mit den Männern. Aktuell bin ich also ganz gerne einfach alleine. Und was ist mit dir?“, sie fand dass es an der Zeit war, den Ball zurückzugeben um weiteren, schwierigen Fragen zu entgehen. Serenity schien auch einen Augenblick überlegen zu müssen.

„Ich wünsche mir eine Familie, aber du hast völlig Recht – so einfach ist es nicht.“ Diesmal war sie es, die die Treppe rasch hinter sich brachte und Madison wusste, dass sie ihren Fragen auswich. Verwundert schüttelte sie kurz den Kopf. Bisher hatte sie sich kaum jemals mit Serenity unterhalten und jetzt gleich so ausführlich. Dennoch wurde sie nicht schlau aus der jungen Frau. Vielleicht würde sich – wenn die Aufregung um den Sturm vorbei war – die Gelegenheit zu einem gemeinsamen Kaffee ergeben und sie konnten ihr Gespräch vertiefen. Jetzt rief bereits Dan Camden oben an der Treppe, der hinter dem Haus Hilfe brauchte, die Sitzgelegenheiten für die Gäste von Gracies zu sichern. Jedes Jahr brachten solche Stürme große Verluste für Anwohner und Unternehmer, doch während sich Madison umschaute, war sie sicher, dass die Pension diesen Sturm glimpflich überstehen würde. Sie alle drei hatten ganze Arbeit geleistet und die wichtigsten Sachen in Sicherheit gebracht. Nun stand dem Feierabend nichts mehr im Wege – es wurde Zeit, dass sie auch sich selbst in Sicherheit brachten, bevor der Wind und der Regen kamen.

Kapitel 8

Der Feierabend kam viel schneller näher als Madison es sich gewünscht hatte. Grace hatte bestimmt, dass all ihre Mitarbeiter nach Hause fahren würden und niemand eine Nachtschicht zu leisten hatte. Nun war es draußen schon dunkel, viel zu dunkel für diese Jahreszeit und vor allem dafür, dass der Nachmittagstee im kleinen Salon erst soeben beendet worden war. Alle hatten sie sich im Foyer vor der Rezeptions-Theke versammelt.

„Und du bist sicher, dass du zurecht kommst?“, fragte Madison zum xten Mal. Sie war nicht die Einzige mit einem besorgten Gesichtsausdruck, doch Grace lächelte bloß gelassen.

„Es gibt Schlimmeres als ein bisschen Sturm und Wind. Vielleicht werden wir heute Abend im Salon eine Scrabble-Meisterschaft veranstalten. Einige der übriggebliebene Gäste scheinen mir dafür Bestens geeignet“, meinte sie und es war offensichtlich, dass sie tatsächlich als Einzige nicht nervös war. Nach und nach gingen dann auch alle nach Hause, Madison als Letzte.

„Und komm ja nicht auf die Idee, morgen hier vorbeizukommen, wenn es immer noch stürmt, ist das klar, Liebes?“ Energisch und dennoch liebevoll packte Grace Madison am Arm und drohte ihr mit dem Zeigefinger.

„Bei diesem Wetter ist es tödlich, durch den Wald zu fahren. Bist du sicher, dass du nicht hierbleiben möchtest?“ Die junge Frau schüttelte entschlossen den Kopf.

„Ich habe nicht den ersten Sturm hier überstanden. Meine Hütte ist mir am liebsten, solange das Dach drauf bleibt. Außerdem habe ich genügend Vorräte und lebe sowieso nicht allzu selten ohne Strom. Alles was hier in der Stadt vielleicht während dem Sturm vermisst wird, hatte ich sowieso noch nie“, lachte Madison und schließlich musste ihr Grace zustimmen.

„Aber pass gut auf dich auf, wenn du fährst. Geh besser jetzt, bevor das noch schlimmer wird.“ Mit diesen Worten angelte sie eine große Papiertüte hinter der Theke hervor und überreichte sie Madison feierlich.

„Ich weiß, dass du genügend Vorräte hast, aber du wirst dich sicherlich über ein wenig Abwechslung freuen, falls du einen oder zwei Tage nicht zum Kaffeetrinken hier vorbeikommen kannst.“ Aus der Tüte roch es verführerisch nach einem leckeren Kuchen. Madison hatte nicht gewusst, dass Grace auch ein Talent im Backen hatte, geschweige denn dass sie am heutigen, chaotischen Tag dafür überhaupt Zeit gefunden hatte. Doch der Duft war eindeutig und Madison freute sich bereits, heute Abend ganz alleine vor ihrem brennenden Kamin zu sündigen.

„Danke Grace. Das wäre doch nicht nötig gewesen. Ich verschwinde jetzt.“ Mit diesen Worten winkte sie Ava und Serenity zu, die ebenfalls bereits ihre Jacken trugen. Grace würde am heutigen Abend alleine die Stellung halten - natürlich mit der tatkräftigen Unterstützung von Grace' Sohn Finlay. Nach den zahlreichen überstürzten Abreisen war es auch keine große Sache mehr, die Handvoll übrig gebliebenen Gäste zufriedenzustellen und Madison hatte kein schlechtes Gewissen, ihre Chefin zurückzulassen.

Auf dem Weg zu ihrem Wagen hätte der Wind ihr beinahe die wertvolle Tüte aus der Hand gerissen und schaffte es innert Sekunden, ihre Arbeitsfrisur zu zerstören. Die Tür zum Auto konnte sie kaum öffnen, immer wieder kam eine Böe und drückte sie wieder zu, sodass die junge Frau all ihre Kraft aufwenden musste, um zuerst die Tüte und dann sich selbst ins Auto zu verfrachten. Im Schritttempo fuhr sie los, die Hauptstraße von Manyberries hinunter, um sich an das Wetter zu gewöhnen. Ein fast unmögliches Unterfangen, denn immer wenn sie dachte, das Ganze würde nun ein wenig besser, kam der nächste Windstoß und rüttelte am Wagen. Mehr als einmal geriet sie beinahe auf die Gegenfahrbahn und war erleichtert, dass außer ihr anscheinend niemand so verrückt war, sich jetzt noch auf der Straße aufzuhalten. Als sie das Ortsschild von Manyberries passiert hatte, beschleunigte sie, um möglichst rasch ins Warme zu kommen. Regen peitschte auf ihre Windschutzscheibe und auch wenn die Scheibenwischer auf Hochtouren liefen, war es fast unmöglich, deutlich die Straße vor ihr zu sehen. Madison tröstete sich damit, dass kein Mensch und kein Tier so dämlich wäre, jetzt noch unterwegs zu sein, sodass die Gefahr, dass sie plötzlich mit irgend einem Lebewesen zusammenstieß, relativ gering war. Dennoch war sie erleichtert, als endlich ihre Hütte im Scheinwerferlicht auftauchte. Im Garten neben dem Haus hatte der Wind bereits einige Netze von den Beeten gerissen, doch Madison nahm nicht an, dass Schädlinge ausgerechnet diesen Sturm nutzen würden, um sich über die letzten Reste ihrer Ernte herzumachen. Das Meiste hatte sie sowieso eingefroren, eingemacht oder bereits gegessen.

Auch unter dem Hüttendach hingen Zwiebeln und ganze Trauben von Knoblauch, die dort darauf warteten, verspeisen zu werden. Alles was jetzt noch draußen war, konnte sie zur Not auch als Verlust verbuchen.

Die junge Frau nutzte den Vorteil, ganz alleine im Nirgendwo zu leben und parkte so, dass sie praktisch nur noch die Fahrertür öffnen musste und schon die Hand nach der Haustürklinke ausstrecken konnte. Beinahe hätte sie Grace' lecker duftende Tüte im Auto gelassen - im letzten Moment angelte sie diese vom Beifahrersitz und schlug dann rasch die Tür zu, während sie mit der anderen Hand bereis die Haustür aufstieß. Einige Blätter, die der Wind bereits von den Bäumen gerissen hatte, lagen am Boden, doch Madison sah darüber hinweg. Wahrscheinlich würde noch eine ganze Menge Laub dazukommen, bevor dieser Sturm vorüber war.

Sorgfältig stellte sie die Tüte auf der Küchenzeile ab und begann dann sogleich im Wohnzimmerkamin und im Küchenofen einzuheizen. Dazu stellte sie einen Topf auf den Herd. Eine kräftige Suppe wäre jetzt genau das richtige und wenn sie einmal genug kochte, würde es auch nichts ausmachen, falls der Strom bald gänzlich ausfiel. Dies passierte dann auch tatsächlich noch bevor die kräftige Gemüse-Würstchen-Suppe überhaupt köchelte, doch das Feuer unter dem Herd prasselte inzwischen munter vor sich hin und konnte schnell die restliche Arbeit übernehmen, während Madison in ihr kleines Schlafzimmerchen ging und dort in bequemere Kleidung schlüpfte. Während sie einen Blick aus dem Fenster warf, spürte sie ein Gefühl der Einsamkeit in sich aufsteigen. War es eine gute Idee gewesen, Manyberries zu verlassen, um hierher zu kommen? Bei Grace hätte sie immerhin Gesellschaft gehabt. Doch dann beschloss sie, das Beste daraus zu machen und verharrte einen Augenblick vor dem Bücherregal über ihrem Bett, das all diejenigen dicken Schmöker beherbergte, die sie bisher noch nicht zu lesen geschafft hatte. Sie entschied sich für ein besonders fantastisch aussehendes, besonders dickes Exemplar, das sie zumindest den Sturm hindurch beschäftigen würde. Sicher wäre dieser vorbei, ehe sie es merkte, wenn dieses Buch so fesselnd war, wie die Presse und Grace behauptet hatten.

Zurück in der Küche, mit Kuschelsocken an den Füßen, stellte sie eine kleine Pfanne neben den großen Suppentopf und erwärmte sich ein wenig Wasser, während sie ihr Tee-Ei mit drei verschiedenen trockenen Kräutern - die Himbeerblätter sogar aus dem eigenen Garten - füllte.

Schlussendlich fand sich Madison wieder auf dem Sofa, bewaffnet mit einer Decke, einer großen Schale Suppe und einer dampfenden Tasse Tee. Den Kuchen von Grace hatte sie mit einem Teller ebenfalls bereitgestellt und sie war willig, das ganze, wunderbar duftende Teil noch in dieser Nacht zu vernichten.

Es gelang ihr allerdings nicht hundertprozentig, sich auf die würzige, aber sehr leckere und wärmende Suppe zu konzentrieren, ebenso wenig auf das Buch, das sie in der anderen Hand hielt. Der Regen prasselte wie kleine Steinchen gegen ihre Scheiben und Madison spielte mit dem Gedanken, die Fensterläden zu schließen, um die Scheiben zu schützen und den Lärm vielleicht ein bisschen zu dezimieren. Einzelne Ritzen dienten als wunderbare Kanäle für den reißenden Wind und zischten dabei auch noch wunderschön. Blitze erleuchteten hin und wieder den Wald und Madison hoffte, dass keiner von ihnen sich den Umkreis ihrer Hütte aussuchen würde, um in einen Baum zu schlagen. Die Stimmung wurde immer unheimlicher und schon musste sie wieder aufstehen, um Holz nachzulegen. Wenn das so weiter ging, würde sie wohl noch vor Ende der Nacht nach draußen gehen müssen, um Nachschub zu holen. Der Wind, der durch den Kamin zog, ließ das Feuer rasant arbeiten und sorgte gleichzeitig dafür, dass nur ein Teil der Wärme wirklich seinen eigentlichen Bestimmungspunkt erreichte.

Wieder auf dem Sofa zog Madison die Decke bis zum Hals und widmete sich erneut Suppe und Buch, doch noch bevor sie einige Löffel genossen hatte, polterte es vor ihrer Hütte. Sie zuckte zusammen, stand hastig auf und versuchte, die Suppenschüssel möglichst leise auf dem Tisch vor dem Kamin abzustellen. Vergeblich. In ihrem Schrecken hätte sie beinahe einen Teil verschüttet. Sie spähte durch ein kleines Fensterchen neben dem Herd. Dann griff sie nach ihrer Flinte und öffnete schließlich beherzt die Tür, in der Annahme, bloß ein großer Ast wäre von den Bäumen vor dem Haus gefallen. Doch da, unter dem winzig kleinen Vordach ihrer Tür stand eine dick vermummte Gestalt, die sie um mindestens eine Kopflänge überragte. Madison zuckte zurück, Angst stieg in ihr auf. Doch nach allem was sie bisher wusste, waren Joeys Kumpanen nicht die Typen, die im Sturm unterwegs waren, besonders nicht alleine.

„Wer sind Sie?“, murmelte sie und wiederholte die Frage lauter, als ihr auffiel, dass sie im Sturm niemals gehört worden war.

„Darf ich reinkommen? Ist ein wenig ungemütlich hier draußen.“ Sie sah, dass der Fremde sich vom Stapel neben der Tür noch einige Holzblöcke geangelt hatte, ganz so, als ob er vorhatte, länger zu bleiben. Erstaunt, weil sie die Stimme von irgendwo her kannte und gleichzeitig weil er sich so selbstverständlich an ihr vorbeidrängte, als würde er in der Hütte wohnen und nicht sie.

„Ähm“, machte Madison, da streifte der Eindringling bereits seine Kapuze ab.

„Wir kennen uns bereits“, meinte er. Vor ihr stand - der Typ, der ihr gegen Joey hatte beistehen wollen. In fremde Hütten einzudringen, ohne zwei Mal zu fragen schien seine Gewohnheit zu sein.

„Mächtiger Sturm da draußen. Bin richtig froh, ist mir diese Hütte hier noch eingefallen“, ergänzte er und lächelte treuherzig. Was sollte denn das bitteschön? Madison fand so schnell nicht ihre Sprache wieder, war im Gegenteil noch immer verdattert von den Geschehnissen der letzten Minuten.

„Entschuldigen Sie bitte…“, begann sie deshalb. Die Städterin in ihr verlangte, dass sie diesen Typen hochkant rausschmiss, der Teil von ihr, der in Kanada warmherzig empfangen wurde, riet ihr, dasselbe auch mit ihm zu tun. Unmöglich war ihr, ihn in diesen Sturm zurück zu schicken. Nicht einmal ihrem ärgsten Feind hätte sie gewünscht, jetzt da draußen herumzulaufen und auch er schien bis auf die Haut durchnässt zu sein. Dennoch geriet es ihr ein wenig in den falschen Hals, dass er anscheinend ihre Hütte als beliebigen Unterschlupf sah und nicht als das Zuhause, das es für sie war.

„Ich weiß, ich weiß", murmelte er, ganz so als hätte er ihre Gedanken gelesen. Sie hob eine Augenbraue, gespannt auf das, was er zu wissen glaubte.

„Wir sind uns noch gar nicht vorgestellt worden", erklärte er und seine betretene Miene hatte irgend etwas Charmantes an sich, das es Madison erschwerte, länger zornig zu sein.

„Zachary Felton", er streckte ihr die Hand entgegen und realisierte dann erst, dass diese noch in einem groben und vor allem sehr schmutzigen Arbeitshandschuh steckte.

„Sorry Miss", murmelte er und entfernte dieses Hindernis rasch, bevor er die Hand erneut ausstreckte.

„Für meine Freunde aber einfach nur Zach, wenn es Ihnen beliebt."

„Madison Parker", entgegnete sie schließlich und konnte nicht anders, als zu lächeln und seine Hand zu ergreifen. Sein Händedruck war warm und fest, seine Hand ein wenig schwielig, doch fühlte sie sich nicht unangenehm an.

„Tut mir leid, dieser Sturm hat mich sozusagen vor deine Tür gewindet, Madison." Er sah zwar nicht unbedingt so aus, als ob es ihm richtig fest leid täte, aber seine Stimme klang dennoch aufrichtig.

„Ich denke nicht, dass du heute noch weit kommst", entgegnete sie und griff bereits in der Küchenanrichte nach einer zweiten Suppenschüssel. Einen Kuchenteller ließ sie erst beiseite, das war nicht etwas, das man einem Fremden als Erstes vorsetzte.

„Häng deine Kleidung über den Kamin. Sicher bist du nass bis auf die Haut und holst dir sonst noch eine Grippe oder was Schlimmeres", schlug sie vor. Langsam gewann sie ihre Fassung wieder - langsam aber sicher.

Während er ihrer Anweisung Folge leistete, setzte sie sich wieder auf ihren Platz am Sofa und schöpfte seine Schüssel ebenfalls voll.

„Löffel sind in der Schublade über dem Herd." Sie drehte sich nicht um und hoffte, er würde sie verstehen. Dass sie ihn ihren eigenen Löffel mitbenutzen ließ, wäre dann ein wenig zu viel des Guten gewesen.

„Danke", kam es sogleich, wenn auch ein wenig gedämpft von Zach.

Ehe sich Madison versah, ließ er sich neben sie auf das Sofa fallen und als sie ihm einen Seitenblick zuwarf, schnappte sie nach Luft. Er hatte diese ganze Sache mit dem Ausziehen ein wenig zu genau genommen und saß jetzt nur noch mit einer Boxershorts bekleidet neben ihr. Sofort fiel der jungen Frau auf, wie definiert und stahlhart sein Oberkörper war. Zahlreiche ältere und neuere Wunden zierten seine Oberarme und seine Brust, doch sie taten der Schönheit seines Körpers keinen Abbruch. Im Gegenteil schienen sie wie die finalen Striche auf einem gemeißelten Werk. Entweder er trainierte jeden Tag wie besessen, oder aber er hatte irgend einen unglaublich anstrengenden Job. Vielleicht sogar einen, bei dem er oben ohne arbeiten konnte? Über dem Herd trocknete nun sein blau-grau kariertes Hemd, über dem Wohnzimmerkamin seine Jeans und seine Jacke, die nebst der Nässe auch mit Staub und Schlamm vollgesogen war.

Was immer er arbeitete oder sonst in den Wäldern trieb, es war definitiv nichts für zimperliche Seelen.

Mist, er hatte irgend etwas zu ihr gesagt und sie hatte es prompt verpasst, während sie damit beschäftigt war, ihn anzustarren und über seine Beschäftigung nachzudenken.

„Danke für die Suppe", wiederholte er geduldig, als sie sich verlegen räusperte und den Blick hob, um seinen fragenden Augen zu begegnen.

„Gerne", murmelte sie, noch nicht wieder ganz im Hier und Jetzt gelandet.

„Ich hoffe, Sie haben nebst Ihrem exquisiten Buchgeschmack auch noch ein Monopoly irgendwo in dieser Hütte versteckt. Könnte eine lange Nacht werden", meinte er lässig und lehnte sich zurück, während er die Suppe schlürfte, die Madison kurz zuvor noch immer als zu heiß empfunden hatte. Ihm schien die Temperatur nichts auszumachen und so griff sie ebenfalls erneut zu ihrer Schüssel.

„Monopoly nicht, aber einige Kartenspiele sollten da sein", entgegnete sie und wunderte sich darüber, hier mit diesem Fremden zu sitzen und sich mit ihm über Spiele zu unterhalten.

„Zuvor sollten wir allerdings noch eine Fuhre Holz hier reinholen. Gemütlicher wird's draußen nicht mehr", erklärte er. Madison stimmte ihm zu.

„Wobei zu zweit sollten wir ja nicht das Problem haben, dass uns kalt wird, nicht wahr?" Er zwinkerte ihr verschmitzt zu.

„Es stört Sie doch nicht, wenn ich eine Weile hierbleibe, bis der Sturm sich gelegt hat, oder?“ Eigentlich hatten sie das noch nicht wirklich geklärt, aber Madison hatte angenommen, dass sowieso nichts anderes möglich wäre, wenn man vernünftig war und einen Blick aus dem Fenster warf.

Als sie es diesmal tat, fiel ihr in der Ferne eine Rauchsäule auf.

„Was ist das denn?“ Schockiert zeigte Madison nach draußen. Langsam stemmte sich Zachary aus seiner halb liegenden Position hoch und folgte ihrem Zeigefinger. Dann zuckte er mit den Schultern.

„Da wird ein Blitz in den Wald eingeschlagen haben“, meinte er gelassen und wandte sich wieder seiner Suppe zu.

„Wie kommt es, dass du so ruhig bleiben kannst?“ Madisons Stimme klang beinahe ein wenig anklagend.

„Ich bin sozusagen im Wald aufgewachsen. Zu lange ist mein erster Herbststurm her, als dass ich mich jetzt noch darüber aufregen müsste“, erzählte er und die junge Frau merkte, dass er sich tatsächlich nicht einfach so ruhig gab, sondern dass er so ruhig war.

„Aber sag mal“, fiel ihm dann ein, „gibt es in deiner Hütte kein Licht oder ist der Storm bereits weg?“ Er langte nach dem Lichtschalter, doch anscheinend war es ihm zu mühsam, sich erneut zu bewegen, nachdem er sich bequem zurechtgesetzt hatte. So blieb es dunkel.

„Es gibt keinen Strom. Warum sonst hätte ich Lampen aufhängen sollen?“ Ein wenig verärgert deutete Madison nach oben an die Decke, wo ein süßer Leuchter aus Strohgeflecht hing und normalerweise die Hütte in ein warmes Licht tauchte. Im Feuerschein war diese Lampe ebenso wie der Elektroherd und das kleine Radio nebenan bestens zu erkennen.

„Stimmt, wie dumm von mir. Das hätte mir auffallen müssen." Er klang nicht ein bisschen zerknirscht, ja nicht einmal reumütig über seine Bemerkung. Madison ignorierte ihn und stellte ihre inzwischen leere Suppenschüssel weg, um nach dem Kuchenstück zu greifen. Erst jetzt fiel ihr ein, dass sie ihm noch immer keinen Kuchen angeboten hatte. Ein wenig bedauerte sie ja, jetzt keine Zeit für ihr Buch zu haben. Gleichzeitig hatte sie, seit Zach da war, keine Minute mehr Angst ab dem gewaltigen Naturschauspiel da draußen empfunden. Vielleicht war seine Gesellschaft doch keine so schlechte Idee.

„Was ist eigentlich aus deinem Kumpel geworden? Derjenige, der - nun ja - ein wenig aufdringlich gewesen ist?" Mist, seine Gesellschaft war doch eine schlechte Idee. Joey war das letzte Thema, an das sie hatte denken wollen oder über das sie sich mit Zach unterhalten wollte. Aber ja, worüber wollte sie sich sonst mit einem vollkommen Fremden unterhalten, der immerhin die Nacht in ihrer Hütte zu verbringen plante? Und gleichzeitig: Wie sagte man einem vollkommen Fremden, dass besagter Typ tot war?

„Er ist gestorben. Am Tag nach unserer Begegnung", erzählte sie dann schlicht, ohne noch lange zu überlegen oder um den heißen Brei herumzureden.

„Wie bitte?", er hustete. Zu doof, dass er ausgerechnet während ihrer Bemerkung einen vollen Löffel Suppe in den Mund geschoben hatte.

„Er wurde tot in Manyberries aufgefunden. Vor dem Pub.“ Ihre Stimme zitterte trotz größter Anstrengung ein wenig, auch wenn sein erstaunt aufgerissener Mund sie ein wenig aufheiterte.

„Verdammt. Das hatte ich wirklich nicht erwartet. Hat er sich zu Tode gesoffen? Schien mir einer von dieser Sorte zu sein.“ Dieser Typ nahm auch kein Blatt vor dem Mund und plötzlich hatte Madison ein wenig das Gefühl, Joey verteidigen zu müssen.

„Ich denke, er hätte sich bei Gelegenheit gern zu Tode gesoffen. Leider wurde er zuvor ermordet.“ Nun klang ein wenig Sarkasmus in ihren Worten mit, doch Zach schien es nicht aufzufallen.

„Er…?“ Scheinbar konnte er noch immer nicht glauben was er da hörte.

„Tot“, murmelte Madison erneut. Sie dachte darüber nach, dass sie bisher Callum noch immer nichts von Zacharys Begegnung mit Joey erzählt hatte. Mit jedem Tag, der verging, war es verdächtiger, dass sie es nicht tat. Jetzt noch eine Ausrede zu finden, warum sie damit nicht eher herausgerückt war, wurde ebenfalls immer schwieriger.

„Tut mir leid, das will jetzt nicht richtig in meinen Kopf hinein. Der Typ kannte doch niemanden hier. Wo warst du, als er ermordet wurde?“

„Das ist nicht dein Ernst, oder? Denkst du ernsthaft, ich wäre so bekloppt, diesen dämlichen Menschen umzubringen? Nur weil er hierher kommt und mich ein wenig zu bedrohen versucht? Das kann doch nicht wahr sein. Ich war arbeiten, du Idiot, okay?“ Madison machte Anstalten aufzustehen und Zach seine Kleider an den Kopf zu werfen, damit er sich in den elenden Sturm verpissen konnte, aus dem er hergekommen war.

„Und wenn ich ihn ums Eck hätte bringen wollen, dann garantiert mit einem schlaueren Plan als mitten auf der Hauptstraße vor dem Pub. Diese Hütte hier wäre zum Beispiel ganz geeignet als Schauplatz für einen Mord, findest du nicht auch?"

„Und warum hat die Polizei bisher nicht mit mir gesprochen?" wunderte sich Zach. Ihm schien nicht aufzufallen, wie sehr er Madison mit seiner Frage verletzt hatte. Nun schwieg sie einen Augenblick und meinte dann kleinlaut:

„Ich habe niemandem gesagt, dass du auch hier warst, als wir uns begegnet sind." Sie schlug die Augen nieder und spielte mit ihrer Kuchengabel.

„Was?", schien er ehrlich entsetzt.

„Ich muss mich doch bei der Polizei melden. Wieso hast du mir nichts gesagt?" Er sah bestürzt aus und beseitigte damit alle Bedenken von Madison, die mit dem Gedanken gespielt hatte, ob er etwas mit dem Mord an Joey zu tun hätte.

„Ach ja, wir hatten bei unserer letzten Begegnung Handynummern ausgetauscht, ich vergaß", gab Madison sarkastisch zurück. Gleichzeitig wusste sie, dass er im Recht war. Es war notwendig, dass die Polizei wusste, dass er dem Toten am Tag vor dem Mord ebenfalls begegnet war.

„Es gibt so vieles, was ich der Polizei nicht erzählt habe. Aber all das tut nichts zur Sache." Dennoch hielt sie den Blick krampfhaft auf ihr Kuchenstück gesenkt.

Eine Weile lang spielte sie sogar mit dem Gedanken, nach ihren Kartenspielen zu suchen, doch sie wusste, dass es einfach nur lächerlich gewesen wäre, ihn auf diese Weise ablenken zu wollen.

„Aber warum denn Madison? Du hast dir nichts zu Schulden kommen lassen. Und genauso wenig konntest du wissen, ob ich zu den vertrauenswürdigen Protagonisten dieser Geschichte gehöre oder nicht." Zach klang nun sanfter, nicht mehr ganz so entrüstet.

„Du hast Recht", murmelte sie mit einem kleinen Anflug von Trotz. Während des ganzen Gesprächs hatte Zachary sie mit seinem kühlen Blick fixiert, regelrecht geröngt mit seinen Augen, doch das fiel ihr erst jetzt auf, als sie hochblickte und wagte, ihn anzuschauen.

„Sobald dieser Sturm vorbei ist, werden wir uns bei dem zuständigen Officer melden, okay? Ich habe keine Lust als flüchtigen Zeugen oder so was in der Art festgenommen zu werden", bestimmte er.

„Gibt es denn irgendetwas, was du der Polizei erzählen kannst, das die noch nicht wissen?" Dennoch ließ es Madison keine Ruhe und so stellte sie in einem aufmüpfigem Ton diese Frage. Zach zuckte mit den Schultern und sie mussten beide lachen.

„Ich weiß es nicht. Ich weiß nicht, was die wissen wollen und ich weiß nicht, was vielleicht hilft bei der Aufklärung eines Mordes. Dennoch fühle ich mich verpflichtet, meine Aussage zu machen", erklärte er dann nach einigen Augenblicken.

„Ich hätte dich nicht so eingeschätzt, als ob du deine Bürgerpflichten so ernst nimmst", gestand Madison.

„Was dachtest du denn, wie ich bin? Nachdem du mich zehn Minuten gesehen hast? Und ich dir währenddessen nachbarschaftliche Hilfe geleistet habe?"

Madison schwieg einen Augenblick.

„Ich habe keine Ahnung wer du bist. Nur dass du die Angewohnheit hast, überraschend in mein Häuschen zu platzen - das ist auch schon alles", gab sie dann zu, fast ein wenig bedauernd. Sie hatte in den letzten Gesprächsminuten gar nicht mehr auf den Sturm geachtet und sich eigentlich ganz gut mit Zach unterhalten - von dem ernsten Gesprächsinhalt abgesehen.

„Nun, jetzt haben wir ja die ganze Nacht Zeit, um uns kennenzulernen." Er grinste schelmisch und deutete nach draußen. Madison lächelte und kam sich gleichzeitig ganz schön verwegen vor, wenn sie daran dachte, dass sie bald mit einem vollkommen Fremden in ihrer Hütte übernachten würde. Doch die Flinte lag wieder an ihrem Platz neben ihrem Kopfkissen, was sie schlussendlich ein wenig beruhigte.

„Zuerst sollten wir allerdings noch Holz hier rein schaffen und die Fensterläden schließen", mahnte sie und er nickte.

„Bin gleich soweit." Er angelte nach seiner inzwischen ein wenig trockeneren Jeans und der Jacke.

Die Nacht mit Zach wurde erstaunlich angenehm. Sie entdeckten Gemeinsamkeiten und hatten viel zu lachen, während sie jedes Kartenspiel, das Madison auftreiben konnte, mindestens einmal durchspielten. Es war weit nach Mitternacht, als er sich auf dem Sofa unter die grobe Wolldecke kuschelte und sie sich ins Schlafzimmer verzog. Im Bett lag sie noch eine ganze Weile wach und starrte an die Decke, während sie den Geräuschen des Sturmes lauschte. Sie konnte nicht definieren, warum sie sich in Zachs Nähe dermaßen entspannen konnte. Schließlich war er bisher immer in den unpassendsten Momenten aufgetaucht, hatte eine ziemlich raubeinige Art und nahm zudem kein Blatt vor den Mund. Ganz zu schweigen von der Tatsache, dass es er war, der damals an Joeys letztem Tag diese seltsame Begegnung mit ihr geteilt hatte.

Ihr letzter Gedanke galt jedoch Joeys Mördern, die noch immer da draußen lauerten. Als sie ein Poltern vor der Tür vernahm, wünschte sie sich, Zach von ihrem Besuch erzählt zu haben. Schließlich beruhigte sich ihr rascher Herzschlag wieder, als sie feststellte, dass der Sturm wohl nur einen Ast mehr vor ihre Hütte geworfen hatte. Keine Menschenseele schien bei diesem Wetter unterwegs zu sein.

Kapitel 9

Madison war am nächsten Morgen früh auf den Beinen und spähte neugierig aus dem Schlafzimmerfenster. Das Wetter hatte ein wenig aufgeklart, der Teil, den sie vom Wald sehen konnte, sah allerdings arg mitgenommen aus. Als sie barfuß in die Küche tappte, erwartete sie beinahe, Zach dort zu entdecken, doch das Sofa war leer, die Wolldecke sorgfältig zusammengelegt.

„Das darf doch nicht wahr sein?“, murmelte sie und warf einen Blick ins Bad. Dieser Schuft hatte sich doch nicht ohne ein Wort des Abschieds davongemacht? Sie blickte sich suchend um, konnte aber auch nirgendwo einen Zettel entdecken.

„Zach?“, fragte sie probehalber, doch ihre Hütte hatte nicht mehr Zimmer, in denen er sich versteckt haben konnte.

Neugierig riss sie die Haustür auf und tatsächlich erklangen Geräusche auf der Hüttenseite, die zur Straße lag.

„Hallo?“, rief sie und stakte barfuß über den Boden, der mit Laub und kleinen Ästen gepflastert war. Tatsächlich stammten die Geräusche von Zach, der sich an ihrer Hüttenwand zu schaffen machte. Er schien irgendetwas am Dach zu machen, denn er stand auf Zehenspitzen, sodass er gerade knapp die Regenrinne erreichen konnte.

„Was machst du denn?“, fragte sie verwirrt.

„Oh, hey. Ich dachte du schläfst noch.“ Seine Stimme

klang seltsam - irgendwie so, als hätte sie ihn bei irgend etwas Verbotenem ertappt.

„Was ist los?“, fragte sie, ohne auf seinen Kommentar einzugehen. Obwohl sie noch ein wenig verschlafen war, schrillten bei ihr sofort alle Warnglocken.

„Es scheint, als hätte irgend jemandem der Sturm gestern Nacht nicht allzu viel ausgemacht oder wäre ihm sogar gelegen gekommen“, murmelte Zach, mehr zu sich selbst, denn als Antwort auf ihre Frage.

„Schau nicht hin.“ Er kam auf sie zu und legte ihr den Arm um die Taille, während er versuchte, sie sanft aber bestimmt wieder zur Eingangstür ihrer Hütte zu schieben.

„Was ist das?“ Madison schaute über Zacharys Schulter und schlug dann die Hand vor den Mund. Ein leiser Schrei entschlüpfte ihrer Kehle und ihr Mund fühlte sich plötzlich seltsam trocken an. Ihr Herz begann zu rasen und ihre Knie zu zittern, sodass sie froh um seine Stütze war.

Vom Dach ihrer Hütte baumelte ein junges Reh, es musste erst im Frühling auf die Welt gekommen sein. Seine Beine waren festgebunden, die Hinterläufe dabei seltsam gespreizt. Sie gaben den Blick frei auf Verletzungen, die dem Tier im Schambereich zugefügt worden waren. Seine Augen waren verdreht und blickten gen Boden, während eine kleine, blassrosa Zunge aus dem sanften Mund hing. An der Kehle trug das Reh eine weitere Verletzung, die es wohl hatte ausbluten lassen. Am Boden hatte sich eine Blutpfütze gebildet. Es war auch für Madison, die ab und an für ihren Lebensunterhalt jagte, ein schlimmer Anblick. Dieses Tier war keinen schönen Tod gestorben und es war ihretwegen gestorben - als Warnung an sie.

Schluchzend verbarg sie das Gesicht an Zachs Schulter.

„Du weißt wer das war?“, stellte er ruhig fest, während er die Arme um sie schlang. Sein Atem flog durch ihre ungekämmten Haare und wärmte ihre Kopfhaut auf seltsam beruhigende Weise. Madison nickte stumm, während das Weinen noch immer ihren Körper schüttelte.

„Möchtest du es mir vielleicht drinnen bei einer Tasse Kaffee erzählen?“, schlug er vor, sie immer noch fest im Arm haltend. Sie nickte an seiner Schulter, auch wenn sie befürchtete, dass es keine gute Idee war, ihn einzuweihen. Noch mehr Menschen mit ihrem Wissen, das konnte noch mehr Tote bedeuten. Gleichzeitig dachte sie an Callum und wusste, dass sie es auch vor ihm nicht mehr würde verstecken können. Sie konnte nicht anders und warf noch einen letzten Blick auf das Reh. Zach war anscheinend gerade dabei gewesen, es abzuhängen.

„Geh schon mal rein, ich bin gleich bei dir.“ Täuschte sie sich oder klang seine Stimme beinahe zärtlich? Madison dachte einen Augenblick darüber nach, schüttelte dann unwillig den Kopf und ging hinein. Es war einfach schön, dass jemand bei ihr war und dennoch hinderte sie Zachs Freundlichkeit nicht daran, sich den Kopf zu zerbrechen und wieder und wieder den Anblick des toten Tiers in Erinnerung zu rufen. Irgendjemand musste das Reh aufgehängt haben, als der Sturm sich in den frühen Morgenstunden gelegt hatte und Madison und Zach tief und fest geschlafen hatten.

Bei einer dampfenden Tasse Kaffee und frischen Pancakes erzählte Madison schließlich die ganze Geschichte. Alles was sie über Joey wusste, auch was sie von Callum erfahren hatte, alles was seit ihrer letzten Begegnung passiert war. Schlussendlich konnte sie sich auch dazu durchringen, von dem unheimlichen Besuch der drei Typen, die immer noch dreißigtausend Dollar von ihr haben wollten, zu erzählen.

Die ganze Zeit über hatte Zachary geschwiegen. Schon am vergangenen Abend war ihr aufgefallen, was für ein ruhiger und aufmerksamer Zuhörer er war. Erst als sie geendet hatte, räusperte er sich. Dann noch einmal.

„Verdammt", stieß er dann aus, ohne wirklich eine bessere Antwort auf Lager zu haben. Widerwillig musste Madison lachen.

„Das kannst du laut sagen", stimmt sie dann zu.

„Du musst das diesem Officer Peters sagen. Und Officer Camden ebenfalls. Ganz Manyberries sollte ein Auge auf dich halten." Madison erstaunte, dass er so vertraut von der Stadt und ihrem Polizisten sprach, obwohl sie noch immer nicht wusste, wer er war oder in welchem Bezug er zu ihrer kleinen Stadt stand.

„Bitte fahr sofort da hin. Ich muss trotz Sturm wieder zur Arbeit und ich kann dich auf keinen Fall alleine lassen", bat er mit eindringlichem Blick. Er drehte nervös seine Kaffeetasse zwischen den Fingern, sodass Madison schon fürchten musste, er würde sie zwischen seinen starken Händen zerdrücken.

„Was arbeitest du überhaupt? Jetzt haben wir die ganze Nacht geredet aber ich habe noch immer das Gefühl, kaum etwas über dich zu wissen", beklagte sich Madison. Sie wusste, dass sie auch selbst hätte danach fragen können.

„Ich bin Holzfäller. Da ich ursprünglich Botanik studiert habe, engagiere ich mich im Bereich der Wiederaufforstung, sprich ich kümmere mich zusätzlich darum, dass alle von uns gerodeten Flächen wieder bewaldet und durch gleichwertige Lebensräume für Pflanzen und Tiere ersetzt werden." Zachs Augen leuchteten. Madison erklärte sich mit seinem Beruf auch den Grund für seinen gestählten Körper. Jedoch zu sehen, wie sehr ihm am Herzen lag, was er tat, erwärmte ihr Herz nach dem morgendlichen Schock.

„Da hast du jetzt bestimmt genug zu tun." Sie deutete aus dem Fenster. Nur schon die kleine Lichtung rund um ihre Hütte war voller kleiner abgebrochener Äste. Sie würde sich wohl selbst darum kümmern müssen, aber jetzt merkte sie, dass Zachary Recht hatte. Es war am sichersten, wenn sie in die Stadt fuhr, wo sie nicht alleine wäre.

„Und er hat dann ernsthaft auf deinem Sofa geschlafen?" Grace hatte noch immer vor Staunen aufgerissene Augen und auch ihr Mund klappte immer wieder auf, so als wüsste sie nicht, was sie dazu sagen sollte.

Madison nickte und grinste. Tatsächlich hatten Zachary und sie nicht allzu viel geschlafen, sondern die Nacht damit verbracht, Karten zu spielen und sich gegenseitig besser kennenzulernen. Ihr war durchaus bewusst, wie intim diese Situation gewesen war und als er sie heute morgen zum Abschied auf die Wange geküsst hatte, war ein leises Prickeln über ihren Nacken und ihre Arme gekrochen. Besonders nachdem er sich so liebevoll um sie gekümmert hatte, war ihr bewusst geworden, dass sie ohne seine Gesellschaft wohl nicht so leicht aus dem Schock herausgekommen wäre. So aber hatte sie immerhin den Mut gefasst, sich mit Callum zu unterhalten, nachdem Zach ihr klargemacht hatte, dass die Polizei informiert werden musste.

So saß sie jetzt seit einer Stunde an der verwaisten Rezeptions-Theke, plauderte mit Grace und trank schon den zweiten Kaffee, obwohl sie zu Hause ebenfalls bereits einen zum Frühstück gehabt hatte. Leises Herzrasen schob sie auf die Aufregung und genoss das warme Getränk, wie es ihre Speiseröhre und ihr Inneres ausfüllte.

„Du bist auch ganz schön mutig, weißt du das?“ Grace warf ihr einen schiefen Blick zu und schob ihr dann einige Dokumente zum Einordnen zu. Alles in allem war in der Pension rein gar nichts los, sodass sie Zeit hatten, ein wenig aufzuräumen und zu tratschen. Nachdem Grace zuerst mit ihr geschimpft hatte, weil sie an ihrem freien Tag trotzdem in die Stadt gekommen war, hatte sie sich dann doch über die Gesellschaft gefreut.

„Warum mutig?“, erkundigte sich Madison arglos. Sie wusste ganz genau, was Grace meinte und überlegte sich, wie ihre Chefin wohl reagiert hätte, wenn sie die ganze Geschichte erfahren hätte.

„Nun, einen fremden Mann in diesem Sturm in die Hütte zu lassen und ihm dann sogar einen Schlafplatz anbieten - du bist doch sonst nicht so kanadisch", meinte Grace.

„Ach was, hätte ich ihn wieder rausschicken sollen? In diesen Wind und Regen?", entgegnete Madison.

„Übrigens - hast du heute Callum schon gesehen?", wechselte sie rasch das Thema. Auf keinen Fall wollte sie sich in diesem Gespräch verplappern und aus Versehen mehr preisgeben als gut für sie alle war.

„Du meinst Officer Peters?", fragte Grace mit gehobener Augenbraue und gleichzeitig einem spitzbübischen Grinsen auf dem Gesicht.

Madison nickte.

„Was wird er wohl dazu sagen, dass du neuerdings männliche Übernachtungsgäste aufnimmst?", stichelte ihre Chefin weiter. Sie zuckte bloß mit den Schultern.

„Er wird es genau so sehen wie ich: Als Notwendigkeit und nicht mehr. Weder du, noch er, noch ich hätten uns gefreut, bei diesem Wetter wieder nach draußen geschickt zu werden, wenn wir endlich einen sicheren Unterschlupf entdeckt hätten", rechtfertigte sie sich erneut, diesmal etwas weniger gut gelaunt. Kapitulierend hob Grace die Hände.

„Ist ja gut - du hast ja Recht. Aber den Kriminalpolizisten habe ich deswegen heute trotzdem noch nicht gesehen", erklärte sie dann.

Madison überlegte einen Augenblick, dann kam ihr eine Idee.

„Welche Zimmernummer hat er nochmal?" Sie hätte auch selbst nachschauen können, aber dies hinter dem

Rücken ihrer Chefin zu tun, hätte sich nicht richtig angefühlt für sie.

„Willst du wirklich…?", fragte Grace zweifelnd.

„Er hat die Nummer vier", fügte sie dann an.

„Danke. Warum nicht? Ich werde ihn ja nicht bestehlen oder so und außerdem haben wir uns schon mehr als einmal unterhalten, sodass ich wohl nachfragen darf, wie er den Sturm überstanden hat", meinte Madison und trank ihre Kaffeetasse leer.

Als sie dann aber tatsächlich im Flur vor der Tür Nummer vier stand, hob die junge Frau zwei Mal die Hand und ließ sie unverrichteter Dinge wieder fallen. Doch dann nahm sie all ihren Mut zusammen und klopfte an die Zimmertür, hinter der sie Callum vermutete.

„Hallo Madison." Erstaunlich rasch riss er die Tür auf, ohne sich damit aufzuhalten durch den Spion oder den Türschlitz zu spähen. Für einen Cop ganz schön unbekümmert, dachte sich Madison, doch er zog sie bereits ins Zimmer und schloss die Tür hinter ihnen, sodass keine Zeit zum längeren Nachdenken blieb.

„Wie geht es dir? Hast du den Sturm gut überstanden in deinem Häuschen? Als ich gesehen habe, wie er wütet wollte ich schon zu dir fahren - ich dachte du könntest vielleicht Hilfe gebrauchen. Aber da war es schon zu spät und die Straßen nicht mehr wirklich befahrbar." Normalerweise war Madison diejenige von ihnen, die vor lauter Aufregung zu viel redete - diesmal allerdings schien er irgendwie nervös zu sein. Sie hingegen wusste nicht recht, wo sie anfangen sollte.

„Ich muss mit dir reden, Callum", stieß sie schließlich

hervor, als er ihr eine Cola aus der Minibar eingeschenkt und sie genötigt hatte, auf dem kleinen Balkon Platz zu nehmen. Tatsächlich waren die Temperaturen angenehm, der Ahornbaum hinter dem Haus schimmerte golden in der Mittagssonne und nichts verriet mehr, welche Naturgewalten vor wenigen Stunden Manyberries heimgesucht hatten.

„Das klingt Ernst. Schluss machen kannst du mit mir nicht - oder?", Callum grinste schief, doch der fröhliche Gesichtsausdruck verschwand sehr schnell, als er bemerkte, dass Madison keineswegs zu Scherzen aufgelegt war.

„Entschuldige. Ich bin schon still. Was ist los? Ist etwas passiert?" Er griff nach ihrer Hand, die locker auf ihrem Oberschenkel ruhte und beugte sich auf seinem Korbsessel vor. Madison, die sich rastlos und nervös fühlte, musste sich beherrschen, ihm die Hand nicht zu entziehen, um damit die andere zu kneten, nach Dreck unter ihren Fingernägeln zu suchen oder etwas anderes damit anzustellen.

Sie riss sich zusammen und begann stattdessen zu erzählen. Zuerst von Joeys Besuch und der Rolle, die Zachary Felton bei diesem Ereignis gespielt hatte, inklusive ihrer Bedenken, die sie ihm gegenüber lange Zeit gehegt hatte. Als sie damit geendet hatte, war eine tiefe Falte auf Callums Stirn erschienen, doch er hatte ihre Hand nicht losgelassen, was Madison als gutes Zeichen wertete. Dennoch sah er irgendwie ein bisschen wütend aus.

„Du weißt, dass Behinderung der Polizei bei ihrer Arbeit strafbar ist und dass du uns einen wichtigen Zeugen verschwiegen hast?", fragte er und an der Art, wie er seinen Kiefer zusammenpresste, erkannte Madison, dass in ihm seine Sympathie für sie und sein Pflichtgefühl einen Kampf ausfochten.

Sie nickte.

„Warte erst, bis du den Rest gehört hast", bat sie dann leise.

„Es geht noch weiter?" Er hob eine Augenbraue und sie nickte erneut. Er lehnte sich ein wenig zurück und forderte sie mit einer Handbewegung dazu auf, weiterzusprechen. Nun berichtete sie von dem Besuch der drei Männer vor wenigen Nächten. Als sie diesen Teil hinter sich gebracht hatte, lag Mitgefühl in Callums Augen. Ihm konnte nicht entgehen, wie sehr sie zitterte und wahrscheinlich auch nicht die Tränen, die in ihren Augen brannten.

„Ich denke, da haben wir unsere Täter. Was wiederum deinen Zeugen vielleicht doch nicht ganz unentbehrlich macht", überlegte er. Inzwischen hatte er einen kleinen Notizblock aus der Tasche gezogen und sich einige Punkte aufgeschrieben.

„Warum bist du nicht längst zu mir gekommen? Ich dachte, wir seien Freunde. Ist dir jemals in den Sinn gekommen, dass diese Typen ihre Drohung ernst nehmen und dein Leben tatsächlich in Gefahr ist?" Er schimpfte, doch gleichzeitig rückte er näher und legte liebevoll den Arm um sie.

„Ach Madison, du bist doch nicht alleine", murmelte er.

„Ist danach noch etwas passiert?", wollte er wissen und sie nickte erneut.

Inzwischen konnte sie nur noch mit brüchiger, stockender Stimme erzählen. Sie berichtete von Zachs unerwartetem Auftauchen und schließlich von seinem grausigen Fund am heutigen Morgen.

„Er fand es übrigens ebenfalls dumm von mir, dass ich dir nicht von ihm erzählt hatte und will sich heute oder morgen noch persönlich bei dir melden“, erklärte sie zum Abschluss. Sich die Bilder des toten und verstümmelten Rehs in Erinnerung zu rufen, hatte ihr große Mühe bereitet und sie war froh, dass die Geschichte zu Ende war. Kraftlos ließ sie den Kopf an Callums Schulter sinken und schloss die Augen. Während sie seinen frischen, männlichen Duft in sich aufsog, löste sich eine Träne aus ihrem Augenwinkel und versickerte schließlich nach einer nassen Spur über ihre Wange im teuren Stoff seines Uniformhemdes. Einen Augenblick lang saßen sie stumm nebeneinander, Callum schrieb nicht mehr und sie redete nicht mehr. Es war okay für Madison, mit ihm zu schweigen - besser als alleine zu sein, wenn ihre Gedanken lauter waren als die Stille im Wald.

„Ach Madison - es tut mir so leid, dass du das alles durchmachen musst“, murmelte Callum und drückte sie noch fester an sich. Er legte den Block leise auf den kleinen Balkontisch und hob mit der freien Hand dann ihr Kinn an. Madison konnte nicht anders, sie begegnete seinen Augen, die so voller Sorge und so voller Anteilnahme waren.

„Du bist nicht alleine. Ich werde dich beschützen, wenn du mich nur lässt. Nicht als Polizist - als Mann“, flüsterte er.

„Ich bin für dich da", mit diesen Worten beugte er sich vor und streifte mit den Lippen flüchtig die ihren. Überrascht schloss Madison die Augen und genoss diese kurze Intimität, die schneller verflog, als dass sie überhaupt realisierte, was sich gerade abspielte. Als sich ihre Blicke erneut begegneten, war es nicht nötig, dass einer von ihnen ein Wort darüber verlor. Stummes Verständnis spiegelte sich in seinem Blick wieder und auch wenn Madison von diesem Kuss völlig überrumpelt war, konnte sie nicht behaupten, dass er ihr nicht gefallen hatte. Callums Lippen waren kühl gewesen, feucht aber nicht nass und mit dem süßen Duft nach Cola, die er soeben getrunken hatte. Dazu kam sein unglaublich verführerisches Rasierwasser, das ihr schon bei ihrer ersten Begegnung aufgefallen war.

„Ich sollte wohl eine Meldung über diese drei Typen an die Zentrale senden. Könnten wir gemeinsam einen kurzen Steckbrief von jedem von ihnen erstellen? Ganz egal ob sie sich tatsächlich des Mordes schuldig gemacht haben, müssen sie auch wegen Hausfriedensbruch und Bedrohung von Leib und Seele belangt werden", ging er nach einem weiteren, schweigenden Moment, zur Tagesordnung über. Madison nickte, ein wenig aus ihrer Entspannung gerissen von diesem abrupten Themenwechsel. Gerade als sie damit begonnen hatte, sich langsam ein wenig wohler zu fühlen, sprach Callum erneut dieses unliebsame Thema an. Dennoch musste sie ihm zustimmen. Je eher das Porträt dieser Schurken verbreitet wurde, desto eher würden sie gefasst und vor allem konnte sie wieder in Ruhe schlafen. Sie stand also mit ihm auf und folgte ihm in das noch immer abgedunkelte Zimmer. Als sie beinahe den kleinen Schreibtisch erreicht hatten, ertappte sich Madison dabei, wie sie Callums Kehrseite begutachtete und einmal mehr feststellte, dass ihr gefiel, was sie sah.

Er drehte sich um, als ob er gespürt hätte, was sie da tat. Im Bruchteil einer Sekunde fiel ihr auf, wie schwer er atmete.

„Es tut mir leid“, stieß er aus und überwand mit einem großen Schritt den Abstand zwischen ihnen, bevor er sie heftig in seine Arme riss.

„Ich könnte es nicht ertragen, wenn dir etwas zustösst, Madison“, keuchte er und presste dann hart seine Lippen auf ihre, ohne noch eine Sekunde nachzufragen. Kompromisslos drückte er sie an sich und küsste sie leidenschaftlich. Es brauchte nicht viel Initiative seinerseits, ihre Lippen öffneten sich beinahe automatisch, als wüssten sie genau, was von ihnen verlangt wurde. Forschend glitt Callums Zunge in ihren Mund und Madison ließ sich mit einem Seufzer gegen seinen durchtrainierten Körper sinken. Die vergangenen Tage, Joeys Tod, das Auftauchen der Fremden, der Sturm und nun diese absurde Drohung, das war alles zu viel gewesen und die junge Frau war froh, sich in diesem Augenblick fallen lassen zu können und von Callum gehalten zu werden. Sie hatte nicht gewusst, wie viel Sehnsucht sich in ihrem Körper aufgestaut hatte, bis sie die Wärme spürte, die sich in ihrem ganzen Körper ausbreitete. Sie kam von genau da, wo seine harte Erektion ihre eigene Mitte berührte.

Atemlos unterbrach Callum nach einigen weiteren Sekunden den Kuss.

„Es ist wohl keine gute Idee wenn ich bei meinem

ersten eigenständigen Fall gleich mit der Hauptzeugin rumknutsche, anstatt mich um die Fahndung nach den Tätern zu kümmern", murmelte er zerknirscht.

„Entschuldige dich nicht", widersprach Madison sofort. Sie legte ihm die Hand an die erhitzte Wange und wusste, dass ihr eigenes Gesicht mindestens ebenso sehr glühen musste.

„Das war… wunderschön", gestand er und sie nickte. Gleichzeitig stieg in ihr der Verdacht auf, dass dieser Kuss alles noch ein wenig komplizierter machen würde, als es sowieso schon war.

Kapitel 10

Alle Bewohner von Manyberries waren gekommen, um bei den Aufräumarbeiten nach dem Sturm zu helfen. Die Geschäfte hielten nur die nötigsten Öffnungszeiten ein und verschiedene kleinere Trupps wurden nach den entlegeneren Farmen ausgesandt, um auch dort zu helfen. Eine Ranch, die seltene, schwarze Canadian Horse züchtete, hatte es besonders schlimm erwischt. Ein Blitz war in den Heustock eingebrochen und hatte den gesamten Wintervorrat zerstört, vom Verlust des Gebäudes abgesehen. Officer Camden hatte also wieder genügend Arbeit bei der Protokollierung aller Schäden und musste sich nicht länger von Officer Peters aus Calgary abgelöst fühlen. Während er den Verkehr dirigierte, wurde ein Baum, der quer über einer Nebenstraße von Manyberries gelandet war, mit einem Kran auf einen Laster aufgeladen. Dann nahm er eine Schadensmeldung über zwei zerbrochene Fensterscheiben auf, protokollierte einen ausgebrannten Dachstock und packte selber hier und da mit an, wenn Not am Mann war. Grace war den ganzen Tag damit beschäftigt, Kaffee für alle fleißigen Helfer zu kochen und Madison, Serenity und Ava standen in der Küche, wo sie Sandwiches schmierten für alle.

„Unglaublich, was hier gemeinsam auf die Beine gestellt wird“, staunte Madison immer wieder.

„Da wo ich herkomme, wäre dies undenkbar gewesen“, fügte sie noch an, als sich die anderen beiden jungen Frauen über ihre Begeisterung wunderten.

„Ich dachte, du kommst ebenfalls aus einer kleinen Stadt? Sind die Leute in Oregon nicht so hilfsbereit?“ Täuschte sie sich oder klang eine Spur Misstrauen in Serenitys Fragen mit?

„Für mich ist es selbstverständlich, dass jeder mit anpackt“, erklärte Ava, bevor Madison eine Gelegenheit bekam, auf diese Fragen eine Antwort zu erfinden. In einer Kleinstadt in Oregon war es wahrscheinlich normal, dass man sich beistand, in Portland undenkbar, dass sich in der Anonymität der Großstadt irgendjemand für seinen Nachbarn interessierte. Ava hingegen war, wie Madison wusste, auch auf einer großen Farm im Umland aufgewachsen, sodass sie von klein auf diesen Zusammenhalt hatte miterleben dürfen.

„Naja, so klein, dass jeder jeden kennt war die Stadt, in der ich aufgewachsen bin, eben nicht“ erklärte Madison wie zu ihrer Verteidigung.

„Aber so wie hier - das ist doch eindeutig besser, oder nicht?“, fragte Ava mit leuchtenden Augen. Sie hatte schon mehrmals betont, dass sie es sich nicht vorstellen konnte, jemals aus Manyberries wegzuziehen. Madison wusste, dass Serenity dies etwas anders sah. Bei ihr waren es andere Gründe, die sie jedoch nicht kannte.

„Naja, die ständige Überwachung durch die Nachbarschaft müsste nicht sein. Ich kann kaum eine andere Kleidergröße kaufen oder mal eine Woche lang vegetarisch kochen, ohne dass dies jemandem auffällt und ich mich dafür rechtfertigen muss“, meinte Serenity auch prompt. Madison konnte sich vorstellen, dass es nicht leicht war, in einer Gemeinschaft, wie sie in Manyberries herrschte, aufzuwachsen und dabei nicht irgendwann den Wunsch zu verspüren, daraus auszubrechen.

„Ich finde es auf jeden Fall schön, dass sich die Leute hier umeinander kümmern und nun so fleißig mit anpacken, beim Wiederaufbau und beim Aufräumen“, musste sie zugeben. Serenity zuckte mit den Schultern. Madison wusste, dass sie in einer kleinen Mietwohnung in der Stadt wohnte. Wohl kaum hatte sie irgendwelche Schäden vom Sturm zu betrauern.

„Seid ihr fertig?“ In diesem Augenblick streckte Grace den Kopf durch die Küchentür.

Madison nickte.

„So gut wie. Eine kleine Armee können wir auf jeden Fall verpflegen damit.“ Sie deutete auf die gefüllten Platten und Körbe, die bereitstanden, die hungrigen Mäuler der Helfer zu stopfen.

„Dann aufladen, Mädels. Ich habe Dan gesagt, dass ich heute ohne euch auskomme, also nimmt er euch sogleich mit raus zur Tanner-Ranch. Da können drei weitere fleißige Paar Hände gut gebraucht werden“, bestimmte sie. Madison lächelte. Den ganzen Tag hatte sie schon anbieten wollen, irgendwo ebenfalls tatkräftigere Hilfe zu leisten, als nur beim Schmieren einiger Sandwiches. Doch schließlich war sie Angestellte bei Gracies und hatte damit nicht allzu viel Mitbestimmungsrecht, wie ihre Arbeitszeit am sinnvollsten eingesetzt wurde.

Sie schnappte sich sogleich zwei große Körbe und legte auf jeden noch eine Platte, bevor sie nach draußen marschierte. Dan Camden wartete bereits auf seine wertvolle Fracht und gemeinsam verstauten sie alles auf der

Ladefläche seines alten Pick-Ups.

Draußen auf der Ranch angekommen, sah Madison sofort, dass hier mehr als eine Baustelle auf sie wartete. Beinahe die gesamte Einwohnerschaft von Manyberries schien hier bereits am Werk zu sein und es war jedes einzelne Paar Hände bitter nötig.

Einige der Zäune waren kaputt und rund um die Scheune waren einzelne Pferde an behelfsmäßigen Haken an die Wand gebunden, während aus dem Stall Hämmern und Sägen zu hören war. Erst auf den zweiten Blick erkannte Madison, was das Problem war: Dem Stall fehlte beinahe das gesamte Dach.

Kaum aus dem Auto ausgestiegen, kam Mr Tanner, der Ranchbesitzer bereits auf sie zu.

„Jeden Einzelnen von euch schickt der Himmel", beschwor er mit einem breiten Lächeln. Seine Augen waren müde und sorgenvoll, doch es wurde auf den ersten Blick deutlich, wie dankbar er all den Helfern war, die ihm so spontan unter die Arme griffen.

„Wo fangen wir an?", fragte Ava tatkräftig und zog sich bereits ein Paar Arbeitshandschuhe über. Madison lud mit Serenity erst die Sandwiches und die Thermoskannen mit Kaffee vom Wagen, dann stellte auch sie sich bereit.

Mr Tanner erklärte ihnen kurz, wie ein Zaun gebaut wurde, brachte Hammer, Nägel und lange Balken, die sie von Hand auf die richtige Länge zurechtsägen sollten.

„Je schneller zumindest eine Koppel fertig wird, desto schneller können wir die armen Kerle da drüber aus ihrer misslichen Lage befreien." Er deutete auf die Pferde, die wohl alle schon seit Stunden am selben Platz stehen mussten. Madison entdeckte den Tierarzt, der dabei war, die heimatlosen Vierbeiner zu untersuchen.

Wahrscheinlich waren einige von ihnen während des Sturms von herumfliegenden Dach-Teilen getroffen worden, auf jeden Fall wiesen ein paar von ihnen Größere Schrammen auf. Zu ihrer Erleichterung schien keines wirklich verletzt zu sein. Zwei Kinder, ein kräftiger Junge und ein winzig anmutendes Mädchen waren dabei, die Pferde zu versorgen. Während das Mädchen jedem einen Eimer voll Hafer hinstellte, war der Junge mit einer übervollen Schubkarre dabei, den Mist zusammenzusammeln. So müde wie er aussah, schien er schon den ganzen Tag keiner anderen Tätigkeit nachzugehen. Madison betrachtete die beiden voller Respekt und packte dann tatkräftig den ersten Balken, den Serenity bereits ausgemessen hatte. Auch sie beide hatten sich nun Arbeitshandschuhe übergezogen und Madison studierte einen Augenblick die Säge, bevor sie es wagte, den Einschaltknopf zu drücken. Das Schneiden des Holzes ging ihr erstaunlich leicht von der Hand.

Die Balken, die für den Zaun vorbereitet werden mussten, schienen allerdings kein Ende zu nehmen. Der jungen Frau schmerzten alsbald von der ungewohnten Anstrengung die Oberarme und sie begann, leicht zu zittern, während sie zu Anfang die Säge noch sicher und ruhig hatte führen können.

„Wie viele Pferde sind das denn? Und wie viele Zäune braucht so ein Pferd?“, stöhnte sie nach einer Weile, stellte die Säge ab und ließ sich neben Serenity ins weiche Gras fallen. Einige kleine Ästchen - wohl ebenfalls Reste des Sturms - bohrten sich in ihre Kehrseite, doch sie ignorierte es geflissentlich und lehnte sich an ein fertig gebautes Zaunstück.

„Diese Tiere besitzen eine enorme Sprungkraft. Wären die Zäune nicht so hoch, müsste er jeden Tag eines der Tiere draußen in der Prärie einsammeln. Du weißt selbst, dass er nur die Hälfte davon finden und lebend zurückbekommen würde“, erklärte Ava, die sich zu ihnen gesellt hatte und Kaffee an alle drei verteilte. Auf der anderen Seite der Koppeln arbeitete sich ein weiterer Helfertrupp in ihre Richtung, doch während es Madison war, als seien bereits Stunden vergangen, hatten sie noch nicht eine Weide vollkommen fertig, sodass die armen Pferde noch immer angebunden warten mussten. Während sie einen Augenblick lang die Ruhe genoss, beobachtete Madison die Leute, die auf dem Stalldach herumkletterten. Es waren allesamt die kräftigsten Männer von Manyberries, die hier versuchten, vor Einbruch der Dunkelheit zumindest ein provisorisches Dach hinzukriegen. Madison wusste, dass sie mit ihrem stabilen Aufbau bezweckten, dass dieser noch etwas länger halten würde, als nur bis nach dem nächsten Sturm. Es gab jedes Mal Schäden - anscheinend störte das hier niemanden sonderlich. Da alles aus Holz gebaut war, stand stets genügend Ersatzmaterial zur Verfügung. Madison schirmte ihre Augen mit der Hand ab, um gegen die Nachmittagssonne etwas sehen zu können und entdeckte nebst Dan Camden und seinem Bruder noch eine weitere bekannte Person. Zachary Felton kletterte ebenfalls auf dem Dach herum und balancierte soeben einen schwer aussehenden Balken.

„Da ist er“, rief Madison impulsiv aus, was ihr verwirrte Seitenblicke von Serenity und Ava einbrachte. Sie deutete auf Zach und war froh, dass sie immerhin schon erzählt hatte, dass während des Sturms ein fremder Typ auf ihrem Sofa genächtigt hatte.

„Zach, der Typ, von dem ich euch erzählt habe. Er klettert da auf dem Dach herum," Die beiden anderen brauchten einen Augenblick, um zu begreifen, wen Madison meinte.

„Von Weitem sieht er ganz passabel aus", stellte Ava dann pragmatisch fest. Madison stieß sie leicht in die Seite.

„Das ist doch vollkommen egal. Er hat nur wegen des Sturmes bei mir übernachtet - alles andere ist Humbug." Mit allem anderen meinte sie unter anderem die vielsagenden Bemerkungen, die Grace zwischendurch gemacht hatte, als sie mitbekommen hatte, dass Madison von ihrem nächtlichen Besucher erzählte.

„Humbug also, so so", meinte Ava. Madison fiel auf, dass sogar die zurückhaltende Serenity grinste und freute sich darüber, dass die junge Frau anscheinend ein wenig aus sich rauskommen konnte. Insgeheim fragte sie sich, wie sie wohl den Sturm verlebt hatte. Es hieß, dass sie vollkommen alleine lebte, doch wenn sie in Manyberries aufgewachsen war, konnte sie wohl kaum ganz auf sich gestellt sein, ohne dass sich die städtische Gemeinschaft um sie kümmerte.

Später allerdings, als sich die Helfer zu einem warmen Kakao oder Kaffee versammelten, stand Madison unverhofft Zach gegenüber – und fühlte sich keineswegs so selbstsicher wie zuvor mit ihren Freundinnen. Plötzlich fragte sie sich, wie er sie wohl sah, ob es ihm etwas ausmachte, dass ihr Haar zerzaust war und die Ringe unter ihren Augen einem Kohlebergwerk alle Ehre gemacht hätten. Sie fragte sich, ob es ihm überhaupt auffiel, oder ob er einfach über sie hinwegsehen würde. Auf Letzteres erhielt sie rasch eine Antwort, als er mit zwei vollen Bechern zu ihr hinüber kam und ihr einen davon reichte.

„Danke." Sie brachte ein Lächeln zustande und schaffte es zugleich, die Gedanken in den Hintergrund zu drängen. Konnte man ihr an der Nasenspitze ablesen, was sie dachte? Nach Zacharys Grinsen zu urteilen, war dies tatsächlich der Fall – oder aber er freute sich einfach wahnsinnig, sie zu sehen.

Mit der nun freigewordenen Hand strich er ihr übers Haar.

„Du siehst ein wenig müde aus. Geht es dir gut?", erkundigte er sich besorgt. Madison konnte sich schon vorstellen, dass ‚ein wenig müde', meilenweit untertrieben war. Dennoch nickte sie tapfer.

„Alles in Ordnung", erklärte sie dann.

„Hast du schon mit dem Polizisten aus Calgary gesprochen?", wollte er wissen. Madison zuckte zusammen und hob den Kopf, doch sie schaffte es nicht, Zach in die Augen zu blicken.

„Ja, das habe ich tatsächlich. Er ist zwar sehr an deiner Geschichte interessiert, aber nach dem was ich ihm von Joeys Bekannten erzählt habe, denkt er gar nicht daran, dich zu verdächtigen. Es ist eher ein Wunder, dass er mich nicht gleich ins Gefängnis gesperrt hat – nicht weil ich dich verschwiegen habe, sondern wegen meiner

Sicherheit." Madison verdrehte die Augen.

Blitzschnell packte Zach ihre Hand.

„Du darfst dich darüber nicht lustig machen. Begreifst du denn nicht, in welcher Gefahr du schwebst?", fragte er und seine Augen schienen Blitze abzufeuern, während eine tiefe Sorgenfalte auf seiner Stirn aufgetaucht war. Madison wollte ihr Handgelenk aus seinem eisernen Griff befreien, doch sie hatte keine Chance.

„Ist ja gut", meinte sie ein wenig genervt. Es reichte schon, dass Callum den Beschützer spielte – da hatte Zach gerade noch gefehlt.

„Das ist mein voller Ernst, Madison. Wäre ich nicht in den nächsten Tagen ziemlich weit weg wegen der Arbeit, würde ich auf deiner Türschwelle campieren, damit du die Gefahr endlich erfasst, in der du schwebst. Es reicht schon, dass du so lange gewartet hast, um jemandem davon zu erzählen. Da brauche ich nicht wieder zu kommen und zu hören, dass du deinem Freund ins Grab gefolgt bist", zischte Zach. Ihm war plötzlich aufgefallen, dass ihre kleine Unterhaltung einige neugierige Ohren auf den Plan gerufen hatte und der eine oder andere Mitbürger von Manyberries versuchte, ihrem Gespräch zu folgen.

„Joey ist nicht mein Freund, klar?", murrte Madison und spürte, dass Zachs Aufsässigkeit keineswegs gespielt und ebenso wenig böse gemeint war. Es ging einfach nur darum, dass er sich um sie sorgte. Geborgenheit durchflutete die junge Frau – ein Gefühl, das sie schon lange nicht mehr gehabt hatte. Besser sie ließ solche Regungen gar nicht erst zu – das letzte Mal hatte es sie schließlich in ein anderes Land und in die Wildnis verschlagen, als sie einem Typen vertraut hatte.

„Außerdem habe ich ein Gewehr in meiner Hütte – wer soll mir da schon etwas anhaben?“, meinte sie trotzig. Zach zuckte mit den Schultern.

„Ich könnte nachgeben und dich mit deinem sturen Schädel gegen die Wand rennen lassen. Das wäre wahrscheinlich für uns alle das Beste. Aber tut mir echt leid – ich weiß selbst nicht wieso – aber ich kann nicht zusehen wie du dich diesen Typen auslieferst. Schau, da kommt die zuständige Person – sicher finden wir eine Lösung für deine Sicherheit zu sorgen, ohne dass er dich ins Gefängnis sperren muss.“ Zach deutete in Richtung der Hofeinfahrt. Tatsächlich stieg dort im selben Moment Callum Peters aus seinem Dienstwagen.

„Zach, nein.“ Madison erwischte nur noch seinen Ärmel, als er bereits mit entschlossenem Schritt auf den Officer zustapfte. Doch der Stoff glitt durch ihre Hände.

„Mist.“ Es blieb ihr nichts anderes übrig, als ihm hinterher zu gehen, um das Gröbste zu verhindern. Aus irgend einem Grund wollte sie außerdem nicht, dass Zach erfuhr, was sich bisher zwischen Callum und ihr abgespielt hatte.

„Hallo Madison. Lange nicht gesehen“, grinste Callum und küsste sie sittsam auf beide Wangen. Die junge Frau war froh, dass er keine Anstalten machte, ihr anderweitig näher zu kommen.

„Callum, dies ist Zachary Felton, von dem ich dir erzählt hatte. Bei der Begegnung mit Joey Barlett ist er mir zu Hilfe geeilt, ebenso wie heute.“ Sie deutete auf Zach, den sie auf den letzten Metern noch eingeholt hatte.

„Zach, dies ist Officer Peters, der mit dem Mord an Joey betraut wurde. Er kommt aus Calgary.“ Madison fiel keine schlauere Erklärung ein und wusste, dass sie momentan in dieser Szene eigentlich völlig überflüssig war. Die beiden Männer reichten sich die Hände und maßen sich gegenseitig mit Blicken. Während Zach nicht gerade die Offenheit in Person war, lächelte Callum freundlich, aber professionell, ohne dass seine Mimik seine Augen erreicht hätte.

„Es freut mich, Ihre Bekanntschaft zu machen, Mr Felton. Hätte ich Sie hier nicht angetroffen, hätte ich Sie sonst morgen spätestens kontaktiert, um Sie zum Mordfall an Mr Barlett zu befragen“, Callum klang so förmlich, ganz anders als Madison ihn kennengelernt hatte. Die Kälte in seiner Stimme machte die junge Frau plötzlich unsicher. Glaubte er doch daran, dass Zach etwas mit dem Fall zu tun hatte? Misstraute er ihm? Sie hätte sich gern eingemischt, doch gleichzeitig wusste sie nicht, auf wessen Seite sie sich hätte stellen sollen. Alles an Zachs Haltung verriet Abwehr, sein ganzer Körper war angespannt wie der eines Raubtiers, das zum Sprung ansetzt.

„Ich stehe Ihnen gern zur Verfügung. Ende Woche werde ich allerdings den Staat aus beruflichen Gründen verlassen müssen. Ich bin mir sicher, dass wir zuvor einen Gesprächstermin finden werden und selbstverständlich werde ich mich bemühen, Sie in Ihrer Arbeit nach Kräften zu unterstüzen.“ Madison wusste, dass die Freundlichkeit nicht echt war. Dennoch war sie sich sicher, dass Zach sein Bestes geben würde. Besonders nachdem er sie am gestrigen Abend so ausgeschimpft hatte, weil sie

Callum nichts von ihm erzählt hatte.

„Das freut mich, Mr Felton – ich danke Ihnen. Am Besten melden Sie sich morgen gleich auf der Wache der örtlichen Polizei. Allerdings bin ich diesmal nicht aus beruflichen Gründen unterwegs, sondern um hier meine Hilfe anzubieten. Schließlich hat dieses Städtchen mich mit offenen Armen aufgenommen und ich hoffe, Ihnen etwas zurückgeben zu können. Madison, weißt du, wo noch zwei helfende Hände gebraucht werden können?" Er nickte Zach knapp noch einmal zu und wandte sich dann an die junge Frau. Diese deutete verwirrt zum Ranchhaus hinüber.

„Mr Tanner ist der Besitzer. Er weiß ganz sicher, was am ehesten fertig werden muss. Die Dämmerung zieht bald auf." Sie deutete an den Horizont, wo ein kleines Stückchen Sonnenschein zu sehen war. Allzu freundlich zeigte sich der Himmel noch immer nicht, aber immerhin war es bisher trocken geblieben.

Callum bedankte sich und ließ Madison bei Zach zurück. Dieser hob zynisch eine Augenbraue.

„Ein ganz freundlicher Zeitgenosse – wirklich", meinte er und es klang so, als ob er bereits darüber nachdachte, den Officer mit einer Pistole um die Ecke zu bringen – oder ob ein Messer für dieses Vorhaben besser geeignet wäre. Madison zuckte zusammen, als ihr dieser Gedanke kam.

„Ich finde ihn ganz nett." Irgendwie hatte sie das Gefühl, Callum verteidigen zu müssen.

„Ganz nett – ja, ich glaube so fand er dich auch. Der Typ hat beinahe in deinen Ausschnitt gesabbert – ist dir das aufgefallen?", er sah mit einem Mal wieder nicht mehr gelassen aus, sondern eher aufgebracht und wütend.

„Zach, lass das. Callum macht nur seine Arbeit." Sie hatte keine Lust auf große Diskussionen und nachdem der Polizist sie am heutigen Mittag geküsst hatte, erst Recht nicht. Noch immer hatte sie keine Ahnung, was sie davon halten sollte, ob sie eine Wiederholung wollte, oder ob es ihr überhaupt gefallen hatte.

„Also denkst du es würde ihm nichts ausmachen, wenn ich das hier tue?" Mit diesen Worten schlang Zach blitzschnell den Arm um ihre Taille und ließ die Hand sogleich weiter nach unten wandern. Mit allen Fingern griff er in das Fleisch ihres Hinterteils und presste dieses nah an seinen eigenen Unterleib. Zeitgleich, als Madison überrascht aufstöhnte, küsste er sie. Doch wenn Madison bisher gedacht hatte, sie hätte eine Ahnung davon, wie Küssen funktionierte, dann belehrte diese intime Vereinigung mit Zachary Felton sie eines Besseren. Ihre Lippen öffneten sich ganz automatisch, während sie noch darüber nachdachte, wie sie sich am Besten gegen diesen unerwarteten Angriff wehrte. Er leckte kurz über ihre Oberlippe, kitzelte mit der Zungenspitze ihre Unterlippe und drang dann mit einer Rohheit in ihren Mund, die ihr weiche Knie bescherte. Doch sein Griff war stahlhart – es gab keine Möglichkeit, dass sie hätte fallen können, auch wenn sie in diesem Moment ihrem Gleichgewichtssinn nicht weiter traute.

„Spinnst du?" Als sie beide kurz Luft holen mussten, nutzte Madison die Gelegenheit, um den Kopf in den Nacken zu legen und damit Zachs nächstem Kuss zu entgehen. Den Moment der Überraschung nutzte sie, um sich aus seinem Arm zu befreien. Ihr Atem flog, ihre Wangen brannten und noch immer war sie sich nicht sicher, ob sie mit ihren zittrigen Beinen allzu weit kommen würde. Kurz blickte sie sich um, doch anscheinend war ihr kleines Intermezzo unbeobachtet geblieben. Nach der Kaffeepause waren alle anderen wieder zu ihrer Arbeit zurückgekehrt und es wäre wohl am Besten, wenn sie dies auch täte.

„Nur weil du diesem Officer irgendetwas beweisen musst, hast du noch lange kein Recht, mich für deine perversen Spielchen zu missbrauchen – ist das klar?“, zischte sie und ließ Zach stehen. Erst als sie sicher war, dass er ihr Gesicht nicht mehr sehen konnte, hob sie die Hand und strich über ihre Lippen, die sich geschwollen anfühlten.

Kapitel 11

Am nächsten Morgen spürte Madison jeden einzelnen Knochen im Leib, ihr war als würde sie auseinanderbrechen, als sie aus dem Bett kletterte. Insgeheim grinste sie über sich selbst.

„Bist wohl keine körperliche Ertüchtigung mehr gewöhnt“, murmelte sie, während sie sich mit eisig kaltem Wasser das Gesicht wusch.

Ihr Spiegelbild grinste bloß schief und verzog dann das Gesicht, weil es sogar anstrengend war, die Haare zu bürsten. Von den Vibrationen der Säge und vom Festhalten des Hammers war besonders ihr rechter Arm in Mitleidenschaft gezogen worden.

Irgendwie brachte die junge Frau den Arbeitstag doch hinter sich. Eine ganze Reisegruppe war neu in Manyberries angekommen, weshalb es keine Möglichkeit gab, dass Grace auch heute einige Mitarbeiter entbehren konnte. Nur Dan schien immer noch draußen auf der Tanner-Ranch oder sonst irgendwo im Einsatz zu sein. Madison schmierte alleine unzählige Sandwich-Platten, während in der Küche neben ihr fleißig gekocht wurde, um die neuen Gäste zufrieden zu stellen. Bisher war sie weder Serenity noch Ava über den Weg gelaufen, was sie insofern nicht störte, da sie erneut bissige Kommentare zu Callum Peters oder Zachary Felton fürchtete. Gleichzeitig ratterte es in ihrem Hirn und sie fragte sich, wie sie von der überzeugten Einsiedlerin hatte zu dem Mädchen werden können, das an einem Tag von zwei attraktiven

Männern geküsst wurde.

Auch Callum glänzte an diesem Morgen mit Abwesenheit, doch es bereitete Madison ein mulmiges Gefühl, zu wissen, dass er sehr wahrscheinlich gerade dabei war, Zach zu befragen. Was würde dieser wohl für Gründe aufführen, weshalb er einfach so in ihre Hütte spaziert war? Würde einer der beiden Männern sich verraten? Madison wusste, dass es keineswegs die feine Art war, sich an einem Tag von zwei Männern küssen zu lassen. Noch immer konnte sie nicht sagen, ob ihr das tatsächlich gefallen hatte. Während sie in Callums Armen Schutz und Trost gefunden hatte, war das Erlebnis mit Zach ganz anderer Art gewesen. Hätte er sie aufgefordert, ihre Kleidung abzulegen, wäre sie diesem Befehl vermutlich auf der Stelle nachgekommen.

Verärgert über sich selbst schüttelte Madison den Kopf.

„Du weißt immer noch, dass du ohne Männer am Besten dran bist“, murmelte sie zu sich selbst, während sie die Sandwichplatten auf Dans Pick-Up lud. Mit ihrem gehörigen Muskelkater war sie froh, zu leichter Büroarbeit zurückkehren zu können, nachdem er ihr von den Fortschritten draußen auf der Ranch berichtet hatte.

„Reitest du eigentlich?“, hatte Dan so ganz nebenbei gefragt und Madison hatte ebenso gleichgültig den Kopf geschüttelt. Die Reaktion darauf war allerdings alles andere als erwartet ausgefallen: Ganz so als würde sie von einem anderen Planeten stammen, hatte Dan sie angestarrt.

„Du reitest nicht?“, hatte er entgeistert wiederholt und erneut schüttelte die junge Frau den Kopf.

„Das kann doch nicht wahr sein. Da wanderst du nach Kanada aus, legst sogar deinen seltsamen Ami-Dialekt immer mehr ab – aber du kannst nicht reiten.“ Er sah völlig verdattert aus, sodass Madison Mühe hatte, nicht zu lachen.

„Ich war in den Staaten eher die klassische Büro-Tussi. Dass ich gestern einen Zaun gebaut habe, erstaunt mich selbst immer noch. Was aber schließlich eine gute Voraussetzung ist, um auch noch andere Dinge wie zum Beispiel das Reiten zu lernen“, erklärte sie grinsend und kicherte dann doch ein wenig. Dan schien halbwegs beruhigt.

„Meld dich, wenn du soweit bist.“ Mmit diesen Worten kletterte er in seinen Truck, tippte sich an die Mütze und weg war er.

Lachend den Kopf schüttelnd kehrte Madison an die Rezeption zurück. Dort stockte ihr allerdings kurzzeitig der Atem. Sie konnte die Neuankömmlinge, die da auf ihre Schlüssel warteten, nur von hinten sehen und doch erkannte sie an den Stimmen sofort, dass dies keine Unbekannten waren. Ein älteres Paar, er etwas fülliger, sie fast schon knochig, beide mit Cowboy-Hüten auf den Köpfen und großen Rucksäcken über der Schulter, wartete hier auf die Vergabe ihrer Zimmerschlüssel. Grace füllte soeben einige Formulare aus und kopierte die Pässe, während sie von dem schlimmen Sturm berichtete. Das Paar stellte neugierige Fragen und schließlich erkundigte sich die Wirtin auch nach ihrem Herkunftsort.

„Wir sind aus Portland, Oregon. Nun war es aber längst mal Zeit, endlich einen Blick auf die andere Seite der Grenze zu werfen“, erklärte die Frau fröhlich. Spätestens jetzt, wo sie erwähnt hatte, woher sie stammte, bestanden für Madison keine Zweifel mehr. Diese beiden netten, älteren Herrschaften, hatten früher das Haus neben dem ihrer Eltern besessen. Die Kramers waren gute Menschen gewesen, hatten gerne zu gemeinsamen Grillfesten eingeladen und auch ab und an mit Madisons Eltern das Kino oder das Theater besucht. Die deutschstämmige Familie hatte ebenfalls Kinder gehabt, jedoch waren diese ein wenig älter gewesen als Madison, sodass diese nicht allzu viel miteinander hatten anzufangen gewusst. Nun jedoch erschienen der jungen Frau diese netten Menschen wie die Vorboten zur Hölle. Es machte den Anschein, als ob die Vergangenheit sie in den letzten Tagen wieder mit großen Schritten einzuholen versuchte.

„So, unsere Miss Parker wird Sie gern auf Ihre Zimmer geleiten." Grace reichte den beiden den Schlüssel und die Gutscheine fürs Frühstück, während sie auf Madison deutete, die unschlüssig im Eingang stehen geblieben war. Mist. Einmal mehr bereute Madison, nicht zumindest ihren Nachnamen geändert zu haben, als sie nach Kanada gekommen war. Sie hatte gedacht, dass dies nicht nötig sein würde, nachdem sie immerhin eine Landesgrenze zwischen sich und ihre Vergangenheit gebracht hatte. Doch in diesem Moment wurde sie eines Besseren belehrt.

Sie nickte bloß, lächelte kurz und ließ dann ihre langen Haare ins Gesicht fallen, um nicht weiter aufzufallen. Insgeheim hoffte sie, dass ihre veränderte Haarfarbe und die Tatsache, dass sie kein Teenager mehr war, die Kramers von ihrer Herkunft ablenken würde. Im ersten Augenblick las sie tatsächlich keine Wiedererkennung im Gesicht ihrer ehemaligen Nachbarn. Umso besser. Dennoch hielt sie den Kopf gesenkt und eilte den beiden rasch voraus ins Obergeschoss, wo ihr gebuchtes Zimmer lag. Unterwegs deutete sie auf den Frühstückssaal und wies auf die Aussicht hin. Tatsächlich konnte man ganz Manyberries und die Prärie überblicken, bis im Hintergrund grünere Hüel auftauchten. Dazwischen lagen einige Ranches, darunter auch diejenige, die für Madisons Muskelkater verantwortlich war.

„Ich wünsche Ihnen einen angenehmen Aufenthalt in Manyberries.“ Mit diesen Worten trat sie hastig wieder aus dem Gästezimmer, nachdem sie sich vergewissert hatte, dass die Gäste alles hatten, was sie brauchten. Als die Tür hinter ihr ins Schloss fiel, atmete die junge Frau erleichtert tief durch und ging raschen Schrittes zurück in die Lobby.

„Hast du einen Geist gesehen?“ Unterwegs traf Madison auf Grace, der natürlich nichts, aber auch gar nichts entgehen konnte. Rasch schüttelte sie den Kopf.

„Alles in Ordnung. Ist gestern einfach ein bisschen spät geworden beim Helfen, deswegen bin ich heute nicht so frisch aus dem Bett gekommen“, erklärte sie und bemühte sich, das Zittern in ihrer Stimme zu verbergen. Es drohte schließlich keine wirkliche Gefahr von dem netten Paar aus Portland, doch nur schon die Tatsache, dass diese beiden ihre wahre Identität kannten, verunsicherte Madison sehr stark.

„Oh ja, ich habe gehört wie fleißig ihr wart, Serenity, Ava, Dan und du. Aber dies waren die letzten angemeldeten Gäste für heute. Wenn du magst, sortiere doch noch ihre Dokumente ein und fahr dann nach Hause, um dich ein wenig auszuruhen." Grace sprang zum Glück sofort auf Madisons Ausrede auf. Diese lächelte und spürte, wie sich ein leises schlechtes Gewissen meldete.

„Das wäre nicht recht. Wenn ich schon nichts zu tun habe, will ich wenigstens wieder irgendwo helfen. Es gibt sicher immer noch genügend Sturmschäden, die repariert werden müssen", widersprach sie ihrer Chefin. Diese lächelte und drückte Madisons Arm.

„Du bist so ein gutes Mädchen – dabei hast du es doch selbst gerade alles andere als leicht. Ruh dich heute ein wenig aus und wenn heute und morgen nicht noch unzählige spontane Buchungen reinkommen, werd ich dich nach dem Frühstück morgen mit Dan losschicken. Ist das okay?" Sie sah so stolz aus und legte Madison warmherzig den Arm um die Schulter, dass diese sich noch schlechter fühlte. Innerlich verfluchte sie die ganzen Umstände, die sie dazu gebracht hatten, die Bevölkerung von dieser niedlichen Kleinstadt zu betrügen. Doch jetzt, nach fast drei Jahren war es längst zu spät für die Wahrheit. So nickte sie bloß und verschwand dann hinter der Rezeption, um besagte Dokumente zu sortieren. Grace, die ins Obergeschoss eilte, bekam nicht mit, wie sich die junge Frau eine Träne aus dem Augenwinkel wischte, bevor sie mit zitternden Fingern nach den Papieren griff.

Zuhause wartete die nächste Überraschung auf Madison. Schon als sie in die Auffahrt zu ihrer Hütte einbog, sah sie ein riesiges, farbenfrohes Etwas da stehen. Rasch parkte sie, insgeheim schon fest damit rechnend, wieder auf einen Hinweis von Joeys Mördern zu stoßen. Doch beim Näherkommen erkannte sie, was da tatsächlich auf sie wartete: Ein riesiger Blumenstrauß, bestehend aus Farnen und allerlei Herbstblumen. Sicher stammte der größte Teil dieses wunderschönen Gestecks nicht aus der Region, da hier die meisten Blumen bereits verblüht waren.

„Von wem seid ihr denn?“, wunderte sich die junge Frau und griff sich die kleine Karte aus dem bunten Blütenmeer. „Ich hoffe, du kannst mein ungestümes Verhalten von gestern verzeihen. Seit ich dich kenne, habe ich das Gefühl, mich in deiner Nähe einfach nicht benehmen zu können. Ich hoffe, ich darf dich besuchen, wenn ich von meiner Arbeit zurück bin und dir beweisen, dass ich normalerweise kein Grobian bin. Zach.“ Erstaunlich viele Worte für den sonst eher wortkargen Holzfäller. Er schaffte mit seinen ungelenk dahin gekritzelten Zeilen, Madison ein Lächeln aufs Gesicht zu zaubern. Der Anblick der wenigen, aber ehrlich gemeinten Worten und die wunderschönen Blumen, die gerade recht kamen im Dunkel des aufziehenden Herbstes, sorgten dafür, dass sie Zach tatsächlich nicht mehr wirklich böse sein konnte. Dennoch war sie sich immer noch nicht sicher, was sie von seinem Kuss halten sollte.

In der Hütte räumte sie die Blumen in die größte Vase, die sie hatte - und sogar diese stieß fast an ihre Grenzen. Zu schade, dass Zach nun wegmusste und sie vielleicht nicht einmal die Gelegenheit fand, sich bei ihm zu bedanken und seine Entschuldigung anzunehmen. Vielleicht konnten sie es ja noch einmal versuchen - diese Sache mit dem Küssen? Insgeheim hatte sie seit diesem Augenblick wieder und wieder daran gedacht - bisher war es noch niemandem gelungen, ihr dermaßen weiche Knie mit einem einzigen Kuss zu bescheren.

Tatsächlich begegnete Madison die nächsten Tage Zach nicht mehr und sie merkte, wie sie heimlich nach ihm Ausschau hielt. Dass er ausgerechnet jetzt in die USA verschwand, schien ihr ein schlechter Scherz zu sein.

Nachts schloss sie alles ab, was sich verriegeln ließ und einmal, als sie Schatten und Geräusche vor der Hütte gehört hatte, fuhr sie zurück in die Stadt, nach Manyberries zu Gracies. Der Nachtportier ließ sie ein und händigte ihr einen Zimmerschlüssel aus. Auch in dem bequemen Bett in der Pension, umgeben von anderen Menschen, Tür an Tür mit Officer Callum Peters fand die junge Frau keine Ruhe. Es schien fast so, als würden die Schatten der Vergangenheit sie immer mehr einholen und ihr jegliche Luft zum Atmen langsam aber sicher abdrehen. Die junge Frau warf sich in ihrem Bett hin und her, ohne eine kleine Chance, jemals Schlaf zu finden. Es war nach Mitternacht, als sie sich schließlich aufraffte, einen Bademantel, der in der Pension glücklicherweise allen Gästen zur Verfügung gestellt wurde, um die Schultern legte und auf den dunklen Flur hinaus trat. Durch einen Bewegungsmelder aktivierte sich eine kleine, angelaufene Glühbirne, die nicht mehr war als ein Wegweiser zur Orientierung.

Madison kannte die Zimmernummer auswendig, doch als sie vor der schön verzierten Tür stand, ließ sie mehrmals die Hand wieder sinken und schaffte es nicht, zu klopfen. Sie atmete tief ein und wieder aus. Dann nochmals. Dann hob sie wieder die Hand und ehe ihr unruhiges Hirn die Gelegenheit fand, es sich erneut anders zu überlegen, klopfte sie diesmal. Gespenstisch laut hallte der Laut durch die Flure der Pension. Zuerst dachte Madison bereits, dass auf der anderen Seite der Tür rein gar nichts passieren würde, doch dann hörte sie schließlich Schritte – unglaublich leise und kontrolliert.

Gespannt wartete sie, doch ehe sich die junge Frau versah, wurde sie plötzlich am Oberarm ins Zimmer gerissen und spürte kaltes Metall an der Schläfe. Kurz bevor sie den Mund öffnen konnte, um gellend zu schreien, presste sich eine warme, trockene Hand auf ihre Lippen und verhinderte jeglichen Laut.

„Madison – du bist es.“ Callum klang sichtlich aufgebracht und nervös. Dann löste sich langsam die Hand von ihrem Mund, der Lauf seiner Pistole senkte sich und auch der stahlharte Griff um ihren Oberarm lockerte der junge Polizist im selben Moment.

„Menschenskind, was dachtest du denn, wer da vor deiner Tür steht? Du hast doch wohl nicht angenommen, ein potenzieller Mörder würde schön anklopfen um dann brav zu warten bis du die Tür für ihn öffnest?“ Madison konnte nicht verhindern, dass ihre Stimme ein wenig ärgerlich klang – Callum hatte ihr einen riesigen Schrecken mit seinem Empfang bereitet.

„Was weiß ich“, murmelte er verlegen und zündete dann ein zusätzliches Licht an, während er einen Sessel in der kleinen Lounge gegenüber des Bettes für Madison zurechtzog. Die zerwühlten Laken und die Kuhle im Kopfkissen verrieten, dass er bereits im Bett gewesen war.

„Tut mir leid, dass ich dich geweckt habe.“ Nnun meldete sich auch bei Madison ein leichtes schlechtes Gewissen. Während sie sich in den bequemen Sessel sinken ließ, fragte sie sich, was sie wohl geritten hatte, dass sie mitten in der Nacht bei einem fast fremden Typen auftauchte.

„Was ist los, Madison?“, fragte Callum sogleich besorgt und ging vor ihr in die Hocke. Inzwischen machte er den Eindruck, hellwach zu sein.

„Ich konnte daheim nicht schlafen. Ich bin mir sicher, dass sie da draußen sind und warten, bis ich einen Fehler begehe“, erklärte sie und als sie die Worte laut ausgesprochen hatte, kam sie sich selbst ein wenig dämlich vor. Dennoch konnte sie diesen Eindruck nicht abschütteln.

„Ich bin froh, dass du hierher gekommen bist“, meinte Callum. „Wenn du da draußen im Wald bist, mache ich mir rund um die Uhr Sorgen um dich“, erklärte er noch. Madison, die seinen Standpunkt schon länger kannte, seufzte.

„Ich kann einfach nicht unter vielen Leuten sein. Es macht mir genau so Angst, wie anderen die Einsamkeit“, rechtfertigte sie sich. Er nickte verständnisvoll.

„Ich weiß. Aber ich bin trotzdem dankbar, dass du hier bist - bei mir.“ Er hielt ihre Hände in den seinen, sie spürte, wie das Zittern langsam nachließ.

„Möchtest du vielleicht reden? Oder einen Drink? Oder in meinem Bett schlafen? Ich könnte die Couch nehmen, wenn dir das lieber ist.“ So viel Fürsorge war sich Madison nicht gewöhnt und so zögerte sie einen Augenblick mit ihrer Antwort. Auch wenn es gegen ihre Gewohnheiten war, stimmte sie zu, sich einen doppelten Whisky von Callum einschenken zu lassen.

„Das wird dir beim Schlafen helfen“, meinte er und

schenkte sich selbst ebenfalls ein, allerdings nicht halb so viel wie ihr.

„Ich habe bisher schon ganz gut geschlafen“, erklärte er mit einem Grinsen, als sie die beide Gläser mit einem Blick verglich. Sie musste lachen, auch wenn ihr eigentlich gar nicht danach zumute war. Mit zwei Schlucken leerte sie ihren Drink und stellte das Glas auf den Tisch vor sich ab. Dessen Platte war seinerseits ebenfalls aus Glas und es schepperte unnatürlich laut in dem halbdunklen Zimmer. Madison und Callum zuckten beide zusammen.

„Wie lange wird das wohl noch dauern?“, seufzte sie und lehnte sich ein wenig im Sessel zurück. Die junge Frau genoss das Gefühl, wie der scharfe Whisky erst ihre Kehle und dann ihren Magen wärmte. Langsam breitete sich der Alkohol in ihren Gliedern aus und sie begann, sich ein wenig zu entspannen.

„Wie lange wird was noch dauern?“, fragte Callum verwirrt. Er schien trotz allem nicht hundertprozentig wach geworden zu sein und Madison tat es immer noch ein bisschen leid, ihn aus dem Schlaf gerissen zu haben.

„Dass die drei da draußen sind und ich mich ständig umblicke, bevor ich irgendwo hin gehe. Ich bin mir sicher, dass es noch andere Leute in Manyberries gibt, die Angst haben, dass da draußen ein Mörder oder sogar mehrere frei herumlaufen. Ich schließe zum ersten Mal seit drei Jahren meine Tür ab. Kannst du dir vorstellen, wie das ist?“, Madisons Zunge fühlte sich schwer an und dennoch fühlte sie sich absolut klar im Kopf. Noch immer war sie hellwach und konnte sich nicht vorstellen, jemals wieder zu schlafen.

„Ich hoffe wirklich, dass du bald wieder ruhig schlafen und deine Tür unverschlossen lassen kannst. Du weißt, dass mein Team und ich ebenso wie die örtliche Polizei alles dafür tun, oder?“ Er ließ eine ihrer Hände los, um ihr eine lose Haarsträhne aus dem Gesicht zu streichen. Madison nickte und hielt Callum auffordernd ihr Glas entgegen.

„Bist du sicher?“ Leise Zweifel schwangen in seiner Stimme mit und Madison erinnerte sich daran, dass er schließlich ein Polizist war und damit bestimmt eine gewisse vorgegebene Meinung zum Thema Alkohol hatte. Dennoch nickte sie.

„Ausnahmsweise“, murmelte sie, als die goldene Flüssigkeit in ihr Glas perlte. Die Whiskyflasche war noch halb voll, es stand also immer noch genügend Nachschub zur Verfügung. Er lächelte, schenkte sich aber selbst nicht mehr nach.

„Denkst du, dass du schlafen kannst?“, erkundigte er sich fürsorglich, als sie auch das zweite Glas innert kürzester Zeit leermachte. Sie zuckte mit den Achseln und fühlte erneut dem Getränk hinterher, als es ihre Kehle hinab rann und ihren Bauch auszufüllen schien.

„Ich sehe so oft sein Gesicht vor mir, weißt du?“, sagte sie leise. Der Themenwechsel war zwar ein bisschen abrupt, doch dieser Gedanke geisterte schon länger durch ihren Kopf und der Alkohol machte, dass Madison nicht länger Hemmungen hatte, es auszusprechen.

„Aber weißt du, es ist völlig normal, dass wir uns ab und an an verstorbene Menschen erinnern und wenn wir damit nur unangenehme Erinnerungen verbinden, wie du mit Joey, meinst du nicht?" Callum klang vorsichtig und sprach sehr langsam.

„Ich sehe sein totes Gesicht vor mir, weißt du?" Zu gern hätte sich Madison in seine Arme geworfen, Trost in seinen Berührungen gesucht, doch irgendwo in ihrem Unterbewusstsein sagte ihr eine Stimme trotz Alkohol, dass dies nicht in Ordnung gewesen wäre. Sie entschied, diese Stimme zum Schweigen zu bringen, bevor sie weitere Schritte überlegte.

„Noch einen." Damit streckte sie Callum ihr Glas entgegen. Dieser hob eine Augenbraue.

„Morgen keine Arbeit?", fragte er skeptisch. Sie zuckte mit den Schultern und er goss einen Schluck Whisky nach, wenn auch um einiges weniger großzügig als noch zuvor. Madison leerte das Glas - besser als gar nichts. Sie hoffte, dass diese Menge nun ausreichen würde, damit sie ein bisschen klarer denken konnte. Unter Callums forschendem Blick fiel ihr das allerdings ganz und gar nicht leicht und sie spielte nervös an ihrer Halskette herum. Plötzlich hatte sich ein Schweigen im Raum ausgebreitet, das begann, Madison unangenehm zu werden. Etwas mühselig stemmte sie sich aus dem Sessel empor und überwand mit einem Schritt die Distanz zwischen dem Officer und sich. Schwer ließ sie sich auf seinen Schoß sinken, nahm ihm das sowieso schon lange geleerte Whiskyglas aus der Hand und stellte es auf den Glastisch vor ihnen.

Dann legte sie sie Arme um Callums Hals und wartete einen Augenblick auf seine Reaktion. Sie konnte seine

Mimik so schlecht deuten, da diese mehr und mehr vor ihren Augen verschwamm. Sie zwinkerte, presste die Lider zusammen und probierte erneut, ihn zu fixieren.

„Was ist los?“, fragte sie ihn verwirrt. Er schien mindestens ebenso durcheinander zu sein. Hatte er denn kein Interesse an ihr? Alles was er bisher gesagt und getan hatte war eindeutig gewesen und jetzt machte er plötzlich keinerlei Anstalten, ihr näher zu kommen. Was war bloß los mit ihm?

„Gefalle ich dir nicht?“ Sie zog einen Schmollmund und konnte im letzten Augenblick verhindern, dass ihr ein lauter Rülpser entschlüpfte. Menschenskind wie peinlich, das wäre ein absolutes Desaster gewesen, wenn sie hier auf Callums Schoß gesessen und ihm ins Gesicht gerülpst hätte.

„Und ob du mir gefällst.“ Mit einer Hand stützte er sie rund um die Hüfte und den Oberschenkel, mit der anderen strich er ihr eine verschwitzte Haarsträhne aus dem Gesicht. Bei dieser Gelegenheit wischte er ihr den eiskalten Schweiß von der Stirn.

„Aber du bist gerade nicht du selbst, Madison. Da gibt es eine Menge Dinge, die du gerne vergessen möchtest und vielleicht wird dir der Whisky dabei helfen, aber garantiert wird es nicht gut enden, wenn es morgen eine weitere Sache auf deiner Liste der Dinge zum Vergessen gibt“, erklärte er, während er die Hand an ihrer Wange liegen ließ.

Madison verstand nicht ganz, was er meinte. Seine Worte drangen nur langsam in ihren benebelten Kopf und sie wünschte sich, er würde die Arme um sie legen und sie wiegen wie ein kleines Kind. Dennoch war ihr Alkoholpegel nicht hoch genug, dass einzelne klare Momente zwischendurch komplett ausblieben. Im Gegenteil waren sie durchaus da und in einem solchen Moment erkannte sie, dass es längst Zeit war, ins Bett zu gehen - alleine. Sie beugte sich vor und berührte mit den Lippen ganz leicht Callums Mund. Er leistete keinen Widerstand und ließ zu, dass sie ihn kurz mit der Zungenspitze streichelte, ehe sie sich zurückzog.

„Es tut mir leid", murmelte sie zerknirscht und bedrückt. Er lächelte aufmunternd.

„Es gibt nichts, was dir leid tun muss, Madison. Leg dich hin und schlaf ein bisschen - morgen wird die Welt gleich viel freundlicher aussehen, meinst du nicht auch?", er hob sie hoch, als ob sie nicht mehr als eine Feder wiegen würde. Dass es ihn eine große Portion Selbstbeherrschung kostete, ihr nicht diesen Morgenmantel von den Schultern zu streifen und ihr Angebot auszunutzen, ließ sich der Polizist nicht anmerken. Noch ehe er Madison komplett auf dem Bett abgelegt und zugedeckt hatte, waren ihr bereits die Augen zugefallen. Er machte es sich neben ihr bequem, weit genug damit es auch am Morgen nicht falsch verstanden werden konnte, aber dennoch nah, um ihr beizustehen, falls böse Träume oder Ängste sie heimsuchten.

„Oh mein Gott, ich habe mich doch nicht peinlich aufgeführt gestern Nacht, oder? Es tut mir schrecklich leid, dass ich dich geweckt habe." Mit einem Blick hatte Madison die leeren Whiskygläser, ihr eigner Zustand und die Tatsache, dass sie neben Callum aufgewacht war, zusammengereimt. Dieser lächelte schief.

„Du hast dich nicht peinlich benommen. Manchmal braucht man eben einen Freund und genau dafür bin ich doch da." Er rieb sich den Schlaf aus den Augen und es wurde deutlich, dass er noch nicht so wach war wie Madison. Diese sah noch immer skeptisch drein.

„Bist du sicher?" Sie konnte sich vage an einen Kuss erinnern und war erstaunt, dass das Hämmern hinter ihren Schläfen nicht schlimmer ausgefallen war. Callum war geizig mit dem Alkohol gewesen, fiel ihr wieder ein. Zum Glück. Er nickte absolut ernsthaft.

„Es ist nichts passiert, keine Sorge", erklärte er noch einmal und Madison meinte, ein wenig Bedauern aus seinen Worten herauszuhören und in seinem Gesicht zu lesen. Sie stutzte, doch er lächelte so freundlich wie immer.

„Danke Callum", murmelte sie und erhob sich aus dem Bett.

„Für alles", meinte sie noch. Er schüttelte den Kopf.

„Ich bin gerne für dich da, Madison!", versicherte er.

„Ich werde mich dann mal anziehen gehen. Man sieht sich beim Frühstück?" Unsicher tappte sie von einem Fuß auf den anderen - der Fußboden war über Nacht ganz schön ausgekühlt.

„Man sieht sich." Er hob kurz die Hand zum Gruß und Madison schlüpfte über den Flur wieder in ihr eigenes Zimmer.

Kapitel 12

„Kommt es eigentlich niemals vor, dass du etwas Unvorhergesehenes unternimmst? Einfach so? Weil es dich reizt?“ Verständnislos blickte Zach ihr entgegen, den Korb unschlüssig in der Hand, die Autoschlüssel erhoben zu einem Winken. Vor wenigen Augenblicken war er - mal wieder unangemeldet - in Madisons Hütte geplatzt und hatte verkündet:

„Los, pack deine Sachen - wir fahren weg.“ Dabei begeistert Schlüssel und einen augenscheinlich schweren Korb schwenkend. Madison schüttelte den Kopf.

„Ich kann jetzt nicht einfach wegfahren“, erklärte sie stur, ohne ihm in die Augen zu blicken. Sie hörte, dass er draußen nicht einmal den Motor seines Autos ausgemacht hatte. So sicher war er also gewesen, dass sie ihn begleitete - dabei wurde gerade daraus offensichtlich, wie wenig sie sich kannten.

„Ich kann nicht“, wiederholte sie und fühlte sich dennoch nicht ganz wohl dabei, ihm diese Abfuhr zu erteilen. Er sah jedoch keineswegs traurig oder verärgert aus, was Madison wiederum ein wenig verunsicherte. Es schien ganz so, als reckte Zach gerade kampfeslustig das Kinn.

„Lass uns ein Spiel spielen. Gewinne ich - begleitest du mich - gewinnst du - werde ich hierbleiben und dich bekochen. Okay?“ Seine Augen blitzten frech, er trat einen Schritt näher und umfasste Madisons Taille. Diese zuckte kurz zusammen, doch es gelang ihr, bei der unerwarteten Berührung nicht sofort zurückzuzucken.

„Was möchtest du denn spielen?" Sie sah mehr als skeptisch aus. Gleich darauf erhellte sich jedoch ihre Miene.

„Ich habe eine bessere Idee." Glücklich, dass sie noch diesen Einfall gehabt hatte, bevor er mit irgend einem seltsamen Spiel aus dem Busch kam. Wie konnte er nur nicht verstehen, dass es Menschen gab, die nicht so spontan waren wie er?

„Du nimmst mich nächste Woche mit auf die Jagd - und ich begleite dich heute, wohin immer du möchtest", erklärte sie mit einem breiten Lachen im Gesicht.

„Wohin immer ich möchte?" Er trat noch ein wenig näher, seine Stimme klang rau und sie konnte seinen definierten Körper an ihrem Leib spüren, seinen harten Unterleib an ihrem. Was? In diesem Moment realisierte Madison erst, dass sein Körper anscheinend noch deutlicher auf ihre Nähe reagiert hatte, als erwartet. Er hingegen ging mit einem Lächeln darüber hinweg, dass sie prompt errötete.

„Deal", meinte er dann und steckte ihr die Hand entgegen. Da er die andere immer noch um ihre Taille geschlungen hielt, berührte er mit den Fingerspitzen beinahe ihr Décolleté. Madison konnte die Wärme seiner Hand spüren. Sie griff nach seinen Fingern, bevor es zu spät war und drückte seine Hand. Die raue Handfläche traf auf ihre schlanken, weichen Finger. Wieder einmal stellte sie sich die Frage, wie es sich anfühlen würde, seine Hände auf ihrer Haut zu spüren - ihrer nackten Haut natürlich.

„Dann pack deine Sachen und steig ins Auto", bestimmte Zach, noch bevor sich Madison weiter in ihren unnötigen Gedanken verlieren konnte.

„Du verrätst mir also nicht, wohin es gehen soll?“ Madison blieb einen Moment unschlüssig in ihrer kleinen Küche stehen, die durch seine Anwesenheit wieder einmal noch winziger wirkte, als sie sowieso schon war.

Er schüttelte den Kopf und grinste.

„Wäre ja langweilig wenn doch. Aber du wirst den ganzen Tag über eine Menge Spaß haben, das verspreche ich dir.“ Er ging aus dem Haus, Korb und Autoschlüssel siegessicher schwenkend und Madison konnte durch die offenstehende Tür sehen, dass er den Korb auf der Ladefläche seines Pickups unterbrachte und danach die Beifahrertür für sie öffnete. Mist - worauf hatte sie sich da bloß eingelassen? Hektisch blickte sie sich um, schnappte eine schlaue Handtasche, die sie zur Not auch umschnallen könnte und packte schließlich nur ihre Schlüssel, ihr Handy, Geldbeutel und eine kleine Flasche Wasser ein. Die Wahl der Schuhe bereitete ihr schon mehr Kopfzerbrechen, doch die erinnerte sich, bei Zach eher robustes Schuhwerk gesehen zu haben - wobei dies tatsächlich seit ihrer ersten Begegnung Standard war. Dennoch wählte auch sie etwas höher geschnittener Schuhe mit gutem Profil, um allem trotzen zu können, was Zachary für sie vorbereitet haben mochte.

„Gerade noch pünktlich. Ich wollte schon losfahren“, grinste er, als sie schließlich neben ihm am Truck auftauchte.

„Darf ich dich daran erinnern, dass dies deine Idee war?“ Auch sie musste lachen, ob sie wollte oder nicht.

Sie fuhren fast drei Stunden und schon von Weitem erkannte Madison die Ausläufer der Rocky Mountains, die sie bald erreichten. Zach hatte einen ruhigen, sicheren Fahrstil und trotz allem, was schon zwischen ihnen vorgefallen war, fiel es ihnen nicht schwer, ein flüssiges Gespräch am Laufen zu halten. Auch wenn sich zwischendurch einmal Schweigen im Truck ausbreitete, fühlte sich die junge Frau dennoch gut aufgehoben und gelassen. Insgeheim begann sie, die Ausflugs-Idee mit jeder gefahrenen Meile noch besser zu finden. Doch eher hätte sie die Zunge abgebissen, als dies Zachary gegenüber zugegeben.

Er hingegen war ein guter Gesprächspartner und Madison musste mehr als einmal aufpassen, dass sie nicht plötzlich in eine Richtung drifteten, die ihr ganz und gar nicht gefiel. Als die Sprache auf seine Eltern kam, hätte sie ihm gern noch mehr Fragen gestellt über die Art und Weise, wie er aufgewachsen war. Doch bald lenkte sie das Gespräch in eine andere Richtung, aus Furcht, er könnte ihr später dieselben Fragen stellen.

„Sind wir bald da?“, bohrte sie nach, als er wieder eine Weile lang nichts gesagt und nur ab und an am Autoradio herumgespielt hatte. Er lachte.

„Ich dachte du fändest es gar keine gute Idee, heute überhaupt weg zu fahren und nun kannst du es gar nicht erwarten, endlich anzukommen?“ Sein Grinsen war ansteckend.

„Nun, langsam tut ehrlich gesagt mein Po ein bisschen weh. Ich bin es mir nicht gewohnt, so lange zu sitzen, da mein Arbeitsweg nicht viel mehr als zehn Minuten beträgt und ich sonst den ganzen Tag stehend verbringe", erklärte sie schnippisch aber mit lachenden Augen.

„Oh, nun um deinen Po kann ich mich kümmern. Aber du darfst beruhigt sein. Wir sind in einigen Minuten am Ziel", erklärte Zach und Madison knuffte ihn spielerisch in den vom Holzfällen stahlharten Oberarm.

„Um meinen Po kann ich mich ganz gut selbst kümmern. Ich hoffe aber bloß, es gibt da was zu essen, wo du mich hinbringst", meinte sie.

„Keine Sorge, ist doch alles eingepackt." Er deutete auf die Ladefläche hinter ihnen und Madison nickte erleichtert. Tatsächlich hatte sie vor seinem spontanen Auftauchen erst eine Tasse Kaffee genossen und noch gar nicht gefrühstückt, weshalb ihr Magen langsam aber sicher brummte.

„Na, wie findest du es?" Die letzten paar Meilen hatten sie über Schotterwege zurückgelegt und schließlich zwischen dicht stehenden Bäumen auf einem schmalen Weg. Madison hatte sich gefragt, was passierte, wenn ein anderer Wagen entgegenkommen würde. Doch so entspannt, wie Zach das Auto mit einer Hand lenkte, schien er nicht damit zu rechnen, dass dies tatsächlich passieren würde. Nun hatte er neben einem winzig kleinen Häuschen angehalten, an einem See, der ebenfalls nicht allzu groß, dafür aber wunderschön war.

Ohne weitere Worte von Zach abzuwarten oder seine Frage zu beantworten, löste sie den Sitzgurt und sprang aus der Tür, um die atemberaubende Szenerie näher in

Augenschein zu nehmen.

„Es ist – unglaublich", hauchte sie dann, als Zach neben sie getreten war. Rund um den kleine See erhoben sich die Gipfel der Rockies, einige mit ewigem Schnee bedeckt. Das Wasser, das sich wie ein Spiegel vor ihr ausbreitete war türkisblau, von Gletschermilch durchsetzt und gleichzeitig still, als ob hier die Zeit angehalten worden wäre. Kein Laut störte den wundervollen Anblick, nicht ein Vogel flog vorbei, um dieses Kunstwerk vor ihnen zu stören. Es dauerte einen Moment, bis Madison bemerkte, dass sie den Atem angehalten hatte. So leise wie möglich holte sie tief Luft. Zach bewegte sich und stellte sich hinter die junge Frau, von wo aus er sie mit beiden Armen umfasste und den Kopf leicht auf ihrer Schulter abstützte.

„Habe ich zuviel versprochen?", flüsterte er mit rauer Stimme direkt neben ihrem Ohr. Sein Atem kitzelte sie am Hals und sie zuckte zusammen weil seine Worte, trotz gesenktem Tonfall, noch immer unnatürlich laut klangen in dieser Idylle. Stumm schüttelte sie den Kopf, nicht wirklich fähig, etwas zu erwidern. Jede Fahrminute, die sie zurückgelegt hatten, war im Nachhinein lohnenswert, wenn sie mit diesem Anblick belohnt wurde.

„Seit dem Moment, als ich zum ersten Mal hier gewesen bin, wusste ich, dass du diesen See sehen musst. Jedes Mal wenn ich ihn gesehen habe, habe ich an dich gedacht." Eine leise Gänsehaut überzog Madisons Arme, während er sprach.

„Aber vielleicht sollte ich dennoch langsam das Essen vorbereiten? Immerhin muss ich sonst fürchten, dass du mich stattdessen aufisst?“ Er lachte leise und Madison stimmte mit ein.

„Das hättest du wohl gerne“, murmelte sie, als er sich entfernte und zur Ladefläche des Pick-Ups ging, um den Korb zu holen. Als sie sich dabei ertappte, dass sie ihm auf den Allerwertesten starrte, kicherte die junge Frau leise.

„Verdammt.“ Sie lächelte immer noch, als er wieder zurückkam und ihr die Picknickdecke in die Hand drückte, damit sie diese sorgfältig ausbreiten konnte.

„Was ist?“, fragte er irritiert, als er ihre Heiterkeit bemerkte. Doch sie schüttelte nur den Kopf.

„Es ist einfach schön, hier zu sein. Dieser Anblick ist einmalig.“ Ihre Entgegnung entsprach durchaus der Wahrheit und dennoch runzelte Zach die Stirn - Madison wusste, dass er ihr nicht ganz glaubte.

Nach dem Essen lagen Madison und Zach auf dem Rücken und starrten in den Himmel. Hin und wieder deutete einer von ihnen auf eine Wolke.

„Siehst du da, ein Affe.“ Madison deutete fast zum Horizont und Zach lachte leise auf, ein kehliger Laut, der aus seinem Inneren zu kommen schien.

„In Kanada gibt es keine Affen“, behauptete er dann vergnügt.

„Spielverderber“, murrte Madison und stützte sich auf den Ellbogen, um ihn statt des Wolken-Beobachtens mit einem Grashalm zu kitzeln.

„Hey“, machte er, ein wenig schläfrig allerdings. Als sie ihn an der Nase kitzelte, nieste er und packte gleichzeitig unerwartet Madisons Handgelenk.

„So nicht, Mädchen“, grinste er und ehe sie sich versah, hatte er sie gepackt und auf den Rücken geworfen, wo er sie nun mit seinem Körpergewicht fixierte. Madison wurde nur zu deutlich bewusst, wie nahe er ihr war, als sein ganz eigener Geruch ihr in die Nase stieg. Lange hatte sich die junge Frau gefragt, was es war, das ihn so speziell männlich und natürlich riechen ließ. Inzwischen wusste sie es – es war das Harz der Bäume, die er fällte.

„Ich kann mir noch so oft die Hände und die Haare waschen, irgendwo wird immer Harz an mir sein“, hatte er ihr erklärt, als sie über seine Arbeit gesprochen hatten. Jetzt allerdings schien er ganz andere Absichten zu haben.

„Hab ich dich“, triumphierte er, während Madison empört unter seinem Gewicht zappelte.

Schließlich gab sie auf.

„Na schön, was möchtest du? Eine Entschuldigung, weil ich dir einen Grashalm in die Nase gesteckt habe?“ Sie versuchte sich an einem sarkastischen Gesichtsausdruck, während es ihr gleichzeitig nicht allzu leicht fiel, seine körperliche Nähe zu ignorieren. Zum ersten Mal seit Tagen fühlte sie sich wieder komplett entspannt, weit weg von Manyberries, wo noch immer so einiges an ungeklärten Problemen wartete.

„Das wäre doch mal ein Anfang. Ich weiß allerdings nicht, ob ich dir dann verzeihen kann“, scherzte Zach. Er bewegte sich so dicht über ihrem Gesicht, dass sie seinen warmen Atem an der Wange spüren konnte. Noch immer hielt er ihre Hände fest, doch nicht mehr so stark und ernstgemeint wie noch am Anfang. Madison nutzte diese Unachtsamkeit und entzog ihm beide Hände, indem sie die schmalen Handgelenke aus seinem Griff zog. Doch sie hatte nicht mit Zacharys fast katzenartiger Schnelligkeit gerechnet. Noch bevor sie sich komplett unter ihm hervor gewunden hatte, grub er eine Hand in ihr Haar und legte die andere an ihren Rücken, den sie gewölbt hatte, um sich zu befreien.

„Geh nicht", bat er und auch wenn sein Griff schnell und hart gewesen war, hielt er sie nun sanft an sich gedrückt. Ihre Augen begegneten seinem Blick und seine verschleierten Pupillen ließen sie innehalten in ihren Versuchen. Langsam ließ sie sich wieder ins Gras sinken und wurde sich bewusst, wie dicht ihr Körper an seinem lag. So dicht, dass sie spüren konnte, dass es ihn auch nicht kalt ließ.

„Zach", murmelte sie, ohne wirklich etwas zu ihm sagen zu wollen.

Er beugte sich noch tiefer zu ihr herab, strich mit den Lippen über ihre Schläfen.

„Du riechst so gut", flüsterte er. Mehr brauchte es nicht als das leichte Kitzeln seiner Berührung, damit Madisons Körper auf ihn reagierte. Sie erinnerte sich an den Kuss auf der Tanner-Ranch und sofort begann, ihr ganzer Körper zu prickeln, ihre Haut zu glühen und sie konnte nicht anders, als Zachs volle Lippen anzustarren. Dies war genug Einladung für ihn, sich noch weiter über sie zu beugen und mit seinen Lippen sanft die ihren zu berühren. Es war ganz anders als ihr erster Kuss – keuscher und schüchterner. Es lag nicht die Aufregung des Sturms und der gesamten vergangenen Schrecken in ihrer Berührung. In diesem Augenblick am Ufer des verzauberten Sees gab es nur sie beide, nur Madison und Zach. Langsam nur streiften sich ihre Lippen, schlussendlich war es Madison, die den Druck verstärkte und mit ihrer Zunge sanft über seine Mundwinkel strich. Doch er brauchte keine zweite solche Einladung und nahm mit seiner Zunge ihren Mund so gierig in Besitz, dass sie ein leises Stöhnen nicht unterdrücken konnte. Seine harte Erektion drückte gegen ihr Becken und während Madison atemlos versuchte, mit seinem Kuss mitzuhalten, ließ sie die Hand an seinem Körper hinab und unter sein Shirt gleiten. Am Morgen hatte sie sich gewundert, dass er bei diesen herbstlichen Temperaturen nicht mehr zu brauchen schien als dieses dünne Polo, doch jetzt war sie froh, nicht mehr Stoff zwischen ihren verlangenden Fingern und seinem warmen Körper vorzufinden.

„Du fühlst dich so gut an“, murmelte sie zwischen zwei Küssen, als beide Atem holen mussten. Er antwortete nicht, sondern schickte seinerseits die rauen Spitzen seiner Finger auf Wanderschaft über ihren gesamten Körper. Es hatte sich unglaublich gut und erregend angefühlt, seine Hände in ihren Haaren zu spüren, doch was er jetzt in ihr auslöste, übertraf dieses Gefühl noch bei Weitem. Sanft streichelte er die Kuhle zwischen ihrem Hals und ihrem Schlüsselbein, ließ sogleich federleichte Küsse folgen und bahnte sich so mit Fingern und Lippen eine Spur in ihren Ausschnitt. Die zweite Hand schob er über ihren Po, den er noch immer umklammert hatte, nach oben. Mit einem leisen Geräusch sprang der Verschluss ihres Bhs auf. Madison gehorchte seiner stummen Aufforderung und hob den Oberkörper soweit, dass er ihr das Tshirt überstreifen konnte. Dass so etwas passieren würde, damit hatte sie keineswegs gerechnet, als Zach sie am heutigen Morgen abgeholt hatte. Erleichtert registrierte die junge Frau nebenbei, dass der BH dennoch ganz passabel aussah, die weiße Spitze hob sich von ihrer Haut ab und setzte ihre nur mittelgroßen Brüste schön in Szene. Doch für die Wäsche schien Zach keinen Blick zu haben, gierig schob er das Stoffstück zur Seite und umfasste Madisons Brust mit seiner Hand. Ein Schaudern erfasste ihren ganzen Körper und sie seufzte leise, bevor er erneut ihre Lippen mit den seinen verschloss und sie in den nächsten atemberaubenden Kuss verwickelte. Es dauerte einen Augenblick, bis die junge Frau soweit klar denken konnte, dass es auch ihr gelang, ihre Hände wieder auf Wanderschaft zu schicken. Sie tastete sich über seinen muskulösen Bauch, dessen Haut so seidig war, dass sie es als Liebkosung an ihren Fingerspitzen empfand.

Als sie die Hand weiter nach unten gleiten ließ, unterbrach Zach seine eigenen Liebkosungen, um ihr Handgelenk zu packen.

„Bist du sicher?“ Seine Stimme war rau, fast einem Knurren gleich und Madison erschrak ob der Intensität, mit der er sie plötzlich anschaute, nachdem er den Kuss abrupt unterbrochen hatte. Verwirrt nickte sie. Hatte es bisher den Anschein gemacht, als würde ihr nicht gefallen, was hier passierte?

„Irgendwann gibt es kein zurück mehr“, murmelte Zachary. Madison nickte erneut und schenkte ihm ein kurzes, wenn auch weiterhin verwirrtes Lächeln. Ihre Lippen glänzten und waren geschwollen von seinen Küssen. Dieser Anblick brachte ihn dazu, sich fallen zu lassen und ihren Berührungen ganz und gar hinzugeben. Es dauerte einen Moment, bis Madison nach dieser Unterbrechung erneut den Mut fand, mit der Hand nach seinem Hosenbund zu suchen. Diesmal hielt er sie nicht auf, als sie Knopf und Reissverschluss öffnete und schließlich ihre schlanken Finger darunter gleiten ließ. Ein leises Knurren kam ihm zwischen zwei Küssen über die Lippen, als sie seinen harten Schaft fand und umfasste, so gut es seine Shorts zuließen. Dieser kleine Laut genügte, um Madison die Bestätigung zu geben, auf die sie gewartet hatte. Ungeduldig zerrte sie an seinem Hosenbund und versuchte, die Hose nach unten zu schieben. Er musste sein Gesäß anheben, um ihr zu helfen und fummelte gleichzeitig selbst an ihrer Jeans.

In einer fiebrigen Hast befreiten sich Madison und Zach von den letzten übriggebliebenen Kleidungsstücken. Er zog die Picknickdecke näher zu sich und befreite diese mit einem Handgriff von allen Resten ihrer Mahlzeit. Käse und Tomaten kullerten durcheinander ins Gras, während er die Decke unter Madison ausbreitete und sie sanft darauf bettete. Ihre Augen begegneten sich und in diesem Augenblick realisierte die junge Frau, wie wenig sie diesen Mann eigentlich kannte – und wie sehr sie ihn schon längst begehrte. Das gleiche Verlangen las sie auch in seinen Augen – es schien nicht einmal durch die kurze Unterbrechung abzuflauen.

„Willst du...?“, fragte er rau und erstaunte Madison mit seiner rücksichtsvollen Frage. Sie nickte bloß mit einer fahrigen Bewegung und leckte sich ungeduldig über die Lippen. Und ob sie wollte. Ihr ganzer Körper schien bereits in Flammen zu stehen und ihre Finger nicht zu wissen, welchen Teil seines Körpers sie zunächst berühren sollte. Ihn komplett nackt vor sich zu sehen, in dieser Umgebung, der einsame Bergsee und nur sie beide, all das machte sie unglaublich scharf. Auch wenn es in einem anderen Leben gewesen schien, dass sie zuletzt mit einem Mann vereint gewesen war, wusste ihr Körper genau, was sie brauchte. Als er keine Anstalten machte, etwas zu unternehmen, sondern sie einfach weiter betrachtete, drängte sie ihr Becken seiner stolzen Erektion entgegen. Die Spitze seiner Eichel glänzte, alles an ihm schien zum Bersten angespannt, doch er reagierte nicht auf ihre mehr als deutliche Aufforderung. Verwirrt biss sich Madison auf die Unterlippe.

„Du machst mich verrückt, weißt du das?“, murmelte er und biss sie spielerisch in den Hals. Von da an bahnte er sich einen Weg gen Süden, abwechselnd ihre Haut mit Bissen und Küssen reizend. Bei den Brüsten angekommen, umkreiste er deren aufgerichtete Spitzen mit der Zunge, erst die eine, dann die andere. Madisons inzwischen bettelndes Stöhnen brachte ihn nicht aus der Ruhe und er setzte seine Spur aus süßer Qual fort in Richtung ihrer pulsierenden Mitte. Doch bevor er sie aus ihrer Sehnsucht erlöste, küsste er an der Innenseite ihrer Schenkel entlang bis zu ihren Knien und wieder empor. Erst dann ließ er zuerst seinen warmen Atem und schließlich seine Zungenspitze in ihre warme Feuchtigkeit eintauchen. Madison – schon längst zum Bersten angespannt – zitterte erregt.

„Bitte“, keuchte sie. Nur wenige Berührungen mit

seiner Zunge reichten, um sie kurz vor einen gewaltigen Höhepunkt zu katapultieren. Doch dies schien nicht in Zachs Sinn zu sein, denn nachdem er noch einmal quälend verführerisch an ihr geknabbert hatte, ließ er von ihr ab. Kalte Bergluft ließ die junge Frau erschaudern.

„Was...?“ Sie folgte ihm mit den Augen, doch diesmal wühlte er nur in der Hosentasche seiner Jeans nach einem Kondom, welches er sich mit geschickten Fingern überstreifte. Ihre Augen begegneten sich und schließlich auch ihre Lippen, als Zach langsam in sie eindrang. Madison war mehr als bereit für ihn und keuchte überrascht auf, als er sie zur Gänze ausfüllte.

Während er sich langsam bewegte, fixierte Zach sie weiterhin mit seinen Augen und keuchte erregt auf, als sich Madison unter ihm zu winden begann. Was er mit der Zunge begonnen hatte, beendete er rasch mit geschickten Stößen aus dem Becken und es dauerte nicht lange, da spürte sie unaufhaltsam, wie sie von den Wellen des Orgasmus mitgerissen wurde und in seinen Tiefen versank. Dabei öffnete sie die Lippen zu einem leidenschaftlichen Schrei, den außer Zach und ihr nur einige Wildgänse über ihnen hören konnte. Er beschleunigte sein Tempo und presste gleichzeitig seinen Mund auf den ihren. Gleichzeitig umfasste er mit der einen Hand ihren Po, um noch tiefer in sie stoßen zu können. Die andere hatte bereits an Madisons Hals gelegen. Nun fühlte sie, wie er seine langen, kräftigen Finger um ihre Kehle schloss und seinen Griff mit jedem Stoß verstärkte. Gemeinsam mit dem Nachbeben ihres Höhepunkts und des Kusses raubte ihr seine Leidenschaft den Atem und sie konnte nicht anders, als sich noch dichter an ihn zu drängen, um jeden seiner Stöße bis zum Limit auskosten zu können. Am Zucken seiner Muskeln spürte Madison, dass auch Zach kurz davor stand, den Höhepunkt zu erreichen. Er unterbrach ihren Kuss und sie beide holten keuchend Luft. Impulsiv schlang die junge Frau ihre Schenkel um seinen muskluösen Hintern und zog ihn so noch dichter an sich. Nun gab es kein zurück mehr und während sich die Reibung an ihrer Mitte mit jedem Stoß verstärkte, schloss Madison die Augen, um sich ganz diesem berauschenden Gefühl hinzugeben.

„Madison“, keuchte er plötzlich und stöhnte dann auf, ein Geräusch von süßer Qual und Erlösung zugleich. Im selben Augenblick kam auch sie erneut und klammerte sich an Zach fest, der seinerseits Halt suchte, während der Höhepunkt sie beide mitriss.

Kapitel 13

Es war inzwischen nicht mehr allzu ungewöhnlich für Madison, dass Zach einfach unangekündigt bei ihr vorbeischaute. Er war so ganz anders als Callum, der sich stets bei ihr meldete, sie stets förmlich einlud oder zumindest via SMS regelmäßig nach ihrem Befinden erkundigte. Seine Spontaneität brachte ihr Leben zwar ganz schön durcheinander, aber gleichzeitig gefiel es ihr auch, dass er offensichtlich immer wieder das Bedürfnis verspürte, sie zu sehen. Doch an diesem Tag war alles ein wenig anders: Er trug einen großen Korb bei sich, der mit einer Decke vor neugierigen Blicken seinen Inhalt verbarg. Gleichzeitig sah er ein wenig abgekämpft und gestresst aus. Seine Sorgenfalten hatte Madison bereits in der Nacht des Sturms zu sehen bekommen, doch diesmal waren sie tiefer, wie festgemeißelt und verschwanden auch nicht, als sie ihm mit einem freundlichen Lächeln die Tür öffnete.

„Hey Zach. Mit dir hätte ich heute nicht mehr gerechnet. Seid ihr so früh fertig geworden?" Er hatte ihr vor einigen Tagen erzählt, dass er an der Rodung eines Landstückes an der Grenze zur USA beteiligt war und dort wohl jeden Tag eine lange Fahrt hin- und zurück auf sich nehmen musste. Dass er deswegen in dieser Woche bei ihr vorbeischaute und das noch vor Sonnenuntergang, das hätte sie nicht gedacht.

„Hast du kurz Zeit?", fragte er, ein wenig atemlos nach einer kurzen Begrüßung. Wie immer wartete er kaum

Madisons Nicken ab, bevor er sich an ihr vorbeischob und den Korb auf ihren Küchentisch stellte. Kaum hatte er ihn hingestellt, wackelte er bedenklich, sodass Madison reflexartig danach griff und ihn schließlich ein wenig weiter von der Tischkante wegschob.

„Was ist das denn?“, wunderte sie sich, als ihr auffiel, wie fest der Korb eigentlich stand. Zach hatte ihn nicht so unsorgfältig hingestellt, als dass man damit das Wackeln hätte erklären können. Sie griff nach der Decke, die über dem Korb lag. Was schließlich auf ihrem Küchentisch lag, durfte sie sicher anschauen. Doch blitzschnell zuckte Zach Hand nach vorne und griff nach ihrem Unterarm.

„Warte kurz Madison“, er klang ein wenig bedrückt und noch immer ganz schön gestresst.

„Heute nach der Arbeit war ich noch kurz mit meinen Freunden im Pub, da wir gut vorangekommen sind und erst nächste Woche weiter fällen können. Einige Eigentumsrechte des Holzes sind noch nicht geklärt und die Parzellen, bei denen alles klar ist, sind bereits fertig. Wir waren also auf der anderen Seite der Grenze in einem Pub, da es hier in Kanada rund um unsere Arbeitsstelle kein schlaues Bier zu kriegen gibt. Nun und als ich kurz durch den Hinterhof ging um auf die Toilette zu gehen, traf ich den Pubbesitzer, seine Hündin und eine Gasflasche.“ Er sah unglaublich traurig aus, doch Madison kam nicht ganz drauf, was er meinen könnte.

„Wie bitte?“, hakte sie nach, hob eine Augenbraue und blickte ihn verständnislos an.

„Seine Hündin hatte gerade drei Welpen geboren und er war dabei, diese zu vergasen, Madison.“ Nun verzog

Zach das Gesicht. Schmerz und Trauer spiegelten sich darin.

„Die Hündin und zwei der Welpen waren bereits tot. Den dritten hat er mir kostenlos überlassen.“ Nun ließ er ihren Arm los und gestattete, dass Madison die Decke von dem Korb zog. Darin saß das süßeste kleine Geschöpf, das sie je gesehen hatte. Kaum Größer als zwei Hände voll war das Wesen, das sie da mit braunen Knopfaugen anstarrte dennoch ein richtiges Hündchen.

„Wow, ganz schön farbig“, staunte Madison. Der Hund war weiß, grau, hellbraun und schwarz, total bunt gemischt und sah damit absolut putzig aus.

„Was bist denn du für ein süßes Hündchen, mein Kleiner. Komm mal zu mir, Süßer!“ Mit diesen Worten hob sie den Welpen aus dem Korb und drückte ihn an die Brust. Als sie ihn ein wenig anhob, damit sie sich gegenseitig anschauen konnten, fuhr er ihr mit einer winzigen, rosafarbenen Zunge einmal quer übers Gesicht. Madison kicherte.

„Und was machen wir jetzt mit ihm?“, sie warf einen kurzen Blick auf das nackte, aber ebenso gepunktete Bäuchlein des Welpen. Ein winziger Zipfel zeigte, dass sie mit der Geschlechtsbestimmung richtig lag.

„Ich dachte, naja...“ Zach druckste ein wenig herum und deutete dann auf Madison und ihre Hütte.

„Ich dachte, dass du vielleicht ein wenig Gesellschaft brauchen kannst?“ Nun sah er richtig verlegen aus und nahm seine Baseballcap ab, um sie verunsichert in den Händen zu kneten.

„Tut mir leid, ich hatte sonst keine andere Idee, was

wir mit dem Kleinen anfangen können. Und ihn einfach dem Tod überlassen - nun, das konnte ich nicht." Jetzt sah er fast ein wenig trotzig aus.

„Nein, auf keinen Fall", stimmte Madison sofort energisch bei und musterte den kleinen Kerl in ihren Händen etwas genauer. Plötzlich fühlte sie, wie ihr Pulli an der Brust seltsam warm wurde - und nass.

„Was…?", wunderte sie sich und hielt den Welpen ein wenig weg von der Brust.

„Oh, verdammt", fluchte sie dann ziemlich undamenhaft, drängte sich an Zachary vorbei ins Freie und setzte den Hund auf den Boden.

„Da kannst du dein Geschäftchen machen, Kleiner, nicht auf meiner Kleidung. Das müssen wir noch regeln, sonst haben wir keine guten Chancen auf eine schöne Wohngemeinschaft", meinte sie und schon als sie fertig gesprochen hatte, war sie nicht mehr halb so böse.

„Ich muss leider gleich weiter. Mein Wagen sollte dringend in die Reparatur und ich muss vor Ladenschluss noch einige Lebensmittel bekommen, sonst gehts heute mit knurrendem Magen ins Bett", erklärte Zach, der hinter ihr aus der Hütte gekommen war, bedauernd.

„So ist das also? Typisch Mann: Erst ein Baby ins Nest setzen und dann möglichst schnell abhauen", schimpfte Madison, nicht ganz so ernst gemeint wie sie klang. Zach grinste.

„Ich habe immerhin ein ganzes Kinderzimmer mitgebracht", erklärte er und ging vor ihr her zu seinem Pick-Up. Madison, den kleinen Welpen wieder auf dem Arm, folgte ihm neugierig.

„Wie hast du den Hund eigentlich über die Grenze gebracht?“, wunderte sie sich, während er eine Kiste ablud.

„In seiner kleinen Kiste. Niemand hat mich gefragt, was ich dabei habe.“ Er zuckte mit den Schultern und schien sich nicht allzu schuldig zu fühlen.

„Es ist wohl dennoch eine gute Idee, ihn möglichst bald einem Tierarzt vorzuführen. Impfungen und ähnlich wird er wohl keine erhalten haben.“ Zach stellte die Kiste auf ihren Küchentisch und öffnete sie sogleich.

„Ein Hundebett.“ Er reichte ihr ein bequem aussehendes Körbchen.

„Futter für die ersten Tage.“Ein Beutel folgte.

„Leine und Halsband.“ Diese Teile waren echt mini und Madison konnte nicht anders als vor Entzücken zu seufzen. Das Blau passte total gut zu dem farbigen Kerl und sie konnte sich nicht vorstellen, dass es jemanden gab, der nicht in dieses Felldings verliebt war.

„Und hier noch etwas zum Spielen und Kauen, damit deine Schuhe und Möbel verschont bleiben.“ Damit folgte ein Quietsch-Plüschtier und ein Stück Geweih.

„Das soll er essen?“ Madison hielt Letzteres mit zweifelndem Blick hoch.

„Er hat noch ganz kleine, spitze Welpenzähnchen. Glaub mir es ist besser, dass er dieses Geweihstück malträtiert als deine Hütte oder deine Knöchel. Außerdem wird es ihm etwas helfen beim Zahnwechsel, wenn bald seine richtigen Zähne kommen“, erklärte Zach geduldig.

„Er bekommt neue Zähne?“, Madison dämmerte, dass sie so gut wie gar nichts über Hunde wusste - und außerdem - hatte sie nicht immer gesagt, dass sie kein Interesse an einem Haustier besaß?

„Milchzähne und dann das richtige Gebiss. Ist genau wie bei uns Menschen.“ Nun hob Zach eine Augenbraue.

„Naja, ich habe ihn jetzt schon ins Herz geschlossen. Reicht das für den Anfang?“, fragte Madison mit schiefem Grinsen und beschloss, sich gleich morgen früh in Manyberries ein wenig schlau zu machen, einen Tierarzt zu finden und vielleicht mit anderen Hundebesitzern zu sprechen.

„Dann lass ich euch mal alleine, okay? Ich werde morgen wieder vorbeischauen und bis dahin wirst du sicher auch einen Namen für den Knirps gefunden haben - oder?“ Madison nickte und wünschte gleichzeitig, er würde nicht gehen. Fest drückte sie den kleinen Knirps an sich, um zu verhindern, dass sie die Hand ausstreckte und Zach über sein müde dreinblickendes Gesicht zu streichen.

„Pass gut auf dich auf“, meinte sie bloß und erwiderte die Küsschen, die er ihr auf die Wange drückte.

„Und du auch! Auf euch beide!“, entgegnete er und war dann schneller weg, als Madison lieb war.

„Und was machen wir jetzt miteinander? Dein Onkel Zach hat Recht: Du brauchst wirklich einen Namen.“ Mit diesen Worten setzte sich Madison ins Gras vor ihrem Häuschen und stellte vorsichtig den Welpen auf den Boden. Sie hoffte, er würde nicht sofort alle viere in die Hand nehmen und verschwinden. Doch ihre Sorge war unbegründet und der junge Hund schien völlig zufrieden damit, neben ihr zu hocken und rumzuschnüffeln. Sein

Aktionsradius war offensichtlich nicht Größer als die Reichweite ihrer Hände. Besser für sie und besser für ihn. Dabei empfand er offensichtlich Begeisterung für jeden einzelnen Grashalm und jeden einzelnen Erdklumpen, den er entdeckte. Während der ganzen Zeit, als er seine Umgebung und damit auch Madison – besonders ihre Schuhe und Schnürsenkel – unter die Lupe nahm, piepste der kleine Kerl herzzerreißend.

„Du vermisst wohl deine Mama, nicht wahr? Mein Armer, so unglaublich aufregend das alles, oder?" Madison zog es das Herz zusammen, wenn sie daran dachte, welchem Schicksal er nur so knapp entkommen war. Jedes Mal wenn er sie mit seinen dunklen Knopfaugen anblickte, stellte sie sich die Frage, wie ein Mensch so handeln konnte. Plötzlich tauchte unweigerlich Joeys totes Gesicht vor ihrem inneren Auge auf. Sie schauderte, eine Gänsehaut überzog ihre Arme. Menschen die Tiere quälten oder Menschen die andere Menschen töteten, schlussendlich kam alles auf das selbe hinaus. Wenn er den Mund öffnete um zu hecheln und dabei die kleine rosafarbene Zunge aus seinem Mundwinkel hing, sah der Welpe aus, als ob er glücklich lächeln würde. Madison konnte, während sie ihm bei seinem Spiel zusah, nicht lange trüben Gedanken nachhängen.

„Wie soll ich dich bloß nennen?", fragte sie den Kleinen. Dieser ließ sich auf sein winziges Hinterteilchen plumpsen und legte den Kopf schräg, während er sie ernsthaft anblickte.

„Verstehst du mich oder was?" Madison lachte, der Hund piepste. Dann bellte er einmal kurz, furchtbar hoch und herzzerreißend süß.

„Aber denk bloß nicht, dass du mir deswegen ins Bett kommst. Zachary hat dir extra ein eigenes süßes Bettchen gekauft", erklärte sie. Er blickte sie aus seinen braunen Hundeaugen so süß an, dass sie nicht anders konnte, als ihn liebevoll unter dem Kinn zu kraulen.

„Also hast du es eher nicht so, mit dem Verständnis", meinte sie dann und grinste. Mit seinen Punkten und der grauen Farbe, die sich mit hellem Braun abwechselte, sah der Kerl einfach aus wie ein kleiner Clown.

„Oder wie ein Chocolate Chip Cookie", meinte Madison plötzlich.

„Ich habs. Wie wärs mit Cookie?", fragte sie ihn. Kurz blickte sie nochmal auf sein nacktes Bäuchlein um sich zu vergewissern, dass sie ihn nicht mit einer falschen Namenswahl beleidigte.

„Cookie sollte gehen", beschloss sie dann im Hinblick auf das winzige Zipfelchen, das er schon wieder zum Pinkeln benutzte.

„Was sagst du dazu?", wandte sie sich an den kleinen Hund, der allerdings soeben einer Hummel hinterherjagte und dabei fröhlich piepste. Ab und an versuchte er sich mit mäßigem Erfolg an einem Bellen.

Später als Cookie und sie zurück ins Wohnzimmer gingen, setzte sie sich auf die Couch, um ihm weiterhin beim Spielen zuzusehen, doch der Kleine war völlig erledigt und wollte anscheinend schlafen. Fürsorglich stellte Madison das Bettchen vor den Kamin und hoffte, damit eine Stelle gefunden zu haben, die ihm zusagte. Doch der Welpe piepste weiterhin herzzerreißend. Von Hand fütterte sie ihm einige Stückchen Trockenfutter – eine halbe

Tagesration wenn man nach der Fütterungsempfehlung auf der Packung ging.

„Kleines Wesen, kleiner Hunger, nicht wahr?“, meinte Madison liebevoll zu ihrem Hund, doch dieser schien da definitiv anderer Meinung zu sein. Wie inhaliert verschwand das Futter von ihrer Hand, ehe sie zwei Mal blinzeln konnte.

„Nicht so hastig, Cookie. Sonst musst du gleich wieder raus oder vielleicht wird dir ja schlecht oder du kannst mit vollem Magen nicht so gut schlafen“, meinte sie und musste dann ab sich selbst den Kopf schütteln. So ein Hund hatte in dieser Hütte gerade noch gefehlt. Jetzt sprach sie mit ihm schon wie mit einem Kind. Gleichzeitig erinnerte sie dieser Gedankengang erneut an ihre Unzulänglichkeit auf dem Gebiet Hund, die dringend behoben werden musste.

„Eine Nacht werden wir wohl überstehen ohne Hunderatgeber“, sagte sie später, als sie sich bettfertig machte. Noch einmal klemmte sie den Kleinen unter den Arm, damit er vor der Hütte sein Geschäft erledigen konnte. Gleich morgen früh würde sie ihm die Leine zeigen, denn gerade jetzt wo es schon dunkel war, kam es ihr nicht mehr ganz so sicher vor, sich darauf zu verlassen, dass der Hund schön bei ihr blieb.

Drinnen nahm sie das Körbchen mit und stellte es vor ihr Bett, damit der Kleine nahe bei ihr sein konnte. Doch auch als nur noch das Nachttischlämpchen brannte, tanzte der Kleine noch immer piepsend und jämmerlich weinend um ihr Bett herum.

„Ach Zach, was hast du mir da bloß eingebrockt“,

murmelte Madison. In den letzten Stunden hatte sie dank Cookie keine Zeit mehr gehabt, länger an ihn zu denken, doch jetzt fiel ihr wieder ein, wie schön die Tat gewesen war, die er für dieses kleine Wesen begangen hatte. Dennoch begann das Gewinsel und Gejaule langsam nervig zu werden und die junge Frau fühlte sich völlig hilflos. Mehrmals setzte sie den Hund in sein Körbchen, das ganz nebenbei ein echt schönes Modell war.

„Was gefällt dir denn daran nicht?“, stöhnte sie und rieb sich die Stirn um den langsam aufkommenden Kopfschmerz zu vertreiben. Einen fertig erzogenen Hund hätte sie wohl eher verstanden als dieses kleine Häufchen Elend, das ständig versuchte, an ihrem Bett hochzustehen und sogar manchmal in die Matratze biss, um sich hochzuziehen. Schließlich hielt sie Cookie eine Hand hin, als er den hundertsten Versuch startete, sich vom Boden abzustoßen und ins Bett zu gelangen.

„Aber nur heute Nacht, okay?“, meinte sie und zupfte die Decke zurecht. Als sie sich umdrehte, hatte der kleine Kerl bereits auf dem Kopfkissen eine kleine Kugel geformt und schlief tief und fest. Fast hätte Madison laut aufgelacht und gleichzeitig mit Cookie geschimpft, doch der Anblick war einfach so berührend, dass sie sorgsam den Kopf neben ihn legte, das Licht löschte und ihm einen Gute-Nacht-Kuss auf seine feuchte Schnauze hauchte.

In der Nacht hatte der Kleine Madison drei Mal geweckt, weil er vor die Tür wollte und so fühlte sie sich am Morgen dementsprechend gerädert. Da allerdings ein freier Tag auf dem Plan stand, nahm sie sich viel Zeit, um in Ruhe zu Frühstücken, sich anzuziehen und schließlich Cookie die Leine schmackhaft zu machen. Letzteres erwies sich als schwieriges Unterfangen, das sich jedoch mit Hilfe von einigen Leckerlies lösen ließ. Hin und wieder kratzte er sich zwar, doch da er zuvor keinerlei Anzeichen von Ungeziefer gezeigt hatte, nahm Madison an, dass es wohl eher an dem ungewohnten Stoff rund um seinen Hals herrührte.

„So, jetzt werden wir in die Stadt fahren, dich meiner Chefin vorstellen und dann einen Doktor für dich suchen. Ich hoffe, zumindest in dieser Hinsicht hast du keine ganz so verkorksten Ansichten wie gegenüber dem Schlafen im eigenen Bettchen“, erklärte Madison dem kleinen Hund, der heute zwar immer noch piepste, aber schon nicht mehr ganz so unglücklich wirkte als noch am Tag zuvor. Die gemeinsame Nacht schien ihm gefallen zu haben und die junge Frau befürchtete, dass das Schlafen in ihrem Bett schneller zu einer Gewohnheit werden würde, als es ihr lieb war. Gleichzeitig musste sie sich selbst eingestehen, dass es auch ihr gefallen hatte, ihr Gesicht in seinem weichen Fell zu vergraben und ab und an eins seiner Pfötchen an der Wange zu spüren. Immer wieder war sie Nachts aufgewacht und hatte sich vergewissert, dass es dem Welpen gut ging. Dieser hatte zwischendurch aktiv geträumt und dabei entweder leise geknurrt, gebellt oder mit allen vier Beinchen in der Luft gestrampelt.

Jetzt mit seiner neuen Halsband- und Leinen-Kombi sah er schick aus und zu allen Schandtaten bereit. In der Kiste, in der Zach ihn gebracht hatte, verfrachtete sie ihn auf den Rücksitz ihres Geländewagens. Dann vergewisserte sie sich noch einmal, ob sie daran gedacht hatte, die Hütte abzuschließen, bevor sie auf die Straße Richtung

Manyberries fuhr.

„Einen Hund? Er hat dir ernsthaft einen Hund mitgebracht?", staunte Grace. Als sie einen Blick auf das kleine Wesen am anderen Ende der Leine erhaschte, war es aber auch um sie geschehen.

„Oh mein Gott, was bist denn du für ein süßes Kerlchen. Oh nein, komm her, komm mein Süßer. Was bist du nur furchtbar klein? Brauchst du nicht mehr deine Mami? Sicher finden wir in der Küche noch etwas für dich zum Essen. Komm, komm, Hündchen." Sie ging in die Hocke und schien die Anwesenheit von Madison völlig vergessen zu haben. Der Welpe witterte seine Chance, schleckte Grace erst über die Hände und legte sich dann auf den Rücken, um sein nacktes Bäuchlein zu präsentieren. Madison betete, während ihre Chefin die kleinen Schenkelchen kraulte, dass er nicht ausgerechnet jetzt Lust bekam, Pipi zu machen, doch er hielt dicht zu ihrer großen Erleichterung.

Einen Hund?", Grace sah selten erstaunt aus, aber in diesem Augenblick war sie sprachlos.

„Ich dachte immer, du hältst nicht so viel von solchen... Dingen?", fragte sie neugierig und verwundert.

Madison zuckte mit den Schultern.

„Er hat ihn drüben in USA aufgegabelt und wusste nicht wohin damit. Und nun ist er bei mir. Allerdings kann ich ihn auch nur dann behalten, wenn es für dich in Ordnung ist, dass er hier bei uns bleibt, während ich arbeite", erklärte Madison verlegen.

„Nein, da hätte ich auch nicht anders gekonnt, als ihn aufzunehmen. Lass ihn bloß Finlay nicht sehen, er liegt mir schon zu lange in den Ohren, dass wir uns endlich einen Hund anschaffen sollten und wenn er diesen hier sieht, wird er keine Sekunde mehr damit aufhören", stöhnte Grace und streckte vorsichtig eine Hand aus. Cookie, der inzwischen langsam wach geworden war, schnupperte an ihren Fingern und leckte mit seiner winzigen Zunge über ihre Knöchel. Die ältere Frau kicherte und Madisons Anspannung löste sich langsam.

„So lange kann der auf keinen Fall draußen im Wald in deiner Hütte bleiben", stimmte Grace sofort zu.

„Ein Hund macht doch diese Pension noch heimeliger, nicht wahr? Zu dem ganzen Cowboykram gehört eigentlich schon lange noch ein toller Vierbeiner, also kann der Kleine gern bleiben. Wie heißt er eigentlich?" Madison fiel ein riesiger Stein vom Herzen.

„Das ist Cookie", stellte sie den Welpen glücklich vor.

„Also, so lange Cookie keine Gäste anfällt und hier nicht reinmacht, wird das sicher gehen. Wir müssen ihn jetzt regelmäßig rauslassen, dann lernt er schon, wo er darf und wo nicht. So einfach ist das. Ich bin froh, dass du endlich nicht mehr ganz alleine da draußen in der Hütte hausen musst. Wobei ich eher darauf gewettet hätte, dass dieser Callum bei dir einzieht." Grace lächelte und merkte nicht, wie glücklich sie Madison mit ihren Worten machte.

„Wobei, Zachary Felton steht ja jetzt wohl auch zur Debatte", fügte sie noch an und die junge Frau langte sich an den Kopf.

„Weder noch. Da ist mir dieser Kerl hier Manns genug. Mehr brauche ich nicht." Madison lächelte und schlug im

Telefonbuch die Nummer eines Tierarztes nach.

„Und Grace?“ Die Ältere hatte sich wieder ihren Papieren zugewandt und blickte nun auf.

„Danke!“

„Ich bin froh, dass du in letzter Zeit ein wenig Gesellschaft bekommen hast“, sagte sie dann warmherzig zu Madison, die den kleinen Hund liebevoll streichelte, bevor sie ihn und seine Box ins Garderobenzimmer für die Angestellten brachte.

„Pass bloß auf, dass er meine Möbel nicht anknabbert“, meinte Grace noch und drohte scherzhaft mit dem Finger.

„Ich lasse ihn besser noch in seiner Box eingesperrt, bis ich ihn ein bisschen besser kenne und ihm vertraue“, entgegnete Madison. Sie fürchtete weniger, dass Einrichtungsgegenstände seinen spitzen kleinen Zähnchen zu Opfer fallen würden, sondern dass er seinen Pipi-Drang noch nicht unter Kontrolle hatte. Sicherheitshalber stellte sie sich einen Wecker, um ihn eine Stunde später in den Garten lassen zu können.

Kapitel 14

Auch am nächsten Tag hatte Madison frei und so fuhr sie nur kurz nach Manyberries um eine Zeitung und ein frisches Brot zu kaufen.

Cookie begrüßte Madison wie jedes Mal nach kurzer Abwesenheit, als ob sie jahreslang weggewesen wäre und sprang an ihr hoch, als ob es gälte, einen Preis zu gewinnen. Sie beugte sich zerstreut zu ihm hinunter und tätschelte seinen Kopf, während sie rasch das Innere ihrer Hütte in Augenschein nahm. Keine Veränderungen waren daran sichtbar, auch ihr Gefühl warnte die junge Frau nicht, dass irgend etwas faul sein sollte. Umso besser. Jetzt setzte sie sich an den Küchentisch, wo noch immer eine große Kanne Tee dampfte und hob den kleinen Welpen auf den Schoß. Er nutzte die Gelegenheit, um ihre Hände abzuschlecken und mit seinen spitzen Zähnchen an ihren Fingern herumzuknabbern, als hätte er einen Knochen vor sich. Madison grinste und wehrte sich ab und an, wenn er zu grob wurde.

Plötzlich heulte der Knirps entsetzt auf, hob die Pfote und kratzte sich verzweifelt an der Wange. Er rieb den Kopf an ihr und die junge Frau erschrak gehörig, als er weiterhin wimmerte. Sie setzte ihn auf den Boden und blickte sich panisch in der Hütte um, als ob sie dort die Lösung für Cookies Probleme finden konnte. Stattdessen streichelte sie sein Gesichtchen, was ihm auch nicht recht zu sein schien.

„Was ist denn los mit dir? Was tut dir weh?“, fragte sie

verzweifelt, erhielt aber nicht mehr als einen verwirrten Blick zur Antwort. Plötzlich würgte der Kleine einen Augenblick lang und Madison wollte schon die Hand zurückziehen, damit er sich auf den Fußboden erleichtern konnte, da spuckte er ihr ein kleines, rot-weißes Etwas in die Hand und sofort hörte das Wimmern wieder auf. Fast selbstzufrieden blickte der kleine Hund von Madisons Hand zu ihrem Gesicht und wieder zurück.

„Oh“, machte sie und hob die Hand vor die Augen, um zu sehen ob das winzige Ding tatsächlich das war, wofür sie es hielt.

„Du verlierst deine Milchzähne Cookie“, lächelte sie dann stolz und belohnte ihn mit einem Hundekeks, den er zufrieden verschlang. Anscheinend waren noch genügend Zähne übrig, um die kleine Leckerei zu genießen.

„Das tut natürlich ein bisschen weh, hm? Aber du machst das gut, mein Schatz“, lobte sie noch einmal und legte den Zahn, den er da in ihre Hand gespuckt hatte, nach einem kurzen Waschgang auf den Kaminsims, um ihn als Erinnerung zu behalten. Er war winzig klein, genau wie alles an dem Hündchen, aber es war dennoch ein vollkommener Zahn, der nun weiß und spitz da lag. In einem ihrer schlauen Hunderatgeber war gestanden, dass Hunde ihre Milchzähne schluckten oder in unbeobachteten Momenten loswurden, doch ihrer schien da eine Ausnahme dazustellen und Madison freute sich, dass er dies mit ihr teilte. Jetzt war der Kleine erst seit wenigen Tagen bei ihr und bereits konnte sie sich nicht mehr vorstellen, ohne ihn zu leben.

Gerade hatte sie diesen Gedanken zu Ende gedacht,

da klingelte ihr Handy. Erstaunt blickte Madison auf, da sie normalerweise zu Hause nur das Satellitentelefon benutzte, weil hier draußen im Wald kein Mobilfunknetz existierte. Anscheinend hatte sich das geändert und sie hatte es nicht einmal bemerkt.

Die Nummer von Gracies stand auf dem Display und so hob die junge Frau rasch ab, nachdem sie kurz gecheckt hatte, dass sich der Empfang überhaupt für ein Telefongespräch lohnte.

„Hallo?“ Tatsächlich rauschte und knackte es zu Anfang ein wenig, dann bestand aber eine stabile Verbindung.

„Madison? Da ist Grace. Ich habe hier einen Notfall und du bist die Einzige, die mir eingefallen ist.“

Madison seufzte innerlich. Sie war ziemlich müde und kaputt, doch natürlich würde sie einspringen, wenn Grace ihre Hilfe brauchte.

„Soll ich rüber kommen?“, fragte sie so nett wie möglich, ohne sich die Erschöpfung anhören zu lassen.

„Nein, nein. Das ist eigentlich nicht nötig. Aber weißt du, wir haben doch immer diese Geschenkkörbe in den Zimmern, für die Gäste,...“

„Ich weiß welche. Was ist mit denen?“ Nun war Madison neugierig. Was konnte schon mit diesen Körben so Wichtiges passiert sein, dass Grace sie deswegen anrief und als ihren letzten Ausweg bezeichnete?

„Nun, anscheinend hat Ava verpasst, welche nach zu bestellen, als sie die Letzten in die Zimmer gebracht hat. Jetzt haben wir keine mehr und ein Anruf beim Lieferanten hat uns zudem darüber aufgeklärt, dass es vor Weihnachten keine Lieferung mehr geben kann, weil sie dermaßen ausgebucht sind“, klagte Grace. Sie klang selten aufgeregt, aber wenn es um den reibungslosen Ablauf in Gracies ging, verstand sie keinen Spaß. Jetzt zitterte ihre Stimme ein wenig und Verzweiflung schwang darin mit.

„Was? Weihnachten ist doch erst in zwei Monaten“, stellte Madison überrascht fest und war einmal mehr verdattert, wie schnell das Jahr dahinflog und wie wenig sie in den Ablauf dessen involviert war, seitdem sie aus Portland weggezogen war.

„Ich weiß, aber in den Läden wird schließlich auch schon überall Dekoration verkauft“, meinte Grace.

„Hast du denn noch so einen letzten Korb?“, fragte Madison, die im Kopf rasch alle Möglichkeiten überschlug, die ihnen noch blieben.

„Ja, einer ist noch da, aber für übermorgen hat sich eine große Reisegruppe angemeldet, die zwei Wochen lang bleiben. Ornithologen oder so etwas. Das heißt die brauchen pro Zimmer jeweils zwei Körbe.“ Madison lächelte. Wenn nur noch ein Korb übrig war, dann spielte es keine Rolle, wie lange die Gäste blieben. Keine Körbe blieben keine Körbe.

„Ich nehme ihn morgen nach der Arbeit mit und fahre damit nach Medicine Hat. Ganz sicher finde ich noch etwas, was wir den Gästen schenken können. Mach dir keine Sorgen, okay?“, schlug sie vor. Sie wusste, dass die Fahrt in die Stadt und dort die Suche nach den passenden Artikeln nicht einfach für sie werden würde, aber schließlich hatte sie sich schon zu lange nicht mehr richtig unter Menschen gewagt und es war höchste Zeit, dass sie dies nicht ganz verlernte.

„In Ordnung. Du kannst auch Cookie bei mir lassen, wenn du möchtest“, erklärte sich Grace einverstanden und klang längst nicht mehr so aufgewühlt wie noch zu Beginn des Anrufes.

„Ich danke dir Madison. Ich wüsste nicht, wann ich dies auch noch erledigen sollte, Serenity ist weg und Ava möchte ich noch nicht mit so etwas betrauen. Bleibst also nur du. Oder Dan, aber ich denke kaum, dass er die weibliche Intuition hat, um einen solchen Korb zusammenzustellen“, sie lachte.

„Ist doch kein Problem. Ich mache das gern, okay?“, meinte Madison und lächelte. Insgeheim hatte sie das Gefühl, hier die Chance vor sich zu haben, auf die sie gewartet hatte. Die Möglichkeit, ihr Leben ein wenig zu verändern, etwas zu tun, was nur sie alleine konnte und was ihr richtig viel Freude bereiten würde.

„Dann bis Morgen Liebes“, verabschiedete sich Grace.

„Bis Morgen.“

Am nächsten Tag erfasste Madison dann doch eine nervöse Aufregung, als sie sich nach einem nicht allzu langen Arbeitstag hinters Steuer ihres Wagens klemmte. Sie hatte Cookie tatsächlich bei Grace gelassen - zusätzlich ein Faktor, der sie ein wenig verunsicherte. Wie würde es ihm wohl ergehen, so ganz ohne sie? Er hatte ein wenig mitleidserregend dreingeschaut und den einen oder anderen Piepton hören lassen, doch schlussendlich war sie sich sicher, dass er bei Grace und speziell auch bei deren Sohn Finlay in guten Händen war. Immer mal wieder warf Madison während der langen Fahrt nach Medicine Hat einen Blick auf den Beifahrersitz. Dort stand der Korb, den sie immer so schön gefunden hatte und den sie nun würde irgendwie nachbauen und bestenfalls übertreffen müssen. Madison war sich nicht sicher, ob sie ihr Können in dieser Hinsicht ein wenig überschätzt hatte. In Portland war es ihr immer eine große Freude gewesen, Dekorationen für daheim und das Büro herzustellen und sie hatte schon früh begonnen, keine gekauften Sachen mehr zu verschenken, sondern auf Selbstgemachtes zurückzugreifen. Doch nachdem sie Joey verlassen hatte, war dieses Talent verkümmert und schließlich vergessen gegangen. Es nun wieder aufzuwecken würde nicht allzu leicht, doch Madison hatte sich schon am Vorabend im Bett einige Gedanken dazu gemacht und in ihrer Gesäßtasche klemmte eine Liste mit Dingen, die sie auf jeden Fall einkaufen wollte.

„Mach erstmal zwanzig Körbe. Dann schauen wir weiter, oder bestellen einfach wieder, wenn es dir zu mühsam ist", hatte Grace vorgeschlagen. Madison wusste schon jetzt, dass es ihr nicht zu mühsam sein würde - aber ob ihre Körbe dann den Geschmack ihrer Chefin treffen würden, war schließlich viel wichtiger.

In der Stadt parkte Madison ihren Wagen und warf einige Münzen in den Parkautomaten, bevor sie sich, den Korb als Beispiel unter den Arm geklemmt, in den ersten Bastelladen aufmachte. Dort bummelte sie von Regal zu Regal, ließ sich inspirieren und kaufte schließlich sorgsam und bedacht einiges Zubehör, ohne das Budget von Grace allzu sehr zu belasten. Die finanzielle Messlatte, die von den Körben, die wohl in Fabriken gefüllt wurden, stammte, war nicht allzu großzügig und Madison sah es als Herausforderung, diesen Rahmen einzuhalten und dabei die Qualität der Körbe sogar zu übertreffen. Gar keine einfache Aufgabe, die sie sich da gestellt hatte, besonders da die junge Frau während des Einkaufens darauf achtete, regionale Händler und Hersteller zu bevorzugen. Sie wusste, dass auf der Seife im bestehenden Korb ganz klein ‚Made in China' eingeprägt war und dass das Rocky Mountain-Salz aus den USA stammte. Die Verkäuferin im Bastelladen erklärte ihr, dass man als Großhändler häufig von attraktiveren Preisen der Hersteller profitieren konnte und deswegen so günstige Angebote an Abnehmer wie Grace machen konnte. Nichts desto trotz ließ sich Madison nicht unterkriegen. Nachdem sie nun schöne, weiß bemalte Strohkörbe und passende Bänder zum Verzieren hatte, wollte sie als nächstes den Essbaren Teil der Geschenke finden. Dazu betrat sie ein Lebensmittelgeschäft, das auf den ersten Blick nicht allzu Besonders aussah. Zögerlich blickte sie sich um und ihre Auge blieb an drei Männern hängen. Instinktiv ging sie hinter einem großen Werbe-Roll-Up in Deckung. Da waren sie, direkt vor ihrer Nase - die drei Männer, die sie bedroht und offen zugegeben hatten, Joey auf dem Gewissen zu haben. Die junge Frau spürte, wie ihr Herz zu rasen begann. Diese Stimmen hätte sie unter tausenden von Menschen wiedererkannt, abgesehen davon, dass die drei noch immer aussahen, wie wenn ihnen noch niemand die Funktion einer Dusche, geschweige denn den Nutzen von frischen Kleidern erklärt hätte. Madison meinte, den leicht säuerlichen Geruch, der von ihnen ausging, in der Nase zu haben, was natürlich völliger Unsinn war, da die drei sich weit genug weg befanden, dass sie überhaupt nichts von ihnen zu befürchten hatte. Sie wartete dennoch hinter ihrer Werbung, bis die drei bezahlt hatten und das Geschäft verließen. Erst langsam, indem Madison tief ein- und wieder ausatmete und währenddessen die Sekunden zählte, konnte sie sich wieder beruhigen. Es war noch immer, als würde ihr Herz aus ihrer Brust hinausspringen wollen. Einen Augenblick lang überlegte sie, dann kramte sie das Handy aus ihrer Tasche.

„Callum?" Es hatte nicht einmal getutet, da hob der Officer bereits ab. Madison erschrak selbst, wie piepsig und atemlos sie sich anhörte.

„Madison, was ist passiert?" Offenbar brauchte es keiner weiteren Erklärungen mehr, damit Callum sofort in Alarmbereitschaft war. Sie atmete noch einmal tief durch, um sich zu beruhigen und sachlich von ihrer Beobachtung zu berichten.

„Ich bin hier in Medicine Hat im Supermarkt. Gleich gegenüber von der Kirche. Ich weiß leider nicht mehr wie die Straße heißt, aber es hat ziemlich viele Shops hier. Auf jeden Fall habe ich soeben die drei Typen getroffen, von denen ich dir erzählt habe. Die drei, die bei mir in der Hütte waren. Sie sind aber bereits wieder weg." Sie schluckte schwer. Ihre Kehle brannte ein wenig, als ob sie gleich in Tränen ausbrechen würde, dabei war sie einfach nur aufgeregt.

„Haben sie dir etwas getan? Geht es dir gut? Was ist mit dir los, Madison?" Nun klang Callum selbst ein wenig panisch, sodass Madison schmunzeln musste.

„Es ist alles okay, Callum", versicherte sie rasch, da offensichtlich alleine ihr Anruf den sonst so coolen Polizisten ziemlich aus dem Konzept gebracht hatte.

„Wirklich, mir gehts gut. Aber vielleicht kannst du deine lokalen Kollegen benachrichtigen und sie haben noch eine kleine Chance, die drei zu schnappen?“, schlug sie vor. Inzwischen hatte sie sich ein wenig gefasst, wohl auch angesichts seiner eigenen Unruhe.

„Das mach ich sofort. Aber was machst du in Medicine Hat?“, erkundigte er sich, noch immer ziemlich besorgt.

„Ich kaufe hier für Grace ein. Eigentlich bin ich gerade erst angekommen“, erklärte sie.

„Bist du sicher, dass es gut ist, wenn du da bleibst? Solltest du nicht besser herkommen? Oder soll ich dich abholen, Madison?“ Er klang eindringlich aber so unsicher, wie sie ihn bisher noch nie erlebt hatte.

„Ach was, im Supermarkt haben die drei schon eingekauft, hier werden sie also heute nicht mehr her kommen. Und bis ich schlussendlich hier fertig bin, sind die Typen entweder schon gefasst, oder über alle Berge. Zudem denke ich nicht, dass sie in Haushalts- und Geschenkläden gehen werden, oder?“ Sie lächelte ein wenig und bemühte sich zusätzlich, ihrer Stimme einen unbeschwerten Klang zu geben.

„Nun gut, aber sei vorsichtig, okay? Geh nirgendwo hin, wo keine Menschen sind, ja?“ Callum beruhigte sich langsam,.

„In Ordnung. Ich lege jetzt auf, damit du die Polizei von Medicine Hat kontaktieren kannst, okay?“ Madison verabschiedete sich sanft und legte schließlich wieder auf. Callums eigene Aufregung hatte ihre fast komplett weggefegt und sie zog mit neuem Elan ihre Einkaufsliste aus der Jeans, um sich weiter auf ihre eigentliche Mission zu konzentrieren. Im riesigen Supermarkt alles zu finden, was sie brauchte, war nicht allzu schwer. Das Problem bestand eher darin, hier das Budget nicht über zu strapazieren, denn auch im Haushaltswarengeschäft und im Kosmetikladen wollte Madison noch das eine oder andere erstehen.

Zum Schluss hatte die junge Frau nicht nur ihr Budget eingehalten, sondern auch die Liste abgearbeitet und noch einige zusätzliche Produkte gefunden, die sie inspiriert hatten. Besser hätte also die Einkaufstour nicht laufen können. Von Callum hatte sie nichts mehr gehört und so nahm sie an, dass alles in Ordnung war oder zumindest bei ihm in den richtigen Händen. Vergnügt sang sie auf dem Heimweg mit dem Radio um die Wette und konnte sogar das Fenster herunterkurbeln, da die Herbstsonne alles gab, um vergangene Sturmtage vergessen zu machen. Ihr dünner Pullover war fast zu warm, auch wenn sie die Ärmel bis zum Ellbogen hochkrempelte. Für Madison war die Welt in diesem Augenblick endlich einmal wieder in Ordnung.

Daheim angekommen, entzündete sie nur ein kleines Feuer im Küchenofen, um sich später ein Abendessen machen zu können. Denjenigen im Wohnzimmer ließ sie kalt, denn die Sonne hatte auch ihre Hütte tagsüber ganz schön aufgewärmt.

Insgeheim fragte sich Madison, ob heute einer der Tage war, an denen Zach vorbeischauen würde. Er hatte zwar angekündigt, dass er einige Tage weg war, doch obwohl sich Cookie auf ihrem Schoß zusammenrollte, fühlte sich die junge Frau ein wenig einsam. Als der Hund schließlich aufsprang, um sich vor der Hüttentür erneut hinzufläzen, erhob sich auch Madison und begann, ihre Einkäufe zu sichten. Ein Blick aus dem Fenster verriet ihr, dass die Dämmerung erst eingesetzt hatte - es war also noch viel zu früh für Feierabend und somit auch viel zu früh für Zach.

Sie begann, die Körbe mit den gekauften Bändern zu verzieren. Als sie den ersten fertig hatte, war sie dennoch nicht zufrieden mit ihrem Werk und schnappte sich Cookie mitsamt Leine. Auf einem kleinen Waldspaziergang ließ sich besser an einer Idee herumtüfteln - und tatsächlich: Als sie beinahe über einen über und über bemoosten Baumstumpf stolperte, kam ihr eine Idee. Fieberhaft begann sie, das Moos abzuziehen, kratzte sich dabei beinahe die Fingerspitzen wund und stopfte es schließlich in ihre Jackentasche, die wohl nie wieder sauber werden würde. Cookie - völlig verwirrt von ihrem Tun - begann neben ihr im weichen Waldboden ein Loch zu graben. Sie hielt inne, um ihm zuzusehen und lachte, als er ihr einen verwirrten Blick zuwarf. Völlig durcheinandergebracht hielt er ebenfalls inne und starrte nun seinerseits zu ihr hoch. Impulsiv packte sie den Welpen und drückte ihm einen schmatzenden Kuss auf die nasse Hundeschnauze, an der zudem ziemlich viel Erde klebte.

„Du bist einfach süß, mein Kleiner“, meinte sie und setzte ihn vorsichtig wieder ab. Als nächstes sammelte sie noch Größere Rinderstücke, die entweder an morschen Bäumen hingen oder bereits am Waldboden zu finden waren. Nun war sie endlich zufrieden, schnappte sich Cookie und spazierte so voll beladen wieder nach Hause.

Dort angekommen legte sie ihre gesamte Beute über den Herd, damit sie möglichst rasch trocknen würde. Keinesfalls wollte sie, dass die schöne Dekoration Schimmel oder zumindest modrigem Geruch zu Opfer fiel und damit ihre gesamte Arbeit scheiterte. Während der Ofen seine Arbeit tat und der Welpe wieder vor sich hin träumte, machte sich Madison daran, mit der gekauften Lebensmittelfarbe das grobkörnige Salz aus dem Supermarkt einzufärben. Sie hatte sich für einen warmen Lila-Ton entschieden, da er gut zur grünen Korbdekoration und gleichzeitig zur gesamten Einrichtung von Gracies passen würde. Nach und nach, während sie arbeitete, kehrte der alte Spaß, den sie damals bei ihren Bastelprojekten empfunden hatte, wieder zurück. Sie bemerkte nicht, wie die Zeit verflog und störte sich auch nicht an ihren farbigen Fingern, die inzwischen ebenso lila leuchteten wie das Salz. Als sie mit dem Ergebnis zufrieden war, legte sie das Salz auf einem Blech ebenfalls auf den Ofen, um es trocknen zu lassen.

Nach und nach stellte sie noch herzförmige Seifenstücke her, mischte eine smokey-Grillsalz-Mischung, befüllte ein Lavendelsäcklein und bedauerte schließlich, dass sie ihre Nähmaschine damals vor drei Jahren in Portland zurückgelassen hatte. Zu gern hätte sie selbst genäht und während dem Arbeiten kamen ihr auch noch Ideen für Kirschsteinkissen und andere Nähprojekte, die gut in das Körbchen gepasst hätten. Die Zeit war völlig dahin geflogen und als es plötzlich an der Hüttentür klopfte, zuckte Madison erschrocken zusammen. Sie versuchte, zuerst am Küchenfenster zu erkennen, ob sie das Auto erkannte, doch der Besucher musste so geparkt haben, dass sie seinen Wagen nicht sehen konnte. Mit unruhigen Fingern löste sie den Riegel, den sie seit einigen Wochen immer vorschob, um sich sicherer zu fühlen. Cookie fiepte inzwischen ein wenig ungeduldig. Noch hatte Madison keine Ahnung, wie sich der Welpe als Beschützer machen würde, doch jetzt schlüpfte er sofort zwischen dem kleinen Spalt in der Tür hinaus und vernichtete damit Madisons Absicht, nur durch eine kleine Öffnung hinauszuspähen.

„Callum", rief sie überrascht. Der Officer wurde bereits freudig umtanzt von Cookie. Er schmunzelte und ging in die Knie, um den Hund zu streicheln.

„Guten Abend Madison. Ich wollte dich anrufen, aber da war mal wieder nichts zu machen." Er erhob sich und drückte ihr links und rechts einen Kuss auf die Wange. Einen Augenblick zögerte er, dann ließ er sie los. Dass sie sich dabei gegenseitig auf den Mund gestarrt hatten, fiel Madison erst auf, als sich unangenehmes Schweigen zwischen ihnen ausbreitete.

„Du weißt doch wie das hier draußen ist. Satellitentelefon oder gar nichts", grinste sie und bat ihn mit einer Geste in die Hütte hinein.

„Ach Cookie, du bist einfach kein guter Wachhund", murmelte sie mit Blick auf den Welpen, der noch immer ganz aus dem Häuschen war über den Neuankömmling.

„Was machst du denn da?", fragte Callum erstaunt, als er die Utensilien auf ihrem Ofen und die ausgebreiteten Sachen auf ihrem Küchen- und Wohnzimmertisch erblickte. Tatsächlich, wenn Madison sich jetzt mit ein bisschen Abstand in ihrer Behausung umschaute, sah es schon aus, als hätte eine Bombe eingeschlagen. Eine

Bombe aus Tüll, Dekomaterial, Düften und auf jeden Fall viel Lila.

„Erinnerst du dich an den Geschenkkorb, der auf deinem Bett stand, als du bei Gracies eingezogen bist?", begann sie.

„Ach was, den hast du gemacht? Ich habe mich total über diese nette Geste gefreut. So etwas habe ich bisher noch in keinem Hotel angetroffen", lächelte er.

„Bisher haben wir diese Körbe immer bestellt. Das heißt, derjenige, den du bekommen hast stammt ebenfalls noch aus einer großen Manufaktur. Doch nun wurden aus Versehen nicht genügend Körbe bestellt, beziehungsweise die Nachbestellung ging komplett vergessen. Zudem hat die Firma einen Lieferengpass, der locker bis Weihnachten dauern kann. Aus diesem Grund wurde ich damit beauftragt, einen neuen Korb zusammenzustellen, damit Gracies gerade jetzt rund um Thanksgiving und Weihnachten seine Gäste nicht geschenklos begrüßen muss." Madison lächelte und spürte, wie ihre Wangen glühten. Diese Aufgabe war genau das Richtige für sie und erst jetzt als Callum da war, fiel ihr das Erlebnis vom Nachmittag wieder ein.

„Du bist wohl nicht gekommen, um mir beim Basteln zu helfen?", fragte sie mit einem schiefen Grinsen. Ein ernstes Kopfschütteln war die Antwort. Callum ließ sich schwer auf einen ihrer Küchenstühle fallen.

„Kaffee?", fragte sie fürsorglich. Die Schatten unter seinen Augen waren ganz schön lange und er war offensichtlich mehr als nur ein bisschen erschöpft. Dass er so tiefe Stirnfalten mitbrachte und die Schultern hängen ließ, als ob er bereits auf die Pension zugehen würde, hatte Madison in all der Zeit seit seiner Ankunft in Manyberries nicht erlebt.

„Gerne.“

„Nun schieß aber los. Sind die drei Ganoven gefasst?“ Madison goss ihm eine Tasse voll, holte Milch aus dem Kühlschrank und stellte sie gemeinsam mit dem Zucker vor ihn hin. Er schüttelte den Kopf.

„Es gab sogar noch andere Leute, die den dreien heute in Medicine Hat begegnet sind. Anscheinend war unter anderem sogar die eine Verkäuferin darunter, die den örtlichen Kollegen von der Begegnung berichtet hat. Es war jedoch nicht möglich, die drei noch irgendwo aufzufinden. Sie benutzen keinen Wagen, den man verfolgen könnte und niemand weiß wirklich, wie sie von A nach B kommen. Doch wie auch immer sie sich bewegen, sie tun dies schneller als die örtliche Polizei, sodass wir wirklich keine Chance hatten, sie zu fassen“ Er ließ den Kopf hängen, versorgte seinen Kaffee mit Milch und Zucker und sah alles in allem wirklich bedauernswert aus.

Währenddessen hatte sich Madison neben ihn gesetzt und faltete eine Serviette, die sie als weitere Dekoration für die Körbe verwenden wollte. Nach zwanzig Stück wurden ihre Finger immer flinker und so war es mehr eine Ablenkung, als eine wahre Anstrengung für sie.

„Ich bin mir sicher, dass die drei nicht mehr lange auf freiem Fuß sein werden - mach dir keine Sorgen“, erklärte sie lächelnd. Tatsächlich hatte sie die Begegnung am Nachmittag zwar ganz schön durcheinander gebracht, aber das Basteln jetzt und zudem Callums nette Gesellschaft hatten sie rasch auf andere Gedanken gebracht.

„Ich habe langsam das Gefühl, meine Vorgesetzten in Calgary lachen über mich, wenn ich ihnen wieder erzählen muss, dass mir erneut eine Gelegenheit durch die Lappen gegangen ist. Die drei sind schließlich inzwischen die Haupttatverdächtigen für den Mord an Joey. Dass sie weiter frei herumlaufen wird inzwischen schon in den Nachrichten gebracht. Wie soll ich da den Leuten weiterhin in die Augen blicken können? Außerdem habe ich immer noch Angst, dass sie dich doch noch im Visier haben könnten. Und was dann? Ich kann es nicht ertragen, dich in Gefahr zu wissen, Madison!“ Er rieb sich über die Augen und leerte seine Kaffeetasse mit einem großen Schluck. Dann stand er auf, um im Raum hin- und her zu gehen. Die Arme hinter dem Rücken verschränkt spazierte er ungewöhnlich steif auf und ab und machte dabei den Anschein eines eingesperrten Tieres im Zoo. Madison beobachtete eine Weile seine Unruhe.

„Sollen wir mit Cookie eine Runde drehen? Er war zwar heute bereits mehrmals draußen, aber es wird ihm sicher nicht schaden.“ Die junge Frau erntete auf ihren Vorschlag einen verständnislosen Blick von Callum.

„Draußen könntest du dich ein bisschen besser bewegen, weißt du“, erklärte sie mit einem verschmitzten Lächeln. Sie nahm den Officer und seine Probleme durchaus ernst, doch sein gesamtes Auftreten weckte in ihr den Wunsch, ihm zu helfen und einen Teil dieser Last zu nehmen. Zu gerne hätte sie ihn in die Arme geschlossen, nachdem er in der Vergangenheit so viel für sie getan hatte, doch sie wusste nicht, wie das bei ihm ankommen würde.

„Tut mir leid, ich benehme mich grad ein bisschen seltsam, nicht wahr?", meinte er und sah so zerknirscht drein, dass Madison lachen musste. Madison zuckte mit den Schultern, während sie Cookie Halsband und Leine anlegte.

„Nicht seltsamer als ich auch schon", entgegnete sie gelassen. Mit einem letzten Blick auf ihre Bastelutensilien schloss sie die Hüttentür hinter Callum und sich und drehte den Schlüssel zwei Mal im Schloss.

Der Spaziergang half ihnen tatsächlich beiden, herunterzukommen. Sie fanden eine Stelle im Wald, an der einige Bäume gefällt worden waren und während Madison den Welpen von der Leine ließ, setzten Callum und sie sich einander gegenüber auf zwei abgesägte Baumstumpfe. Die Sonne ging langsam unter, und tauchte den herbstlichen Wald in goldenes Licht. Die Ahornbäume voran leuchteten alle Laubbäume in herbstlichen Farben und schufen eine ganz spezielle Stimmung. Irgendwann versiegte das Gespräch zwischen ihnen und während Cookie herumtollte, schauten sie sich schweigend in die Augen.

„Ich finde, wir sind schon viel zu lange nicht mehr zusammen ausgegangen. Warum haben wir damit aufgehört?" Callum klang fragend und ein wenig unsicher, doch gleichzeitig viel ruhiger als noch zuvor.

„Ich weiß nicht, ob es jemals eine gute Idee war, miteinander auszugehen. Wir sind uns so nahe gekommen, obwohl es keine guten Dinge sind, die uns verbinden." Madison seufzte nachdenklich und stützte das Kinn in die

Hand. Ein wenig Melancholie breitete sich auf der Lichtung aus und sie wusste, dass Callum es ebenfalls spüren konnte.

„Du gefällst mir Madison - so gut wie vor dir schon lange keine Frau mehr. Ich kann nicht aufhören, mich um dich zu sorgen, auch wenn es mir lieber wäre, von diesem Fall ein bisschen weniger berührt zu werden“, entgegnete er langsam und leise.

Sie schüttelte den Kopf.

„Diese Männer - du weißt nicht, wozu sie fähig sind. Es ist nicht gut, wenn du abgelenkt bist in dem Augenblick, in dem du ihnen gegenübertrittst. Es ist besser, wenn ich dann nicht in deinem Kopf bin und du unvoreingenommen deine Arbeit tun kannst“, meinte sie.

„Woher weißt du, wie diese Männer sind?“ Offensichtlich hörte Callum auch in seiner Freizeit mehr als genau zu und ihre Aussage war ihm sofort aufgefallen.

„Joey hatte viele Freunde oder Bekannte wie diese drei. Sie sind alle gleich und es ist nicht das erste Mal, dass ich ihnen gegenüberstehe“, rechtfertigte sie sich sie.

„Ich weiß, dass es nichts zur Sache tut, Madison aber ich wünschte, du würdest mir erzählen, was damals geschehen ist. Nicht damit ich diesen Fall eher lösen kann und auch nicht weil meine Kollegen und die staatlichen News langsam nervös werden, sondern weil du mir wichtig bist, Madison. Ich habe dich längst ins Herz geschlossen, ob du es willst oder nicht!“ Er klang eindringlich, griff nach ihrer Hand. Sie wartete einen Augenblick, zog ihre Finger nicht weg und dennoch fühlte es sich nicht durch und durch richtig an. Immer wieder tauchte vor ihrem inneren Auge ein Bild auf - das Gesicht eines anderen Mannes.

„Ich bin hierher gezogen, um nie mehr darüber sprechen zu müssen. Dass Joey mich findet und unsere Vergangenheit hierher schleppt, hätte ich nicht erwartet." Madison wusste nicht ganz genau, wie sie das Gespräch weiter lenken sollte.

„Du weißt, dass ich für dich da bin, Madison - ganz egal wann und in welcher Form", erklärte Callum und machte damit den Rückzieher, auf den sie gehofft hatte.

„Danke", murmelte sie und fand keine Idee, das darauffolgenden Schweigen zu unterbrechen.

„Weißt du, dass du wunderschön bist?", riss Callum sie aus ihren Gedanken, die erneut in die Vergangenheit nach Portland abgedriftet waren. Mehrmals blinzelte sie gegen die Abendsonne und lächelte dann.

„Danke", erneut fiel ihr nichts mehr ein, was sie hätte sagen können und Verlegenheit überkam sie. Er beugte sich auf seinem Baumstumpf vor und blickte ihr tief in die Augen. Seine Lippen glänzten ein wenig, seine Haare wurden von den letzten Sonnenstrahlen in einen Lichterkranz verwandelt. Kurz bevor er sie küssen konnte, jaulte Cookie plötzlich auf. Der Kleine hatte zwischen ihnen gespielt und sich nun eine alte, dicke Kiefernnadel in die winzige Pfote getreten. Anklagend erhob er das Bein und setzte sich winselnd vor Madison hin. Diese war sofort abgelenkt und hob den Hund auf den Schoß.

„Ohje, du kleiner Tollpatsch. Zeig her, das haben wir gleich." Sie streichelte ihn beruhigend und untersuchte das Füßchen. Mit einem schnellen Griff, der ihn noch einmal schmerzvoll aufjaulen ließ, hatte sie den Störenfried entfernt. Als sie ihn wieder auf den Waldboden setzte, war die seltsame Stimmung zwischen Callum und ihr wie fortgeweht. Er stand auf und streckte ihr die Hand entgegen, um ihr seinerseits auf die Füße zu helfen.

„Ich muss in der Pension noch einige Telefonate erledigen. Es ist nicht gut, wenn ich allzu lange hier draußen bin, wo ich keinen Empfang habe“, bemerkte er bedauernd, als sie wieder vor Madisons Hütte standen. Diese nickte verständnisvoll.

„Auf mich wartet auch noch einige Arbeit, damit Grace morgen wieder schöne Körbe in ihre Zimmer stellen kann“, lächelte sie und spürte schon die Vorfreude darauf, wieder zu ihrer Arbeit zurückzukehren.

„Und Callum…“ Kurz bevor der Officer bei seinem Wagen angelangte, hielt Madison ihn auf.

„Was denn?“, er drehte sich um, lächelte und kam wieder einen Schritt auf sie zu.

„Ich meine das ernst. Danke für alles, was du für mich tust. Ich bin sehr froh, dich in der Nähe zu wissen. Es ist nur so, dass ich in den letzten drei Jahren am besten klargekommen bin, wenn ich alleine war und nur für mich selbst geschaut habe. Plötzlich jemanden zu haben, der da ist, das ist wirklich ein ungewohntes Gefühl für mich“, erklärte sie. Es fiel Madison nicht leicht, all das in Worte zu fassen und dennoch wusste sie, dass sie das Callum schuldig war.

„Ich weiß Madison, mach dir keine Sorgen. Und du musst wissen, dass ich da bin, ganz egal wie unser Verhältnis ist. Ich werde alles dafür geben, diesen Fall zu lösen und dich dabei zu schützen!“ Er lächelte und stieg in sein Auto. Madison blieb noch eine Weile in der Tür der Hütte stehen und blickte die Auffahrt hinunter, auch als er längst auf und davon war. Sie bedauerte, dass ihr Verhältnis sich verändert hatte. Als sie Callum kennengelernt und sich mit ihm getroffen hatte, da hatte es den Anschein gemacht, als könnte er der Mann sein, der ihr nach all der Zeit wieder ein Lächeln aufs Gesicht zaubern würde. Doch dann hatte sie Zach wieder getroffen und auch wenn er ungehobelt und ein bisschen grob gewesen war, so hatte er es dennoch geschafft, sie innert kürzester Zeit schwach werden zu lassen. Auch wenn Madison jetzt an ihre Begegnungen dachte, wurde ihr abwechselnd heiß und kalt und sie wünschte sich die Wiederholung einiger der Dinge, die Zach mit ihr angestellt hatte. Nachdenklich kehrte sie zu ihren Geschenkkörben zurück.

Kapitel 15

In der Pension war nicht viel los, die Zeit vor Thanksgiving und nach der Sommerferienzeit war stets ein wenig ruhiger. Die Gegend rund um Manyberries war dafür bekannt, regelrecht einzuschlafen, wenn der Herbst erst in vollem Gange war und die Bäume ihre Blätter verloren hatten. Erst zum Erntedank kamen einige Farmersfamilien und reiche Städter, die auf dem Land feiern wollten. So war nebst Callums Zimmer nur noch ein weiterer Raum an eine Schriftstellerin vermietet, die hier ihren Roman vollenden wollte. Madison war sich sicher, diese Frau zu kennen und rätselte jedes Mal darüber, wenn sie ihr begegnete. Doch da es sehr wahrscheinlich war, dass sie unter einem Pseudonym veröffentlichte, kamen weder sie noch Grace dahinter. Natürlich hatte Madison ihre Chefin in ihren Verdacht eingeweiht, doch auch sie wusste nicht mehr über die Fremde, sodass sie sich damit begnügen musste, weiter zu rätseln.

Gerade als sie Cookie zum ersten Mal in den Garten ließ, lief ihr Callum über den Weg. Automatisch spürte die junge Frau, wie sie ein wenig errötete. Es war ihr keineswegs angenehm, ihm über den Weg zu laufen, an ihren Kuss zu denken und sich gleichzeitig daran zu erinnern, was zwischen Zachary und ihr alles vorgefallen war.

Doch offensichtlich war Callum entspannt, denn er trug Sonnenbrille, Poloshirt und ein Buch in der Hand.

„Hallo Madison. Schön dich zu sehen. In den letzten Tagen konnte ich dich nicht so oft antreffen“, meinte er mit einem Lächeln, das sie nicht ganz kalt ließ.

„Hey Callum. Hast du heute frei?“ Sie entspannte sich auch ein wenig, nachdem der Officer augenscheinlich nicht verstimmt war.

„Genau. Ich habe die letzten Tage so viele Überstunden geleistet und aktuell ziemlich viele Beweißtücke ins Labor gesendet, sodass ich vorerst nichts zu tun habe“, erklärte er.

„Möchtest du dann nicht zu deiner Familie heimfahren?“, wollte die junge Frau wissen und ließ sich einen Augenblick auf der Sonnenliege nieder, die gegenüber derjenigen stand, auf der es sich Callum gerade in der Herbstsonne bequem machte.

Er zuckte mit den Schultern.

„Ich habe fast vier Stunden Heimfahrt. Das ist nicht unbedingt viel, aber meine Familie arbeitet sowieso. Meine Mutter würde sich dann noch stundenlang in die Küche stellen, da sie sowieso ständig der Meinung ist, dass ich auswärts nie etwas zu Essen bekomme. Das will ich ihnen einfach nicht zumuten, vor allem da ich nicht weiß, wie lange es dauert, bis ich vom Labor irgendwelche Neuigkeiten bekomme. Das kann heute noch sein oder erst nächste Woche“, erzählte er. Madison nickte verständnisvoll.

„Hier ist es schließlich auch ganz schön“, fügte Callum mit einem charmanten Lächeln an.

„Plus hast du dir die richtige Gesellschaft ausgesucht.“ Er deutete auf Cookie, der den gesamten Garten beschnüffelte, so lange ihn die Leine das machen ließ. Er wirkte zufrieden, wälzte sich hie und da im Gras und machte schließlich sein Geschäftchen unter einer Hecke.

„Hast du ihn eigentlich als Beschützer zugelegt?“, er zwinkerte, doch seine Stimme klang ernst und auch Madison lachte nicht. Der Welpe kam in diesem Augenblick über den Rasen gehoppelt und schnüffelte an Callums ausgestreckter Hand, bevor er begann, dessen Finger ausgiebig abzulecken. Schon bei ihrer ersten Begegnung hatten sich die beiden ausgezeichnet verstanden und nun warf sich der kleine Hund sogar auf den Rücken, um auch den Bauch gekrault zu bekommen.

„Funktioniert nicht wirklich, oder?“, lachte Madison.

„Zachary fand ihn bei der Arbeit und hat ihn vor dem sicheren Tod gerettet. Jetzt ist er bei mir, weil ich ein bisschen mehr Zeit habe, auf ihn achtzugeben und ja - weil ich ein bisschen Gesellschaft doch ganz gut gebrauchen kann in meiner Hütte da draußen“, erklärte sie.

„Ich finde es immer noch nicht gut, dass du nicht mehr im Gracies wohnst. Nicht nur weil es schön war, Tür an Tür mit dir zu leben, sondern weil ich mir ernsthaft Sorgen mache um dich“, meinte Callum mit tief gefurchter Stirn. Madison verzog das Gesicht.

„Ich weiß.“ Sie spürte schon wieder einen Kloß in ihrer Kehle, Tränen hinter ihren Augen brennen.

„Ich kann hier nicht sein. Es tut mir wirklich leid.“ Sie hätte ihm zu gern verraten, was sie bewegte, doch es wollte kein Wort über ihre Lippen kommen.

„Madison - was immer passiert, ich bin da, okay? Wenn du möchtest, dass ich stattdessen vorbeikomme und auf deiner Couch schlafe oder vor deiner Hütte campiere - ein Wort genügt und ich bin da“, versicherte er eindringlich und griff mit der Hand, die Cookie übriggelassen hatte, nach der ihren.

„Du weißt, dass du mir viel bedeutest. Lass mich dir helfen, wenn es irgendeine Möglichkeit gibt, dies zu tun.“ Der sonnige Herbsttag erschien Madison plötzlich nicht mehr ganz so fröhlich, doch sie nickte und beobachtete währenddessen gedankenverloren Cookie, der einen Schmetterling jagte.

„Du bist nicht alleine. All die Leute von Manyberries stehen bereit, dir zu helfen, genau so wie sie den Tanners auf der Ranch geholfen haben, nachdem es diesen schlimmen Sturm gegeben hat. Du musst nur ein Zeichen geben und die Menschen sind für dich da“, fügte Callum an und auch wenn es schön war, was er sagte, verunsicherte er Madison damit. Sie war es sich nicht gewohnt, dass die Menschen einander beistanden und halfen, wenn Hilfe gebraucht wurde. Sie war es gewohnt, dass die Leute wegschauten, wenn sie des Elends einer anderen Person ansichtig wurden. In all der Zeit, die sie unter Joey gelitten hatte, war nicht einmal jemand gekommen, um ihr beizustehen. Einmal mehr stellte sie sich die Frage, ob so etwas in Manyberries auch möglich gewesen wäre.

„Danke Callum. Ich sollte wohl wieder zurück zur Arbeit. Grace vermisst mich sicher bereits.“ Madison erhob sich und streckte ihren Rücken, bevor sie sich mit einer Plastiktüte um Cookies Geschäft kümmerte, ihn zu sich rief und schließlich wieder in der Pension verschwand.

„Machs gut, Madison“, hörte sie leise hinter sich und musste dennoch ein bisschen lächeln. Callum war so ein guter Kerl und tatsächlich waren seine Worte mehr als nur leeres Geschwätz – er gab ihr wirklich das Gefühl, für sie da zu sein.

„Jetzt war schon wieder jemand hier und hat gefragt, woher unsere Gastkörbe kommen. Die Dinger kommen richtig gut an und das Ehepaar aus New York, das gestern morgen abgereist ist, hat angerufen und gefragt, ob es möglich wäre, einige Körbe zu bestellen für daheim. Sie wollen damit anscheinend ihre Freunde zu Thanksgiving beschenken“, berichtete Grace aufgeregt mit glühenden Wangen, als Madison wieder hinter der Rezeption auftauchte. Sie hatte Cookie im Mitarbeiterzimmer untergebracht, wo er sich zusammengerollt hatte und sofort eingeschlafen war.

„Oh, das ist ja echt cool. Das hätte ich nicht zu hoffen gewagt“, meinte Madison, ebenfalls aufrichtig strahlend. Sie hatte tatsächlich nicht erwartet, dass die Körbe mehr Aufmerksamkeit bekommen würden, als ihre Vorgänger, aber insgeheim dennoch gehofft, dass es so sein würde.

„Ich habe bemerkt, wie viel Spaß es mir macht, solche Körbe zusammenzustellen und die Geschenke darin selbst zu machen. Deswegen habe ich mir überlegt, ob ich das vielleicht irgendwie ausbauen könnte“, gestand sie dann Grace und sprach damit zum ersten Mal die Idee laut aus, die ihr schon seit Tagen im Kopf herumgeisterte.

„Warum nicht?“, meinte die Ältere erstaunlich gelassen und optimistisch. Madison hatte erwartet, dass sie ihr irgendwelche Zweifel einreden würde oder zumindest die Idee so objektiv wie möglich zerpflücken würde.

„In Manyberries ist es fast unmöglich, an schöne Geschenke zu kommen. Medicine Hat ist die nächste Gelegenheit, um etwas zu besorgen und auch diese Läden kennen wir alle doch bereits auswendig. Warum also nicht etwas Neues schaffen? Ich bin schließlich auch ohne irgendwelches Startkapital oder irgendwelche passende Ausbildungen hierher gekommen und habe sofort erkannt, dass diesem Dorf eine Pension fehlt. Und jetzt? Gracies läuft nicht einmal schlecht, ich habe mehrere Stellen schaffen können und ich bringe immerhin einen gewissen Tourismus in die Stadt, der wiederum andere Geschäfte unterstützt“, erklärte Grace, als ob sie Madisons erstaunte Gedanken gelesen hätte.

Diese überlegte einen Augenblick, wagte kaum zu glauben, dass Grace Recht haben könnte, während sich einen leisen Hoffnungsschimmer in ihr Herz schlich.
"Vielleicht stimmt, was du sagst...", überlegte sie laut.

Grace nickte zufrieden.
"Natürlich habe ich das!"

„Madison?“ Serenity trat in das Mitarbeiterzimmer, in dem Madison an einem Tisch saß und lustlos in einem Salat herumstocherte. Cookie spielte zu ihren Füßen mit einem Knochen, der für ihn eigentlich viel zu groß war und den er deshalb eher als Beschäftigungsobjekt, denn als Futter betrachtete. Sie war ein wenig müde, hatte kaum geschlafen und deswegen auch den Morgen mehr schlecht als recht hinter sich gebracht. Der Salat schmeckte fad, ohne Speckwürfel, Käse, Croutons oder sonst irgend eine tolle Beigabe war er einfach nur langweilig und sie wusste, dass sich schon in zwei Stunden der Hunger zurückmelden würde. Als Serenity eintrat, zuckte die junge Frau zusammen.

„Da bist du ja, Madison. Grace ruft schon sicher zum zehnten Mal nach dir. Was ist denn los?“ Ihre Wangen glühten rot und sie musste gerannt sein, denn die schmale Brust hob und senkte sich aufgeregt.

Madison zuckte mit den Schultern und warf einen Blick auf die Wanduhr.

„Meine Pause hat erst gerade begonnen“, murrte sie unmotiviert. Normalerweise ließ Grace ihre Angestellten großzügig pausieren und hatte auch stets genügend Geduld, sie nicht exakt während ihrer freien Zeit zu stören. Es gab sogar Zeiten, in denen sich der eine oder andere hinlegte, um ein kurzes Mittagsschläfchen zu halten, ohne dass es der Chefin in den Sinn gekommen wäre, dies abzulehnen.

„Es muss dringend sein. Du sollst nachher deine Pause weitermachen“, erklärte Serenity und man merkte ihr an, dass es ihr unangenehm war, Madison zu stören.

„Ist ja gut, ich komme. Tut mir leid, heute bin ich wohl mit dem falschen Fuß aufgestanden“, entschuldigte sich Madison zerknirscht. Nun tat es ihr ihrerseits tatsächlich leid, sich Serenity gegenüber so brummig gegeben zu haben. Die junge Kollegin hatte gerade erst begonnen, ein wenig Vertrauen zu fassen und Madison wollte dies eigentlich auf keinen Fall zerstören, nur weil sie mal einen schlechten Tag hatte.

„Was ist denn los?“, fragte sie, in der Hoffnung, dass Serenity vielleicht mitbekommen hatte, weshalb Grace sie während ihrer Mittagspause rufen ließ.

„Ich weiß es nicht genau. Da war eine Dame am Empfang, die ganz schön streng ausgesehen hat. Sie hat von gestern auf heute hier übernachtet, diejenige mit dem strengen grauen Dutt.“ Madison überlegte einen Augenblick, wen Serenity meinen könnte, doch sie hatten bereits die Lobby erreicht, sodass sie nicht länger grübeln musste.

Die Frau, von der ihre Kollegin gesprochen hatte, war ihr schon am Abend zuvor bei ihrer Anreise aufgefallen. Sie hatte glatte Haut und alles an ihr war straff und streng. Ihr graues Haar hatte sie auch heute wieder zu einem sehr engen Dutt hochgesteckt, der keinem Härchen die Möglichkeit gab, sich daraus zu lösen. Ihr Mund war beerenrot geschminkt, doch es sah nicht übertrieben aus. Das Speziellste jedoch an dieser Erscheinung war ihre unglaublich aufgerichtete Haltung. Es war, als hingen an der Zimmerdecke Fäden, die sie aufrecht hielten, bei jedem Schritt, den sie tat.

„Madison, da bist du ja!“ Die junge Frau wurde jäh in ihren Überlegungen unterbrochen, als Grace zu ihr trat.

„Ich war gerade in der Pause und habe dein Rufen nicht gehört, Entschuldigung. Was ist denn?“ Sie lächelte freundlich, viel zu professionell, als dass sie vor einem Gast jemals eine andere Gefühlsregung gezeigt hätte.

„Darf ich dir Mrs Lacroix vorstellen, Madison?“ „Mrs Lacroix, das ist Miss Parker, von der ich Ihnen soeben erzählt habe.“ Mit einem Lächeln streckte die Dame die Hand aus. Madison nahm sie und wunderte sich ob der feinen, kühlen Glieder der einzelnen Finger. Die Hand von Mrs Lacroix war beinahe so, als könnte sie sie zwischen ihren eigenen Fingern zerquetschen und dabei war sie selbst ebenfalls nicht gerade kräftig gebaut.

„Sehr erfreut“, murmelte die junge Frau, noch immer unsicher, was sie hier sollte.

„Madison, Mrs Lacroix hat den Korb in ihrem Zimmer entdeckt.“ Grace deutete auf einen Korb, der auf dem Empfangstresen stand. Madison warf einen Blick darauf und atmete erleichtert aus. Das Gastgeschenk sah einwandfrei aus. Sie hatte schon gefürchtet, etwas könnte damit nicht in Ordnung gewesen sein und die Frau wäre gekommen, um sich bei Grace zu beklagen. Auch wenn sie inzwischen schon einige Komplimente für die Geschenkkörbe bekommen hatte, fürchtete sie immer noch, die Seifenstücke könnten Auseinanderfallen, wenn sie mit Wasser in Berührung kamen, aus dem Moos könnte ein Käfer krabbeln oder irgend etwas anderes könnte passieren, das im Nachhinein ihre ganze Arbeit zunichte machte. Doch auch wenn man in Mrs Lacroix’ Miene nicht allzu offen lesen konnte, schien sie nicht hier zu sein, um zu reklamieren.

„Es sind wunderschöne Körbe, Miss Parker. Ich bin noch nie so exquisit in einer Pension empfangen worden und habe noch nie lieber ein wenig Platz im Koffer geschaffen, um dieses schöne Gastgeschenk einzupacken. Es wird daheim einen Ehrenplatz bekommen“, schwärmte die Dame und plötzlich wurde ihre glatte Miene lebhaft. Madison fiel es schwer, ihr Gegenüber einzuschätzen. Ihre Haarfarbe verriet ein fortgeschrittenes Alter, doch während sie sprach leuchteten ihre Augen und sie gestikulierte wild wie ein junges Mädchen und nicht wie die Dame mit der starren Haltung, die sie sonst vorgab zu sein.

„Es freut mich sehr, Mrs Lacroix, dies zu hören. Die Herstellung der Gastkörbe bereitet mir viel Freude und umso schöner ist es, dass diese auch unseren Gästen den Aufenthalt versüßen.“ Madison wusste nicht genau, weshalb sie zu diesem Gespräch dazu gerufen worden war, denn bisher hatte Grace die Komplimente jeweils ausgerichtet, wenn sie nicht Madison persönlich ausgesprochen worden waren. Die junge Frau freute sich sehr, dass auch eine strenge Dame wie Mrs Lacroix an ihrem Korb Freude hatte.

„Es ist so, dass ich gerne bei Ihnen eine Bestellung über hundert solcher Körbe aufgeben möchte. Ich führe in Calgary eine Tanzschule und würde sie gerne bei den Schnupperstunden den neuen Kunden übergeben. Natürlich hätte ich gerne einige Anpassungen, damit die Geschenke auf mein Unternehmen und meinen Stil zugeschnitten sind, aber ich könnte mir niemanden vorstellen, der besser dafür geeignet ist, für mich diese Körbe herzustellen, als Sie“, verkündete Mrs Lacroix ohne weitere Umschweife und beantwortete damit Madisons unausgesprochene Frage nach dem Grund ihres Aufeinandertreffens. Dies war allerdings etwas ganz anderes, als die junge Frau erwartet hätte, Komplimente hin oder her. Madison blickte verwirrt zwischen ihr und Grace hin und her. Letztere schien bereits von den Absichten der Tanzlehrerin zu wissen, denn sie lächelte Madison freundlich an und sah keineswegs so überrascht aus wie ihre junge Angestellte, der vor Schreck der Mund offen stehen geblieben war.

„Natürlich werde ich nicht nur die Materialkosten

übernehmen, sondern Sie auch pro Korb entschädigen“, versicherte Mrs Lacroix, die anscheinend dachte, dass das Geld ein Problem darstellte. Sie nannte einen Preis pro Korb, der nicht nur zwei Mal die Materialkosten deckte, sondern auch fast eine halbe Stunde Arbeit pro Korb, was einiges mehr darstellte, als Madison tatsächlich benötigte. Wenn sie mit der Herstellung der Körbe begonnen hatte und mehrere gleichzeitig anfertigen konnte, handelte es sich dabei um eine Sache, die schnell erledigt war.

Dennoch wusste sie nicht, was sie sagen sollte.

„Ich bin eigentlich hier in der Pension angestellt, wissen Sie? Ich kann die Körbe gerne in meiner Freizeit herstellen, wenn Mrs Palmer einverstanden ist, aber dann wird es einen Augenblick dauern, bis ich eine solch große Menge liefern kann“, erklärte die junge Frau stockend. Grace hingegen verkündete sofort mit einem lebhaften Nicken ihr Einverständnis. Erst nach und nach drang zu Madison durch, was für ein unglaubliches Angebot vor sich hatte und dennoch sammelten sich eine Menge Unsicherheiten in ihrem Kopf. Noch einmal warf sie Grace einen Blick zu. Diese legte ihr eine Hand auf den Arm und lächelte beruhigend. Es war offensichtlich, dass sie nichts dagegen hatte, wenn Madison dieses Angebot annahm, auch wenn es bedeutete, dass sie nebst der Arbeit noch mehr arbeiten und noch mehr Geld verdienen würde.

„Ich finde, dass du ruhig ja sagen kannst, Madison. Diese Körbe sind wirklich wunderschön und wenn sie Mrs Lacroix so gefallen, dann wäre es doch schade, wenn sie weiter suchen müsste, wo sie dich doch jetzt schon gefunden hat. So lange du auch die Körbe für meine Gäste weiterhin gestaltest, steht meiner Meinung nach dieser Bestellung nichts im Wege“, meinte Grace.

„Ich warte gerne einen Augenblick auf die Korblieferung. Allerdings müsste ich danach monatlich weitere fünfzig Körbe haben. Wäre das möglich?“ Mrs Lacroix lächelte so freundlich, dass sich Madison langsam wieder entspannte und sogar ein wenig zu freuen begann. Sie überschlug kurz im Kopf, wie lange sie etwa benötigen würde, um diese Bestellungen erfüllen zu können und beschloss, dass sie getrost zusagen konnte. Schließlich hatte sie außer Cookie keine wirklichen Freizeitbeschäftigungen und es würde kein Problem sein, das Material zu beschaffen, so lange die Straßen nicht komplett zugeschneit sein würden. Da sie die Körbe für ins Gracies sogar während der Arbeitszeit gestalten konnte, gingen ihre freien Tage also nur für die Bestellung nach Calgary drauf. Mit einem strahlenden Lächeln nickte sie schließlich.

„Ich würde mich sehr freuen, Sie beliefern zu dürfen, Mrs Lacroix. Gerne gestalte ich die Körbe nach Ihren Wünschen und stelle Ihnen auch noch meine eigenen Ideen vor, wenn Sie dies möchten.“ Sie schlug schließlich in die dargebotene Hand ein und hatte das Gefühl, gerade einen bedeutenden Schritt in ihrem Leben getan zu haben. Insgeheim sah sie sich schon den ganzen Tag Seifen herstellen, Gewürzmischungen zusammen zu schütten und Körbe dekorieren. Ihr Herz schlug aufgeregt und wahnsinnig schnell in Madisons Brust.

„Wenn es Ihnen nichts ausmacht, würde ich gerne wenn Sie Dienstschluss haben mit Ihnen über das Konzept sprechen, da ich heute Abend bereits wieder zurück nach Calgary fahren muss. Mit Sicherheit findet sich auch eine Lösung für den Transport bis dahin, damit die Körbe unversehrt bei mir ankommen, ohne dass Sie jedes Mal bis dahin fahren müssen“, meinte Mrs Lacroix.

Wie in Trance kehrte Madison zu ihrem Salat zurück, wo sie von Cookie überschwänglich begrüsst wurde. Schon lange hatte sie über eine Veränderung in ihrem Leben nachgedacht und gewusst, dass der Job bei Gracies nur eine vorübergehende Lösung sein konnte. Sie hatte so viele Talente mehr, als dass es genügt hätte, einfach nur als Mädchen für alles in einer Pension zu arbeiten. Eines Tages selbständig zu sein, ihr eigenes Geschäft zu haben, das war das, wovon sie schon in Portland immer geträumt hatte. Nach einer Weile betrat Grace den Raum und wurde von Cookies Freudensprüngen beinahe umgeworfen. Der Welpe hatte die Pensionswirtin inzwischen so sehr ins Herz geschlossen, wie Madison.

„Hast du dich ein wenig von dem Schrecken erholt?“ Die ältere Frau ließ sich gegenüber von Madisons Essplatz in einen kuschligen Sessel sinken. Es kam selten vor, dass die junge Frau ihre Chefin dabei sah, wie diese eine Pause machte - genauer genommen war dies das erste Mal. Auch Grace hatte einen freien Tag, den sie tatsächlich nicht in der Pension verbrachte, doch wenn sie auf der Arbeit war, dann stets emsig beschäftigt und nie eine Sekunde ruhend.

„Damit hätte ich wirklich nicht gerechnet, Grace. Ich bin doch nur eingesprungen, als dein Lieferant nicht verfügbar war“, meinte Madison verwirrt.

„Ich für meinen Teil werde diese Körbe jedenfalls

nirgendwo anders mehr bestellen als bei dir. Ich habe ja schon immer Lob und Komplimente erhalten, weil sich die Gäste so sehr über dieses Geschenk gefreut haben, aber noch nie war die Begeisterung dermaßen groß, als seit dem Tag, als ich zum ersten Mal einen Korb von dir aufgestellt habe“, meinte Grace gelassen. Sie lehnte sich zurück.

„Reichst du mir mal eine Coke rüber?“, fragte sie dann Madison, hinter der die kleine Minibar stand. Sie drehte sich auf ihrem Stuhl um, öffnete mit dem Fuß die Kühlschranktür und warf Grace die kühle Cola zu.

„Ich weiß ja nicht. Natürlich hatte ich sehr viel Freude diese Körbe zu machen und ich sage nicht nein, wenn ich das weiterhin für dich übernehmen darf, aber niemals hätte ich damit gerechnet, dass sie jemand anderem so gut gefallen könnten.“ Madison zweifelte noch immer.

„Ich wurde jetzt schon zwei Mal gefragt, wo ich diese tolle Seifen kaufe und ebenso oft auch nach all den anderen Sachen im Korb. Eine Frau hat gefragt, ob sie für ihre ganze Familie Badesalze mitnehmen dürfte, was ich leider ablehnen musste, da ich ja nicht einfach aus anderen Körben nehmen konnte“, berichtete Grace begeistert mit leuchtenden Augen.

„Oh“, machte Madison.

„Das habe ich nicht gewusst!“ Sie lächelte glücklich wenn auch immer noch ziemlich ungläubig.

„Wer weiß, wenn du diese Korblieferung übernimmst und dann die Leute in Calgary ebenso begeistert sind, wirst du bald weitere Bestellungen haben und den ganzen Tag nichts anderes mehr machen, als Körbe zu dekorieren, Seifen zu sieden und Badesalz einzufärben?", scherzte Grace.

Madison rechnete insgeheim nach, dass sie mit dieser Bestellung von Mrs Lacroix gleich viel verdiente, wie bei Gracies in einer ganzen Woche. Dennoch wagte sie nicht, in diese Richtung weiter zu denken.

„Was soll denn noch aus meinem Job hier werden?", gab sie zu bedenken. Schließlich war es ausgerechnet ihre Chefin, die hier solche Ideen sponn.

„Nun, du weißt, dass diese Stelle immer für dich frei sein wird. Wenn es dir aber zuviel wird und du diese zusätzlichen Bestellungen nicht mehr in deiner Freizeit managen kannst, dann wirst du dich sofort melden, okay? Es gibt nämlich immer eine Lösung für uns, solange wir miteinander in Kontakt stehen. Schließlich hast du letztes Mal all die Körbe auch spontan an deinem freien Tag gemeistert, also stehen dir auch noch einige Überstunden zur Verfügung, die du gerne beziehen kannst, wenn du zu viel zusätzliche Arbeit hast. Und wenn am Ende des Monats mehr Geld auf deinem Konto landet, als ich alleine dir bezahle, dann spielt das für mich auch keine Rolle. Du gönnst dir viel zu selten etwas, Madison und ich sehe doch, wie viel Freude dir diese Arbeit bereitet. Sonst hätte ich dich nicht gebeten, weiterhin die Körbe für uns herzustellen, weil nach Weihnachten könnten wir diese auch wieder bei unserem Lieferanten bestellen wie bisher. Auch wenn diese natürlich niemals gleich schön sind wie deine", lächelte Grace. Madison zögerte noch, doch ihre Mundwinkel hoben sich ganz langsam ebenfalls.

„Und wenn du eines Tages von deinen Körben leben

kannst, dann hoffe ich, dass du wenigstens deine Nachfolgerin einarbeiten kannst“, erklärte Grace noch und erhob sich dann.

„Entschuldige noch einmal die Störung beim Mittagessen. Genieße noch deinen Salat und deinen Hund“, lächelte sie und verließ dann das Zimmer. Zurück ließ sie eine verwirrte aber ziemlich zufriedene Madison, die sich nun erst recht nicht mehr auf ihren Salat konzentrieren konnte.

Doch das außergewöhnliche Angebot von Mrs Lacroix sollte nicht der einzige Aufregen des Tages bleiben. Kurz nach der Mittagspause kam Ava, die heute eine späte Schicht hatte, an die Rezeption. Ihre Wangen glühten rot und ihre Augen leuchteten. An ihrem hektischen Atem erkannte Madison sofort, dass etwas im Busch war. Grace war zu einer Schulveranstaltung von Finlay gegangen und hatte ihr deswegen die Rezeption überlassen.

„Was ist los?“, fragte sie sofort, denn es war mehr als offensichtlich, dass Ava etwas auf der Seele brannte.

„Habt ihr es noch nicht gehört?“, fragte diese als erstes. Ihre Stimme überschlug sich beinahe.

„Nein, was denn?“ Madison gab sich geduldig, doch insgeheim wünschte sie sich einfach, dass Ava zum Punkt kommen und sie wieder zurück zur Buchhaltung kehren konnte. Diese Arbeit lag ihr so oder so schon kein bisschen und jede Ablenkung machte es noch schlimmer für sie, langsam wieder gedanklich zu den Zahlen zu finden.

„In Manyberries sind zwei Männer verhaftet worden. Angeblich handelt es sich dabei um diejenigen, die vor einigen Wochen den Typen vor der Bar umgebracht haben.“ Avas Bericht sorgte dafür, dass Madison vergaß, mit was sie sich beschäftigt hatte. Sofort erfasste die ängstliche Aufregung ihr Herz, wie jedes Mal wenn die Sprache auf Joey und den Mord an ihm kam.

„Bist du sicher?“, fragte sie, nun ebenfalls nervös geworden.

„Nein, natürlich nicht. Also dass jemand verhaftet wurde schon, aber dass es die Mörder waren, das habe ich nur so gehört.“ Man konnte Ava vieles nachsagen und sie war definitiv manchmal eine Tratschtante, aber eine Lügnerin oder Erfinderin war sie mit Sicherheit nicht.

„Nun, wenn es so war, werden sie es wohl auch bald in den Nachrichten bringen“, meinte Madison. Es gab hinter der Rezeption einen kleinen Fernseher - ihre einzige Quelle für News überhaupt, doch meist lief darauf ein Musiksender, genau wie an diesem Nachmittag auch. Die junge Frau suchte nach der Fernbedienung, um umzuschalten, doch der Nachrichtensender berichtete gerade von verheerenden Waldbränden in Kalifornien, wo es noch immer nicht geregnet hatte, obwohl der Herbst schon halb vorbei war. Sie war noch immer völlig durcheinander von Ava Nachricht. Konnte es sein, dass ihre Ängste tatsächlich ein Ende finden würden? Und wieso waren es nur zwei Männer gewesen? Was war mit dem dritten? War Callum beteiligt gewesen bei der Verhaftung? Auf einmal schwirrten dutzende Fragen durch ihren Kopf.

„Du kanntest doch den Toten, oder nicht?“ Ava schien es noch immer nicht eilig zu haben, ihre Arbeit aufzunehmen. Doch da weit und breit kein Gast in Sicht war und

Madison wusste, dass auch Avas To-Do-Liste des Tages nicht allzu lange war, störte es sie nicht, noch ein wenig zu plaudern. Nur das Thema, das gefiel ihr ganz und gar nicht. Sie nickte dennoch, da sie ebenfalls nicht lügen wollte.

„Wir kannten uns von früher und am Tag vor seinem Tod hat er mich besucht. Was er allerdings noch in Manyberries gemacht hat, weiß ich nicht." Manchmal machte diese Ungewissheit Madison fast kirre. Konnte es sein, dass sie so viel und gleichzeitig so wenig über einen Menschen wusste?

„Hat er hier übernachtet?", fragte Ava nachdenklich. Madison zuckte zusammen und schüttelte dann langsam den Kopf. Schließlich nickte sie und schüttelte noch einmal den Kopf.

„Ich… ich habe keine Ahnung. Bis du gefragt hast, habe ich auch nie darüber nachgedacht. Doch wenn er zwei Tage hintereinander in Manyberries verbracht hat, muss er entweder tatsächlich hier übernachtet haben oder an beiden Tagen von sonst irgendwo hierher gefahren sein. Mal abgesehen davon, dass die Fahrt von Portland auch nicht gerade kurz ist", sinnierte Madison.

Dann griff sie nach dem Gästeverzeichnis - ein dickes Buch, das Grace entgegen aller Empfehlungen noch immer altmodisch von Hand führte. Dies tat sie, obwohl sie ein tolles und supermodernes Buchungssystem auf ihrem Computer hatte und dieses ebenfalls säuberlich nachtrug. Madison wusste, dass sie schneller fündig würde, wenn sie im Buch nachschaute. Rasch blätterte sie zu besagtem schicksalhaftem Tag, dessen Datum sie wohl nie vergessen würde.

„Hatte er denn einen Wagen, als er dich besucht hat?", fragte Ava. Eine Frage allerdings, die Madison nur mit einem Schulterzucken beantworten konnte.

„Eigentlich ist es fast nicht möglich, ohne Auto zu mir raus zu kommen und ganz sicher war er auch nicht in einer sonderlich sportlichen Verfassung. Dennoch habe ich kein Auto gesehen, also muss Joey vielleicht irgendwo im Wald geparkt haben. Aber warum sollte er das wollen und sich extra die Mühe machen, die letzten Meter zu laufen, wenn er direkt bis zu meiner Hütte fahren konnte?" Madison wurde nicht schlau aus der ganzen Situation. Avas neugierige Fragen eröffneten ganz andere Perspektiven und Richtungen, in die sie bisher noch gar nicht gedacht hatte.

Inzwischen hatte sie die passende Stelle in Grace' Gästebuch entdeckt und dort ging sie sofort alle angeschriebenen Gäste durch. Gleichzeitig war vermerkt, dass sie selbst an diesem Tag eine normale Mittagsschicht gehabt hatte. Madison erinnerte sich zu gut an den besagten Tag, doch wenn Joey bei Gracies übernachtet hatte, dann war er vor ihrem Arbeitsantritt bereits wieder abgereist. Nirgendwo auf der Seite stand allerdings sein Name oder der Name eines anderen einzelnen Mannes, der vielleicht ein Pseudonym von Joey Barlett hätte sein können.

„Anscheinend war er nicht hier", meinte sie dann zu Ava. Diese zog einen Flunsch und es wurde offensichtlich, dass sie enttäuscht war, keine weitere heiße Spur zu entdecken.

„Am Besten warten wir einfach ab, bis die Nachrichten

etwas bringen", meinte Madison dann.

„Oder bis Officer Peters dir etwas erzählt. Du bist doch so gut mit ihm, oder nicht?", fragte Ava und grinste anzüglich. Madison zeigte ihr mit einem Griff an den Kopf, was sie von diesen Worten hielt.

„Ich bin als Zeugin in diesen Fall involviert. Das ist alles und der einzige Grund, warum ich mit Callum Peters in Kontakt stehe", erklärte sie dann bestimmt.

„Ach ja, die Dates und alles gehören zum Zeugenschutzprogramm", meinte Ava sarkastisch und entlockte Madison damit ein Lachen.

„Jetzt aber ab an die Arbeit", meinte diese dann und war froh, dass die jüngere Kollegin die Sache hiermit auf sich beruhen ließ und verschwand, um sich umzuziehen.

Es dauerte noch geschlagene drei Stunden, bis endlich Callum die Eingangshalle der Pension betrat. Er sah gestresst aus, mehr als nur ein bisschen. Schweiß glänzte auf seiner Stirn zwischen tiefen Sorgenfalten. Seine Uniform, die sonst stets tadellos saß, war irgendwie zerknittert und schief. Am Kragen entdeckte Madison sogar einen kleinen Riss im Stoff und auch zahlreiche Flecken verschiedener Farben waren nicht zu übersehen. Besorgt trat sie einen Schritt auf ihn zu, obwohl sie noch immer nicht wusste, wie sie ihm nach all dem was zwischen ihnen vorgefallen war, entgegentreten sollte.

„Callum. Was ist passiert? Du siehst irgendwie … schrecklich aus", stellte sie fest und führte ihn zu einem Sessel in der Eingangshalle. Sofort eilte sie zur Kaffeemaschine, drückte einige Knöpfe und füllte dann ein Glas

Wasser für den Polizisten, das sie vor ihn hinstellte, bevor sie noch einmal davonging, um den fertig eingelaufenen Kaffee zu holen.

Inzwischen hatte Callum seinen Kragen gelockert und die Uniformjacke abgelegt.

„Was ist los?“, fragte Madison nun erneut, nachdem er sowohl das Glas Wasser geleert, als auch einige Schlucke vom Kaffee getrunken hatte.

„Es gab heute eine Verhaftung hier in Manyberries. Zwei Typen hatten ein Auto gestohlen und sich hier versteckt. Von der Polizei in Medicine Hat kam die Angabe, dass es sich allfällig um die flüchtigen Mörder handeln könnte. Zudem gibt es ja keine wirklichen Fahndungsfotos von den dreien, sondern nur Phantombilder und Personenbeschreibungen, die nicht allzu zutreffend sind. Wir haben die beiden also geschnappt und das Auto konfisziert. Dies war aber erst vorgestern in Seattle gestohlen worden und genau daher stammen auch die beiden Männer. Anscheinend zwei Studenten, die hierher gekommen sind, um irgendwelche Drogen auszuprobieren, ihr Studium zu vergessen und mit einem geklauten Dodge die Zeit ihres Lebens zu haben. Schlussendlich sind sie und besonders ihre Eltern wohl dankbar, dass sie mit der Verhaftung Schlimmerem entgangen sind, denn die Dinge, die sie konsumiert haben, waren ihrer Fahrtüchtigkeit nicht unbedingt zuträglich. Dass sie allerdings erst einmal wie flüchtige Mörder behandelt wurde, wird ihnen wohl eine Lehre sein und sie das heimische Studentenheim plötzlich richtig wohnlich finden lassen“, berichtete Callum. Er stützte den Ellbogen auf die Lehne des Sessels und den Kopf in die Hand. Madison hatte während seines

Berichts gespürt, wie sich mehr und mehr Enttäuschung in ihr breit machte. Dass er nicht die Männer verhaftet hatte, derentwegen sie seit Wochen nicht richtig schlief, machte sie unglaublich traurig, besonders weil sie seit Ava Ankunft mit dem Gerücht tatsächlich zum ersten Mal seit Langem wieder Hoffnung gehegt hatte.

Callum blickte zu ihr auf, als sie nicht antwortete. Ihr Gesichtsausdruck schien genügend zu sagen, denn er griff mit einem traurigen Lächeln nach ihrer Hand, die schlaff an der Seite hinunter hing.

„Es tut mir leid, Madison", murmelte er und lehnte den schweren Kopf an ihre Hüfte.

„Es tut mir wirklich leid."

„Ich weiß doch Callum. Du machst nur deinen Job, mehr nicht. Wenn diese Männer es immer wieder hinkriegen, davonzukommen, kannst doch du da nichts für", beschwichtigte sie. Es gab niemanden außer diese drei unauffindbaren Ganoven, auf die sie wütend sein konnte und genau das machte sie noch wütender.

Kapitel 16

„Kann ich Cookie wirklich schon so lange alleine lassen? Wenn er heult, lockt er vielleicht Wölfe oder Bären an - und dann?“, gab Madison zu bedenken. Sie hatte sich zwar seit Tagen auf diesen versprochenen Jagdausflug mit Zach gefreut, aber nun hatte sie Bedenken, den kleinen Hund alleine daheim zu lassen. Schließlich war er erst seit einer Woche bei ihr und hatte sich erst langsam in ihrer Hütte eingelebt.

„Vielleicht lässt du ihn besser in seiner Box, mit einem Schälchen Wasser? Wir bleiben nicht allzu lange weg, aber wenn wir ihn im Auto lassen und er dort heult, werden wir überhaupt kein Jagdglück haben“, erklärte Zach. Madison überlegte einen Augenblick und willigte schließlich ein. Sie suchte aus ihrer neu erstandenen Hundeausrüstung nach einem kleinen Knochen, den er gut bewältigen konnte und gab ihm diesen gemeinsam mit einem kleinen Wassernapf in die Box, die noch immer viel zu groß für den Welpen war.

„Wir bleiben nicht so lange“, versprach Zach, als Madison ihm erneut einen zweifelnden Blick zu warf. Es beruhigte sie junge Frau, dass Cookie sich sofort zusammenrollte auf seinem Kissen und die Augen schloss. Auch wenn er sich hier und in der Pension noch nicht ganz wohl fühlte, in seiner Box war er stets tiefenetspannt, was Madison enorm freute. Zach stand in der Tür und streckte ihr die Hand entgegen. Selbstverständlich ergriff sie diese und ließ sich von ihm zu seinem Pick-Up führen.

Auf der Ladefläche entdeckte sie diverse Gewehre, sowie Tarnwesten.

„Bist du bereit?“, wollte er wissen. Sie hatte ihm erzählt, dass sie auch alleine schon das eine oder andere Mal auf die Jagd gegangen war, dennoch kannte Zach diesen Wald wohl besser als sonst jemand und sie freute sich sehr.

„Bereit“, nickte sie und er startete den Motor.

„Wo gehen wir hin?“, fragte sie neugierig. Sie war stets zu Fuß von ihrer Hütte aus losgezogen und hatte sich mit dem begnügt, was der kleine Wald rund um sie herum hergab.

„Wir fahren an den Pakowki Lake - dort gibt es mehr und Größeres Wild, als hier in der Gegend. Es ist nur etwa dreißig Minuten zu fahren.“ Der See, von dem Zach sprach, war ein beliebtes Ausflugsziel von Manyberries aus, für Angler und ebenso für Wanderer und Jäger. Während die Prärie rund um die Kleinstadt eher karg war, bildete sich um den großen See eine üppigere Vegetation.

„Klingt gut“, meinte sie und streckte im selben Augenblick die Hand nach dem Autoradio aus, wie Zachary, sodass sich ihre Finger begegneten. Er warf ihr einen Seitenblick zu, ein schelmisches Grinsen spielte um seine Lippen. Sie war es, die als erste die Finger zurückzog, jedoch nur um sie auf seinen Oberschenkel zu legen. Seine Haut war warm, strahlte richtiggehend durch seine dicken Jeans. Als er auf den Highway eingebogen war, warf er ihr erneut einen Seitenblick zu, ihre Augen begegneten sich und diesmal schien es Zach einige Mühe zu bereiten, den Kontakt wieder zu unterbrechen, um sich auf die

Straße zu konzentrieren.

„Wenn du mich weiterhin so anschaust, wirst du die einzige Jagdbeute sein heute“, murmelte er leise und Madison lachte auf, ein helles Geräusch, das die Spannung im Auto ein wenig auflockerte.

„Keine Sorge, ich bin wirklich scharf auf diesen Ausflug mit dir. Ich werde dich schon daran erinnern, warum wir aufgebrochen sind“, erklärte sie grinsend, konnte aber nicht leugnen, dass auch sie die erhitzte Stimmung zwischen ihnen beiden wahrnahm. Obwohl sie nicht darüber gesprochen hatten, was es für sie bedeutete, was auf dem Ausflug in die Rockies passiert war, ahnte sie, dass es nicht bei diesem einen Mal bleiben würde. Auch ihr verräterischer Körper reagierte bereits wieder auf die Nähe zu Zach und so kurbelte sie nach einer Weile das Fenster hinunter, um ihr erhitztes Gemüt ein wenig abzukühlen.

Auf der Fahrt war nicht mehr viel gesprochen worden, doch es herrschte kein unangenehmes Schweigen zwischen ihnen, sondern eher eine einträchtige Stille, die sie beide genießen konnten. Zach fand einen kleinen, abgeschiedenen Parkplatz direkt am See und mitten im Wald.

„Wundert mich, dass heute nicht mehr Leute unterwegs sind. Es ist immerhin wunderschönes Wetter und die Jagdsaison ist bald zu Ende“, murmelte Zach nachdenklich. Madison sah dies nicht so eng.

„Ist doch gut - weniger Leute, mehr für uns, oder nicht?“ Sie lächelte. Es war kurz vor Feierabend und vielleicht würden später noch mehr Leute nachkommen.

Doch vorerst lag der Pakowki Lake tatsächlich völlig ausgestorben vor ihnen und Madison spürte, wie die Magie des Moments sie durchflutete.

„Es ist doch wunderschön so - nur du und ich“, fügte sie noch an. Zach trat neben sie, ohne ein Wort zu sagen, doch er war ihr so nahe, dass sie die Wärme seines Körpers spüren konnte.

„Nur du und ich… ob das eine gute Idee ist“, murmelte er, nicht ganz so überzeugt. Madison drehte den Kopf in seine Richtung im selben Augenblick, als er den Arm um ihre Taille legte. Dadurch waren sich ihre Gesichter plötzlich sehr nahe - unangenehm nahe. Madison merkte, wie ihr Herzschlag sich beschleunigte. Sie konnte warm seinen Atem über ihr Gesicht streichen spüren und wusste plötzlich nicht mehr, wo sie hinschauen oder was sie mit ihren Händen anstellen sollte.

„Wir sollten wohl besser losgehen“, flüsterte sie heiser. Was war plötzlich mit ihrer Stimme los? Zach nickte, doch sein Blick fixierte ihre Lippen und verriet, dass er gerade etwas ganz anderes im Sinn hatte. Schlussendlich hätte Madison nicht mehr sagen können, wer von ihnen die letzten Zentimeter zwischen ihnen überwunden hatte, doch ihre Lippen bewegten sich unaufhaltsam aufeinander zu und fanden sich in einem innigen Kuss wieder. Ihre Lippen öffneten sich wie ferngesteuert und ihre Zungen trafen aufeinander, um sich zu umkreisen, zu locken und zu liebkosen. Madison merkte nur noch, wie ihre Knie langsam nachgaben und sie näher an Zach heran sank. Kein Geräusch, kein Luftzug, keine Bewegung störte ihre Zweisamkeit und der Kuss schien ewig zu währen. Als sie sich endlich voneinander lösten, war Madisons

Blick verschleiert und es dauerte einen Augenblick, bis sie in die Wirklichkeit zurückkehrte.

„Jetzt können wir los“, grinste Zach und strich sich durch die Haare. Hätte Madison ihn weniger gut gekannt, wäre sie darauf hereingefallen. Auf den ersten Moment wirkte er völlig gelassen und unberührt, doch kleinste Signale verrieten ihr, dass er mindestens ebenso aufgewühlt war, wie sie sich fühlte. Dennoch nickte sie und nahm das Gewehr von ihm entgegen.

„Bist du sicher?“, fragte er. Während sie ihre Ausrüstung aus dem Pick-Up luden, stand er dicht neben ihr, so dicht, dass sie seinen Hüftknochen an ihrer Pobacke spüren konnte.

„Worüber?“, fragte sie irritiert und schon wieder extrem aus dem Konzept gebracht von seiner Nähe.

„Ob du mit mir auf die Jagd gehen möchtest“, klärte er sie auf und ein sarkastisches Lächeln spielte um seine Lippen. Anscheinend wusste dieser Ganove ganz genau, wie sehr er sie mit seiner Zweideutigkeit durcheinander brachte. Doch als ob nichts geschehen wäre, griff er nach seiner eigenen Ausrüstung und reichte Madison dann eine dunkelgrüne Weste, die einerseits dazu diente, kleinere Utensilien mitzunehmen und andererseits dafür da war, sie im dichten Wald zu tarnen.

„Rot-Gelb wäre wohl besser gewesen.“ Die junge Frau deutete auf den bunten Ahornwald, in dem sie gleich auf Pirsch gehen wollten. Zach nickte nachdenklich.

„Naja, meistens ist grün ganz passend“, meinte er dann ernsthaft und Madison grinste, weil er den Schalk in ihrer Stimme so offensichtlich überhört hatte.

„Also grün", murmelte sie, als sie hinter ihm herging, mitten in die herbstliche Pracht dieses wunderschönen Waldes. Einmal mehr spürte sie Dankbarkeit, dafür die Stadt hinter sich gelassen zu haben und dafür, mit diesem wundervollen Mann unterwegs zu sein.

„Was suchen wir?", flüsterte Madison, nachdem sie Zach eine Weile durch den dichten Wald gefolgt war, ohne dass einer von ihnen den kleinsten Laut von sich gegeben hätte. Zach blieb so abrupt stehen, dass sie beinahe in ihn hineingeprallt wäre. Als er sich umdrehte, war er dicht hinter ihr - zu dicht für ihren Geschmack.

„Tierspuren erstmal. Ich denke aber, dass heute ein guter Tag für Perlhühner sein wird. Die lassen sich super einfrieren und du hast den ganzen Winter über deinen Spaß damit. Wenn wir noch mehr Glück haben, finden wir ein Reh oder ein Wapiti - aber verlass dich nicht darauf. Wildschweine werden dieses Jahr nicht allzu viele auftauchen, mit Kojoten wollen wir nichts zu tun haben und die Elche in der Brunftzeit zu stören wäre Selbstmord", fasste Zach zusammen. Madison bemerkte anerkennend, dass er mehr besaß als ein großes Selbstbewusstsein - er kannte sich tatsächlich mehr als nur gut aus in der Tierwelt dieser Gegend. Während sie bisher auf die Jagd gegangen war, dann nur, um für sich selbst Wintervorräte anzulegen - sie hatte sich in mühsamer und tagelanger Übung beigebracht, mit einem Gewehr umzugehen und damit etwas zu treffen. Warum sie sich nicht darauf verließ, jederzeit in einem Supermarkt etwas einkaufen zu können, begründete in Erlebnissen aus ihrer Vergangenheit. Dieser Ausflug mit Zach war das erste Mal, dass sie nicht alleine jagte und sie hoffte, sich von ihm noch einiges abschauen zu können, um sich in Zukunft noch besser versorgen zu können. Hätte man die junge Frau gefragt, ob sie Spaß dabei empfand, auf die Jagd zu gehen, hätte sie dies vehement verneint. Doch sie achtete stets darauf, das gesamte Tier zu verwerten. So hatte sich schon aus Fellen Hausschuhe genäht und die Knochen bisher stets verwendet, um auszukochen oder Grace gegeben, die einige Hundehalter kannte - zumindest letztes Problem würde sie nicht mehr haben. Alles andere hatte sie entweder gegessen oder im Wald ausgelegt, wo Bären und Kojoten die ungenießbaren Stücke wie zum Beispiel Innereien gefunden und genossen hatten.

„Madison? Hallo?“ Zach hatte sie offensichtlich angesprochen und ebenso offensichtlich hatte sie genau das verpasst. Mist.

„Bin da“, lachte sie und versuchte, gute Miene dazu zu machen, dass sie verpasst hatte, dass Zach sie angesprochen hatte. Dass sie gerade darüber nachgedacht hatte, ganz andere Dinge mit ihm anzustellen, als auf die Jagd zu gehen, entlockte ihr ein kleines Schmunzeln.

„Da bin ich schon froh“, grinste er zurück und legte gleichzeitig den Finger auf die Lippen.

„Wir sollten jetzt ein bisschen leise sein, wenn wir die Chance auf irgendeine Form von Jagdbeute nicht verpassen wollen“, erklärte er. Madison nickte und antwortete nicht mehr. Nach einer Weile verließen sie den kleinen Trampelpfad, dem sie vom Parkplatz aus gefolgt waren. Die junge Frau erkannte keinerlei System darin, wie Zach den weiteren Weg wählte, doch es war offensichtlich, dass er jederzeit wieder zum Parkplatz zurückfinden würde, wenn es dann soweit war.

Plötzlich blieb Zachary abrupt stehen und hob langsam die Hand. Er deutete auf einige Bäume vor ihnen, doch Madison brauchte eine ganze Weile, bis sie erkannte, dass darin ein Perlhuhn-Paar saß.

„Brüten sie nicht gerade?", fragte sie und hätte sich im gleichen Augenblick ohrfeigen können. Nur weil die Vögel zu zweit auf einem Ast saßen, hatte das noch lange nichts zu bedeuten - sehr wohl aber die Tatsache, dass längst Herbst war und sie deswegen nicht unbedingt in Stimmung sein würden, Nachwuchs großzuziehen. Zach drehte sich zu ihr um und wollte antworten, doch offensichtlich las er in ihrem Gesicht, dass sie ihren Fauxpas selbst längst bemerkt hatte und nicht länger darauf bestand, ihre Frage beantwortet zu bekommen.

„Sollen wir?", fragte er lautlos. Madison starrte einen Augenblick zu lange auf seine Lippen, bevor sie nickte. Erst dann fiel ihr auf, dass sie sich noch immer an seinem Arm festklammerte. Langsam löste sie den Griff um seinen Bizeps und hob ihr eigenes Gewehr. Sie brauchte einen kurzen Augenblick um zu realisieren wie die Nachladetechnik funktionierte, nachdem sie ein etwas älteres Modell besaß. Zach hatte bereits angelegt und blickte durch das Zielfernrohr. Er war langsam in die Knie gegangen und spähte durch die Büsche, ohne einen Mucks zu machen. Madison versuchte, möglichst nahe neben ihn zu kommen, ohne einen Ast zu bewegen oder sonst irgendwie die Aufmerksamkeit der Perlhühner auf sich zu ziehen. Es gelang ihr und nun visierte auch sie die Ziele durch das kleine Fernrohr auf dem Gewehrlauf an.

„Rechts“, raunte Zach und die junge Frau nickte mit einer minimalen Bewegung.

„Links“, murmelte sie dann, doch in diesem Augenblick ertönte direkt vor ihnen ein Krachen und ein gewaltiger Wapitihirsch mit ausladendem Geweih betrat die kleine Lichtung. Mit lautem Geschrei erhoben sich die Vögel in die Lüfte und Madison und Zach seufzten beide gleichzeitig enttäuscht auf.

„Das war wohl nichts“, raunte sie und beobachtete längst den beeindruckenden Hirschen.

„Den nicht“, murmelte sie dann, bevor Zach dazu kam, etwas zu sagen. Im Seitenauge sah sie, wie er mit den Schultern zuckte. Madison wunderte sich, dass er sein Geweih noch nicht abgeworfen hatte, doch entweder war diese Hirschrasse nicht eine derjenigen, die das Geweih im Herbst verloren, oder dieses Exemplar war einfach spät dran. Madison ärgerte sich, dass sie nun nach drei Jahren immer noch nicht so viel über die Vegetation wusste.

Kapitel 17

„Ich kam aus einem Vorort nach Portland um zu studieren und nebenbei zu arbeiten und habe mich erstmal ganz schön einsam gefühlt. Für meine Verhältnisse war ich ein richtiges Landei, auch wenn ich jetzt weiß, dass ich definitiv nicht auf dem Land gelebt habe, verglichen mit Manyberries. Dennoch habe ich mich in der Stadt ein wenig überfordert und vor allem ein wenig alleine gefühlt. Mein knappes Budget reichte auch nicht, ständig meine Eltern zu besuchen. Außerdem musste ich nebst dem Studium auch wie gesagt arbeiten, um mir das Leben in der Stadt überhaupt leisten zu können. Also war ich echt eingespannt und hatte wenig Gelegenheiten, neue Freundschaften zu knüpfen." Sie schwieg einen Augenblick und starrte auf den See hinaus.

„Was hast du überhaupt studiert?", erkundigte sich Zach neugierig. Tatsächlich hatte sie niemandem in Manyberries gegenüber jemals von ihrem Studium gesprochen.

„Event- und Reisemanagement. Also eigentlich zwei verschiedene Studiengänge nebeneinander, weil ich mich so schlecht entscheiden konnte. Dank letzterem hat Grace mich wohl vom Fleck weg eingestellt, als ich hierher kam", erklärte Madison lächelnd und erinnerte sich an ihr Vorstellungsgespräch, das nicht länger als eine Kaffeetasse gedauert hatte.

Zach schwieg wieder und die junge Frau beschloss, in ihrer Geschichte fortzufahren, während sie beobachtete wie einige Fische an der Wasseroberfläche Insekten fingen und damit runde, silberne Kreise auf dem glatten Spiegel hinterließen.

„Ich war schon fast zwei Monate dort und hatte auch eine richtig tolle Praktikumsstelle, bei der ich in einem Hotel meine Kenntnisse anwenden konnte - ich organisierte Hochzeiten, Geburtstagsfeiern, Geschäftsanlässe und so weiter. Doch auch sonst war ich in wichtige Bereiche der Leitung des Unternehmens involviert und konnte mein an der Uni erworbenes Wissen jeweils gleich anwenden. Übrigens habe ich mich aber schon damals am liebsten mit den Dekorationen auseinandergesetzt und sogar in meiner Freizeit vieles selbst hergestellt oder eingekauft. Alles in allem war ich mit Studium und Praktikum fast vierundzwanzig Stunden beschäftigt. Doch dann also nach zwei Monaten, traf ich plötzlich abends in einer Bar auf Joey. Ich war mit einigen Arbeitskollegen da hin gegangen und langweilte mich schrecklich, weil keiner von ihnen auch nur annähernd in meinem Alter war oder meine Interessen teilte." Madison grinste bei der Erinnerung daran, wie seltsam deplatziert sie sich in dieser Welt gefühlt hatte, obwohl sie sich doch so enorm gut einfügte und von aussen hin das wohl perfekte Leben führte.

„Und plötzlich stand er also vor mir - Joey. Ich muss irgendwann zwischen Kindergarten und Mittelstufe tatsächlich für ihn geschwärmt haben, aber soweit ich weiß, hat das jedes Mädchen getan. Er war damals der kleine, perfekte Junge, auch wenn man stets sehen konnte, dass es seinen Eltern schwer fiel, ihm ein gutes Leben zu bieten. Er trug ausschließlich gebrauchte, mehrfach geflickte Kleidung und kam auch mal unfrisiert zur Schule, weil sowohl Vater als auch Mutter arbeiteten. Nun, diesen Bad-Boy-Style hatte er perfektioniert. Erst jetzt im Nachhinein weiß ich, weshalb er einen leicht verwahrlosten Eindruck machte, aber in diesem Moment erschien er mir erneut wie die Rettung und die Lösung für viele meiner Probleme. Tatsächlich begannen wir auch recht schnell, uns regelmäßig zu treffen. Anfangs nur weil wir eine gemeinsame Vergangenheit teilten, über die wir quatschen konnten, doch bald stellte sich heraus, dass wir einander durchaus attraktiv fanden. Tatsächlich waren wir schnell an dem Punkt, an dem wir beschlossen, unsere Miete zusammenzulegen und unsere bisher eher bescheidenen Wohnsituationen zu verbessern. Ich trauerte dem Studentenwohnheim keine Sekunde nach und es war schön, dass aus meinem bescheidenen Praktikumslohn doch noch etwas Besseres entstand. Wo Joey wohnte, weiß ich nicht - er lud mich nie zu sich nach Hause ein. Im Nachhinein denke ich aber, dass es irgend ein Loch gewesen sein muss, das nicht allzu erwähnenswert gewesen sein kann.“ Zach lachte leise auf. Er war Joey begegnet und diese wenigen Momente hatten eigentlich ausgereicht, damit er ein sehr realistisches Bild von ihm bekommen hatte.

„Wir lebten einige Monate relativ zufrieden miteinander. Manchmal stellte ich mir die Frage, ob es tatsächlich Liebe war, was uns verband, aber hey, ich war noch so jung und unerfahren, niemand dachte, dass wir gleich heiraten müssten oder so. Auf jeden Fall hatte besonders ich sowieso nicht allzu viel Zeit, eine ernsthafte Beziehung zu führen, da es auch jetzt noch schwierig war, Praktikum und Studium unter einen Hut zu bringen.

Doch wir beide bezahlten pünktlich unsere Miete und wenn wir dann zusammen waren, hatten wir eine schöne Zeit. Seltsamerweise waren meine Eltern allerdings von Anfang an gegen unsere Beziehung. Ich hatte damals das Gefühl, sie hätten mich lieber wieder in meinem einen Zimmer im Studentenwohnheim gesehen und gönnten mir mein Glück mit Joey nicht. Doch, rebellisch und jung wie ich damals war, trieben sie mich mit ihrem Verhalten nur noch mehr in seine Arme und ich vermied aus Trotz den meisten Kontakt mit ihnen komplett. Sie waren wahrscheinlich die Einzigen, die früh genug erkannt haben, wie schlecht die Beziehung mit Joey für mich war. Nachdem ich das erste Studienjahr mit Bravour bestanden habe, kamen zum ersten Mal Joeys Geldprobleme auf den Tisch. Er verriet mir, dass es in seiner Firma nicht allzu gut liefe und er deswegen öfters daheim war und dementsprechend weniger Lohn bezahlt bekam. Ich beschloss spontan, mein nächstes Studienjahr aufzusplitten und nicht alle der Kurse sofort zu belegen. Da ich schon über ein Jahr als Praktikantin gearbeitet hatte, war es nicht allzu schwierig, eine gut bezahlte Festanstellung im selben Hotel zu finden. Insgesamt kam ich so auf etwas mehr als fünfzig Wochenstunden, doch das war für mich kein Problem, da wir weiterhin in unserer schönen Wohnung leben konnten und Joey zu Anfang seines reduzierten Pensums auch den Haushalt übernahm, ohne ein einziges Mal zu meckern. Naja, irgendwann wurde das dann weniger und er lud immer öfters seine Freunde zu uns ein, während ich lange arbeitete. Mir hinterließ er leere Bierflaschen, eine vollgerauchte Wohnung, Brandflecken auf den Möbeln und meist noch nicht einmal ein gemachtes Bett. Wir stritten darüber - fast ständig, doch nebst meinem Studium, in dem ich zudem immer schlechter wurde und meiner Arbeit blieb mir kaum Kraft für Ärger, sodass ich oftmals stillschweigend hinter ihm herräumte. Irgendwann blieben seine Freunde dann auch, wenn ich längst daheim war - schlafen wurde bei dem Radau, den sie veranstalteten, wenn sie besoffen waren, fast unmöglich." Madison seufzte und griff nach einem Kieselstein, den sie gedankenverloren übers Wasser hüpfen ließ. Zach rückte ein Stück näher und legte den Arm um ihre Schultern.

„Wenn du nicht weitererzählen möchtest, musst du nicht", flüsterte er, wie um die Atmosphäre nicht zu zerstören. Doch Madison schüttelte den Kopf.

„Es ist schon okay. Irgendwann muss ich mich schließlich damit auseinandersetzen", erklärte sie.

„Möchtest du etwas essen gehen?" Es war tatsächlich schon spät und Madison machte sich auch langsam Sorgen um Cookie, der sich schließlich nicht gewöhnt war, lange alleine zu bleiben. So kam ihr Zachs Vorschlag ganz gelegen.

„Vielleicht sollten wir etwas mitnehmen und nach Hause fahren? Möchtest du heute bei mir bleiben?" Sie wusste, dass sie erst bei der Vorgeschichte feststeckte und noch eine Menge schwerer Passagen ihrer Geschichte vor sich hatte. Zach nickte.

„Sehr gerne!" Er erhob sich und hielt ihr gentlemanlike eine Hand entgegen, damit sie sich daran hochziehen konnte.

„Danke", murmelte sie.

Auf der Fahrt herrschte eine Weile Ruhe zwischen ihnen, dann beschloss Madison, ihre Geschichte fortzusetzen.

„Joey und ich stritten also immer öfters, doch es kam für mich irgendwie nicht in Frage, ihn hinter mir zu lassen. Zu meinen Anfängen in Portland war er derjenige gewesen, der mir geholfen hatte, mich zurechtzufinden und mir Halt gegeben hatte in der fremden Stadt. Nun wo es ihm nicht so gut ging, konnte ich ihn nicht im Stich lassen - so dachte ich jedenfalls damals. Doch dass er all unser oder eben mein Geld für Alkohol verprasste und es dazu benutzte, seine Kollegen zu bewirten, passte mir nicht. Schließlich würde seinetwegen mein Studium schon länger dauern, was meinen Eltern ebenfalls alles andere als genehm war und zudem arbeitete ich fast mehr als meine Kräfte erlaubten. Immerhin habe ich zu Ende des Arbeitsverhältnisses das beste Arbeitszeugnis erhalten, das man je gesehen hat, aber dazu später mehr.

Es kam dann öfters vor, dass Joey wegblieb - richtig lange - manchmal eine ganze Woche oder mehr. Wenn ich ihn zur Rede stellte, dann bekam ich alles andere als nette Antworten zu diesem Thema und schlussendlich ließ ich es bleiben erfahren zu wollen, wo er sich herumtrieb. Plötzlich begann er auch, mich nach Geld zu fragen, manchmal nur kleinere Beträge, insgesamt aber monatlich fast tausend Dollar. Das konnte nicht ewig so weiter gehen und tatsächlich kam es nun vor, dass nachts Leute vorbeikamen und dass sie sich draußen im Hausflur anschrien, während ich probierte, zu schlafen. Irgendwann bekam ich doch mit, worum es ging: Geld natürlich. Anscheinend geriet Joey mehr und mehr in die

Bredouille, wenn ich ihm jeweils nicht die geforderten Beträge geben konnte. Zurück gab er mir übrigens nie etwas, auch wenn ich ihn immer wieder dazu ermunterte, sich neue Arbeit zu suchen. Inzwischen sah ich ihn kaum mehr in Arbeitskleidung die Wohnung verlassen, ich nehme also an, dass er irgendwo dazwischen seine Stelle verloren hat. Ob das tatsächlich so ablief wie er erzählt hatte, nämlich dass es der Firma wirtschaftlich sehr schlecht ging, oder ob es so war, dass diese keinen Säufer und Junkie mehr auf der Lohnliste haben wollte, kann ich nicht sagen. Fest steht, dass ich tatsächlich immer öfters Drogen in unserer Wohnung fand oder auch beobachtete, wie er mit seinen Kollegen etwas konsumierte oder damit Handel trieb. Die Miete bezahlte ich inzwischen zu hundert Prozent und während ich an der Uni in einigen Kursen durchfiel, hatte ich noch mehr Zeit, die ich auf der Arbeit verbrachte. Eines Tages war ich so müde und hatte genug von allem, was passierte, als ich wieder einmal Kokain bei ihm fand. Inzwischen weiß ich, dass es wohl ein kleiner Schatz gewesen sein muss. Eine Tüte so groß wie meine Handfläche und was tat ich? Ich spülte sie in die Toilette. Am Abend, als Joey kam, gab es das Theater meines Lebens und zum ersten Mal schlug er mich. Ich weiß inzwischen, dass seine Geldprobleme so groß gewesen sein müssen, dass er eine regelrechte Panikattacke durchlitt. Außerdem erfuhr ich, dass ich über tausend Dollar die Toilette hinuntergespült hatte. Später kamen seine Kumpels vorbei und zum ersten Mal bestand Joey darauf, dass ich dabei wäre. Er meinte, dass wir eine kleine Versöhnungsparty feiern sollten, doch für mich war das definitiv nicht das, was ich unter einem

Fest verstand. Zwei seiner Kumpels hatten Freundinnen mitgebracht - Prostituierte wie ich recht bald erfuhr. Irgendwie verpasste ich den Zeitpunkt, um zu protestieren gegen all das. Außerdem waren seine Freunde schrecklich - einer schlimmer als der andere und einige davon jagten mir regelrecht Angst ein. Die Party artete recht bald aus und entwickelte sich zu einer Orgie, bei der es nur um Alkohol und Drogen ging. Joey schien vergessen zu haben, dass ich auch da war uns anscheinend auch, dass er seinen Konsum bisher so gut wie möglich vor mir geheim gehalten hatte."

Madison lachte plötzlich laut auf, weil Zach bremste, um mitten im Nirgendwo einen Elch über die Straße zu lassen. Auch der junge Mann grinste und legte seine Hand auf das Bein von ihr. Sie lächelte noch eine Weile weiter.

„Soll ich eigentlich bei Gracies anrufen und sagen, dass wir zwei Abendessen mitnehmen möchten?", schlug sie vor, bevor sie ihre Geschichte fortsetzte. Zach nickte.

„Das ist eine gute Idee", meinte er. „Wir sind in etwa fünfzehn Minuten da, okay?" Madison stimmte zu und wählte bereits die Nummer. Das Gespräch wurde von Ava entgegen genommen und es dauerte nur wenige Augenblicke, bis sie wieder auflegte.

„Das wäre erledigt. Magst du überhaupt noch zuhören?" Sie hatte ein wenig Angst, ihn zu langweilen, besonders weil er in den letzten Minuten kaum etwas gesagt hatte.

„Auf jeden Fall, Baby. Tut mir leid, ich war ein wenig konzentriert wegen des Nebels - der ist auf den letzten

Meilen richtig dicht geworden und du siehst ja, dass wir die Straße nicht für uns haben." Er grinste schief zu ihr hinüber und Madison erwiderte es.

„Magst du denn noch erzählen?", hakte er nach und Madison fühlte sich seltsam gerührt von seinem besorgten Unterton. Sie überlegte einen Augenblick.

„Ich denke schon, ja", stimmte sie dann zu. Dennoch drehte sich das Gespräch für den Rest der Fahrt erstmal um andere Dinge und erst als sie daheim in Madisons Hütte den aufgeregten Cookie beruhigt hatten und das Essen dampfend auf dem Tisch stand, fühlte sich die junge Frau in der Lage, den Faden wieder aufzunehmen.

„Dieser eine Abend war der Anfang vom Ende. Irgendwann waren diese Menschen so außer Kontrolle, auch Joey, von dem ich mal geglaubt hatte, dass er mich liebte. Schlussendlich ging es wieder um eine Schuld seinerseits und einer seiner Kumpel schlug vor, dass ich diese übernehmen sollte. Er hatte ein Messer dabei und sich gerade erst eine Spritze verpasst. Dementsprechend groß war mein Respekt vor ihm. Schlussendlich ging ich ins Schlafzimmer, um mein restliches Geld zu holen. Ich wusste, dass es so nur noch sehr knapp für Miete und Essen reichen würde, doch Joey aß sowieso sehr selten, weil er so viele Drogen konsumierte. Anscheinend hat das zumindest seinen Appetit verringert. Ich hingegen hatte dank der vielen Arbeit und der Tatsache, dass selten genug Geld für Lunch übrigblieb schon einige Kilos abgespeckt - solche die mir zuviel gewesen waren und auch solche, die ich noch hätte gebrauchen können. Es fiel allerdings sowieso niemandem auf, weil ich mir keine neue Kleidung leisten konnte und somit niemand sah, dass ich langsam ausgemergelt aussah." Madison dachte an diese Zeiten zurück. Für einen Menschen, der immer gern gegessen hatte, war sie damals erstaunlich lange mit sehr wenig ausgekommen. Dennoch waren die Erinnerungen alles andere als angenehm und es fühlte sich gut an, gleichzeitig Grace' leckeren Auflauf zu genießen.

„Nun, das restliche Geld, das ich im Schlafzimmer zusammenkratzte war teilweise das, was ich auf die Seite gelegt hatte, um vielleicht eines Tages Joey doch noch verlassen zu können. Ich weiß selbst, dass ich einige Gelegenheiten dazu verpasst habe und die einzige Person, der ich damit geschadet habe, so lange bei ihm geblieben zu sein, war ich selbst. Auf jeden Fall war an diesem Abend die Stimmung mehr als seltsam und Joey und sein Kumpel folgten mir ins Schlafzimmer. Das Geld, das ich ihnen aushändigte, war nicht annähernd genug und zwar obwohl es eine nicht unbedeutende Summe war. Erst später habe ich erfasst, wie viel Drogen tatsächlich kosten - meist konsumierte Joey anscheinend mehr als ich in einem Monat verdient habe. Da erwähnte sein Kumpel, dass die Möglichkeit bestünde, die Schuld auf andere Art und Weise zu begleichen. Den Rest der Geschichte möchte ich am liebsten überspringen…" Madisons Stimme zitterte und sie leerte ihr halbes Wasserglas, bevor sie sich imstande fühlte, fortzufahren. Zach griff über den Tisch hinweg nach ihrer Hand und blickte ihr tief in die Augen, gab ihr damit das Gefühl, dass alles gut werden würde.

„Es ging alles so schnell. Die beiden fesselten mich an

Händen und Füßen und warfen mich aufs Bett. Kurz darauf spritzte mir Joey eine Substanz, wahrscheinlich irgendeine Droge. Von diesem Moment an bekam ich nicht mehr allzu viel mit, was rund um mich herum geschah. Ich weiß nur noch, dass sein einer Kumpel das Schlafzimmer betrat und seinen Gürtel öffnete, während er vor mir stand…“ Madison schluchzte laut auf, sie zitterte inzwischen. Zach stand auf, kam um den Tisch herum und hob sie kurzerhand auf seinen Schoß.

„Schhh“, machte er. „Es ist schon gut“, beruhigte er sie und wühlte mit den Händen durch ihre wirren Haare. Sanft verteilte er kleine Küsse auf ihrer Stirn und ihren Wangen.

„Du musst nicht weiterreden“, beschwor er sie. Seine Augen blickten besorgt - anscheinend wurde selbst ihm die Geschichte langsam zu krass, doch Madison nickte verzweifelt.

„Doch, das muss ich“, widersprach sie heftig und schluchzte noch einmal. Nach einem weiteren Schluck Wasser fühlte sie sich wieder imstande, weiter zu sprechen.

„Ich weiß nicht, wie lange ich im Schlafzimmer gefesselt war. Joey hatte längst Gefallen daran gefunden, auf diese Art und Weise an Geld zu kommen. Mehrmals täglich wurde ich besucht und das Einzige, was meine Qualen erleichterte, war die Droge, die er mir spritzte. Sie machte, dass ich alles nur noch wie durch einen dicken Vorhang mitbekam. Wenn ich aus meinem Delirium erwachte, hatte ich höllische Schmerzen. Deswegen war ich auch dann kaum in der Lage, einen klaren Gedanken zu fassen. Doch eines Tages vergaß Joey die Spritze - oder das Geld dafür war ihm zu schade. Ich bekam mit, wie ein Mann vorbeikam und sich an mir verging. Während alles zuvor nur vage Erinnerungen geblieben sind, kann ich mich daran in jedem kleinen Detail erinnern - und daran, wie Joey dabei zusah. Es schien ihm unglaublichen Spaß zu bereiten, denn kaum war der Typ weg, fiel er selbst über mich her, obwohl wir zuvor kaum noch Sex gehabt hatten. Die Schmerzen waren unerträglich. Mein ganzer Körper schien in Flammen zu stehen und inzwischen war ich auch wundgelegen und schmutzig - Joey wäre nicht auf die Idee gekommen, mich zu waschen oder so. Er hatte mich genau zur Toilette begleitet und mir ab und an ein Glas Wasser und ein Stück Brot gebracht - mehr hätte ich im Drogenrausch wohl auch nicht zu mir genommen. Doch jetzt, nach dieser Tortur war ich hellwach und auch wenn ich mich elend fühlte, war ich bereit, endlich diese Hölle zu beenden. Das Glück war tatsächlich auf meiner Seite, denn nachdem Joey sich an mir vergriffen hatte, konnte ich hören, wie er das Haus verließ. Ich hatte keine Ahnung, wie viel Zeit mir blieb, doch es musste reichen, um die Fesseln zu lösen und zu verschwinden. Ich riss die komplette Haut rund um meine Handgelenke auf, doch schlussendlich konnte ich meine dünnen Hände aus den Fesseln ziehen. Wahrscheinlich waren diese gar nicht allzu gut gemacht, doch zuvor im Drogenrausch war ich nicht mal auf die Idee gekommen, abzuhauen. Ich packte rasch das Nötigste zusammen und verließ Portland mit dem letzten Benzin, das ich hatte. Ich übernachtete außerhalb der Stadt in meinem Auto und stellte mir die Frage, wie es nun mit mir weitergehen sollte. Auf meinen Job oder mein Studium hatte ich nicht mehr allzu große Hoffnungen, nachdem ich wochenlang beidem ferngeblieben war. Ich kann bis heute nur vage sagen, wie lange ich tatsächlich gefesselt im Schlafzimmer verbracht habe, aber es müssen mehrere Wochen vergangen sein. Ich war zu schwach um wirklich lange zu fahren und so hielt ich alle zwei Stunden an, um zu schlafen und mich auszuruhen. Wahrscheinlich hatte ich noch immer so viele Drogen intus, dass es nicht einmal legal war, dass ich mich hinters Steuer eines Autos setzte. Ich kam zuerst nach Washington, dann nach Idaho und schließlich nach Montana, wo ich mich in einem Krankenhaus untersuchen ließ. Ich war froh, dass immerhin meine Krankenkassenkarte vom alten Arbeitgeber noch angenommen wurde und so lebte ich einige Tage dort im Krankenhaus von Billings auf Kosten der Kasse. Meine Verletzungen besonders im Intimbereich waren gravierend und sogar inzwischen entzündet - auch durch die mangelnde Hygiene von Joey und später natürlich auch von mir, da ich mich auf Autobahnraststätten oder an Flüssen wusch - wenn überhaupt. Doch nun machte man mich darauf aufmerksam, dass ich nebst einer Infektion auch in Gefahr schwebte, Aids zu haben - ein Gedanke, der mir noch nicht gekommen war. Ich konnte diese Angst erst drei Monate später wieder vergessen, nachdem ich ein negatives Testergebnis in den Händen hielt. Nach der ganzen Zeit, in der ich durch vier Bundesstaaten gefahren war, gab es bei meinem Aufentalt im Krankenhaus kaum mehr DNA-Spuren, um die ganze Tortur tatsächlich zu belegen, doch schlussendlich wollte ich sowieso nur eines: So viel Platz zwischen Portland und mich zu bringen, wie nur möglich. Nachdem ich die Infektion überstanden hatte, entließ mich das Krankenhaus von Billings und ich schwor mir, am nächsten Ort, an dem ich anhielt, zu bleiben um meine finanziellen Reserven aufzustocken und mich zu erholen. Ich war besessen davon, noch einmal eine Grenze zwischen Joey und mich zu bringen und fuhr also nach Norden. Nach ziemlich genau sechs Stunden ohne Halt ging mein Benzin aus - in einem Städtchen namens Manyberries. Und hier bin ich nun", schloss Madison. Es war ihr nicht leicht gefallen, besonders diesen letzten Teil zu erzählen, doch dass er raus war, erleichterte sie ungemein.

„Und hier bist du nun: Das Beste was mir je hätte passieren können", meinte Zach liebevoll und drückte Madison fest an sich. Sie saß noch immer auf seinem Schoß und es fühlte sich so an, als wäre dies genau der Platz, an dem sie sein musste. Es war inzwischen längst Mitternacht, so lange hatte ihre Geschichte angedauert. Cookie hatte sich auf ihrem Kopfkissen zusammengerollt und schlief tief und fest, wobei sein eines Ohr stets hin und her wackelte.

„Ich bin froh, dass ich schlussendlich hier geblieben bin. So wohl habe ich mich nicht mehr gefühlt, seit ich in die Stadt gezogen bin", gestand Madison.

„Mein Start hier war allerdings nicht unbedingt leicht. Mit meinen letzten Reserven und meiner letzten Kraft habe ich die kleine Hütte im Wald erstanden und dort erstmal wochenlang gelitten wie eine überfahrene Katze. All die Drogen riefen nach mir, die Abstinenz schien meinen Körper jeden Tag auffressen zu wollen und schlussendlich begann ich auch noch, mich einsam zu fühlen."

Madison schauderte in Gedanken an diese Zeit.

„Hast du deine Eltern je wiedergesehen?“, fragte Zach neugierig und vorsichtig zugleich. Madison schüttelte den Kopf.

„Ich hatte dank Joey mit ihnen nur noch sehr losen und negativen Kontakt gehabt. Nachdem ich ein Jahr lang hier in Kanada gelebt hatte, habe ich meiner Mutter einen Brief geschrieben und einiges erklärt. Zurück kam die Meldung, dass mein Vater inzwischen verstorben sei. Zwischen den Zeilen gab es einiges an Vorwürfen zu lesen, doch sie gab sich verständnisvoll und gleichzeitig schockiert über alles was passiert war. Natürlich hätte sie sagen können, dass sie mich gewarnt hatte, doch dafür war sie glücklicherweise zu nett. Dem Brief hatte sie einen Check beigelegt - einen der all meine Probleme in Luft hätte auflösen können, doch ich habe ihn bis heute nie eingelöst. Grace hatte mich damals zum Glück vom Fleck weg eingestellt und so verdiente ich zumindest genug, um mein Auto tanken zu können und meinen Kühlschrank zu füllen. Nach und nach konnte ich mir sogar eine neue Garderobe anschaffen und auch mal wieder meine Haare schneiden - alles Dinge, auf die ich verzichtet hatte, um Joeys Drogenkonsum zu finanzieren.“ Madison lächelte - seit ihrer Anfangszeit in Manyberries hatte sie sich von Anfang an so wohl gefühlt und es gab nichts, das sie in ihrem neuen Leben vermisste - besonders nicht, seit Zach dazugehörte.

„Ich bin wirklich froh, dass du deine Geschichte mit mir geteilt hast, Madison. Ich danke dir dafür. Ob es dir etwas bringt oder nicht: Du bist nicht mehr alleine, schon lange nicht. Ich wäre wirklich froh, wenn du ein Teil meines Lebens bleibst“, erklärte er sanft. Madison nickte und in diesem Augenblick gab es nichts, was sie sich mehr wünschte als das.

Kapitel 18

„Warum solltest du nicht ein Ladenlokal mieten?", fragte Serenity überrascht. Sie sah nicht halb so skeptisch aus wie Madison.

„Naja, ich kann die Körbe doch auch ganz gut daheim in meiner Hütte füllen", entgegnete diese.

„Nun und da hast du immer noch genügend Platz, um hundert oder zweihundert Körbe zu lagern? Cookie muss jetzt schon in deinem Bett schlafen, weil alles so eng geworden ist, oder nicht?", gab Grace zu bedanken.

Madison lachte.

„Ach, das tut er wohl eher aus anderen Gründen. Wir haben uns inzwischen einfach so sehr aneinander gewöhnt", lachte Madison.

„Nun gut, auch wenn Cookie kein Argument dafür ist: Jetzt wo Weihnachten so kurz vor der Tür steht, suchen sicher viele Bewohner von Manyberries noch nach Geschenken und gerade diejenigen, die das Angebot in Medicine Hat bereits auswendig kennen, werden doch froh sein, dass sie in einem Laden stöbern können, der neue Dinge hat, andere als sie schon letztes Jahr und im Jahr davor und im vorvorletzten Jahr verschenkt haben, oder meinst du nicht auch?" Nun nickten Grace und Serenity synchron in Madisons Richtung.

„Na gut, dann gehe ich halt mal rüber", murmelte diese schließlich noch immer nicht ganz überzeugt.

Auslöser ihrer Diskussion war gewesen, dass ein Ladenlokal nur wenige Schritte von Gracies die Straße runter zur Vermietung ausgeschrieben worden war. Das Lokal war zuvor als Lager genutzt worden, doch nachdem die Hausbesitzerin verstorben war, hatten die Erben beschlossen, es als Ladenfläche zu vermieten, da es einfach zu schade war, dass hinter dem großen Schaufenster bloß alte Kartons vor sich hin staubten und dies an der Hauptstraße von Manyberries.

„Du wirst wohl kaum Konkurrenz haben, wenn du dich ernsthaft für die Miete des Lokals interessierst", meinte Grace. Sie, die jeden in Manyberries kannte und über alles was vor sich ging, Bescheid wusste, hatte Madison erst auf das Ladenlokal aufmerksam gemacht.

„Meinst du nicht?", hakte Madison nachdenklich nach. Sie konnte sich kaum vorstellen, dass das tolle Schaufenster an der Hauptstraße, unweit der Pension und der Bar kein Interesse bei anderen Unternehmern geweckt hatte.

„Wohl kaum. Es gibt niemanden in Manyberries, der gerade darüber nachdenkt, einen Laden zu eröffnen. Wenn du also richtig verhandelst, wirst du auch einen günstigen Mietpreis erzielen können", erklärte Grace. Madison nickte.

„Und wenn du dir die ersten Mieten nicht leisten kannst, legen wir alle zusammen", verkündete Serenity, ungewöhnlich offen für die sonst so zurückhaltende junge Frau. Madison lächelte und drückte kurz ihre Hand.

„Das sollte kein Problem sein. Ich wohne schon beinahe kostenlos in meiner Hütte und habe deswegen ein wenig Geld zur Seite legen können. Nachdem ich bei meinem letzten Umzug beinahe mittellos hierher gekommen bin habe ich geschworen, dass mir das nie wieder passieren wird. Deswegen gibt es einen guten Notgroschen, auf den ich zurückgreifen kann. Außerdem bezahlt Mrs Lacroix stets sehr pünktlich ihre Rechnungen - sie hat gestern schon wieder fünfzig Körbe bestellt. Aber ich danke euch beiden vielmals."

„Du darfst jederzeit zu uns kommen, wenn du Hilfe brauchst, Madison. Das weißt du doch. Und wenn es nicht so läuft, wie du es dir versprichst, dann gibt es hier immer irgend etwas zu tun", versprach Grace.

„Mal abgesehen davon, dass die Gäste so auf deine Körbe abfahren, dass manche noch einen zweiten oder dritten kaufen, bevor sie abreisen. Jetzt wo wir genügend im Vorrat haben, können wir uns ja erlauben, ab und an welche zu verkaufen. Also wirst du alleine für Gracies sicher immer einiges zu tun haben", erklärte Grace. Madison hatte sie selten so überschwänglich gesehen und lächelte glücklich. Schließlich verlor ihre Chefin gerade ihre Assistentin und eine der langjährigeren Mitarbeiterinnen. Dass sie darüber so erfreut war, verwunderte und erleichterte die junge Frau gleichermaßen.

Nach ihrem Feierabend machte sich Madison dann tatsächlich auf, die Hauptstraße hinunterzuschlendern, um das Lokal anzuschauen. Sie hatte schon am Nachmittag einen Termin ausgemacht, nachdem Ava extra hinübergegangen war, um die Nummer von dem ‚Zu vermieten'-Plakat abgeschrieben hatte. Der Anwalt der Erbengemeinschaft, Mr Lincolm, wartete bereits vor dem Laden auf sie. Er war im Untergeschoss eines zweistöckigen Hauses, dessen oberer Teil als Mietwohnungen genutzt wurde.

„Mrs Steele hat selbst über dem Lokal gelebt, bis sie nicht mehr rüstig genug war, die Treppen zu nutzen. Ihre beiden Söhne haben sich dann dafür entschieden, die Wohnung nach ihrem Eintritt ins Altenheim zu vermieten. Zu diesem Zweck sind sie komplett saniert worden, was allerdings an dem ehemaligen Lagerraum vorbeigegangen ist, da dieser noch komplett vollgestellt war, bis zum Tode von Mrs Steele“, erklärte Mr Lincolm als erstes, während er die Tür zum Ladenlokal aufschloss. Das schöne, große Schaufenster war ein wenig eingestaubt und machte bisher keinen allzu einladenden Eindruck. Da es auch draußen bereits am Eindunkeln war, konnte man im Inneren des Ladens auf den ersten Blick kaum etwas sehen. An der Decke hingen nackte Glühbirnen, die plötzlich sehr hell aufflammten und dennoch nicht richtig heimelig wirkten. Es dauerte einen kleinen Moment, in dem sich Madison mit leiser Enttäuschung in dem Laden umblickte. Er war sehr heruntergekommen und es fiel ihr schwer, sich vorzustellen, wie in diesem Laden ein richtiges Geschäft entstehen sollte. Doch nach und nach, während Madison an ihre Körbe dachte und daran, wie aus diesen richtige Geschenke geworden waren, konnte sie sich das plötzlich auch für diesen Laden vorstellen. Vor ihrem inneren Auge verblasste der Staub auf der Fensterscheibe, hingen sich Regale an die Wand, stand eine kleine Verkaufstheke in einem Eck des Raumes und gab es einen Tisch mit einer Waschschüssel, an der die Leute das Peeling oder die Seife ausprobieren konnten. Während sie vor ihrem inneren Auge den Laden einrichtete, sprach Mr Lincolm munter weiter, ohne dass er bei ihr Gehör gefunden hätte.

„Ich nehme den Laden", platzte Madison schließlich heraus, als sie mit dem Grundrissplan im Kopf längst fertig war.

„Wie bitte?", fragte der Anwalt irritiert und unterbrach seinen Monolog, um die begeisterte junge Frau mit hochgezogener Augenbraue zu mustern.

„Ich würde dieses Lokal gerne mieten", erklärte sie noch einmal geduldig, als würde sie mit jemandem sprechen, der Hör- oder Verständnisschwierigkeiten hatte.

Gemütlich spazierte Madison die Hauptstraße wieder hinauf, um ihr Auto, das noch immer hinter Gracies wartete, abzuholen und sich gemeinsam mit Cookie auf den Heimweg zu machen. Sie war in Gedanken versunken, noch immer bei dem Laden, dessen Mietvertrag sie soeben unterschrieben hatte. Jetzt gab es kein Zurück mehr, jetzt würde sich ihr Traum tatsächlich erfüllen und zwar noch vor Weihnachten. Sie hoffte, dass das Eröffnungsdatum Ende November nicht zu sportlich angesetzt war für die ganzen Änderungsarbeiten, die sie noch vorhatte. Außerdem bereitete es ihr doch ein wenig Bauchweh, wenn sie daran dachte, den Job bei Gracies aufzugeben. In ihren dunkelsten Tagen war es diese Stelle gewesen, die sie jeden Tag hatte aufstehen und ihre Hütte verlassen lassen. Grace hatte nie zu viele Fragen gestellt, sondern einfach ihre Arbeitsweise geschätzt und sie gepusht, wenn sie es nötig gehabt hatte. Madison wusste, dass auch ihre Chefin eine Vergangenheit nach Manyberries mitgebracht hatte, die sie gerne vergessen hätte.

In ihrer Gedankenwelt fiel der jungen Frau nicht auf, dass vor der Pension ein Mann in dunklem Kapuzenpulli wartete - und zwar offensichtlich auf sie. Während er gemütlich an der Wand lehnte, rauchte Zachary Felton gemütlich eine Zigarette und hatte sie anscheinend schon länger beim Näherkommen beobachtet.

„Guten Abend Madison", lächelte er, als sie seiner endlich ansichtig wurde. Nun trennten sie nur noch einige Schritte und die junge Frau zuckte zusammen, völlig aus ihrer Planung gerissen, während sie erst jetzt realisierte, wen sie vor sich hatte.

„Zach", jubelte sie überschwänglich, noch bevor sich ihr Herzschlag wieder beruhigt hatte. Bessergesagt war die ganze Sache sogar noch beschleunigt worden, nachdem sie sich sehr freute, den Holzfäller endlich wieder zu treffen.

„Du bist wieder da", stellte sie fest und zog ihn in eine warme Umarmung. „Ich habe dich ein wenig vermisst", gestand sie dann, während sie ihre Wange an die seine drückte und seinen Duft tief in die Lungen einsog. Sein nicht ganz frisch rasierter Bart kratzte an ihrer Wange, während Zach sie ebenfalls mit seinen großen Händen und seinen starken Armen umfing und an sich drückte.

„Nur ein wenig hast du mich vermisst?", scherzte er, als die Umarmung nach einer halben Ewigkeit endete und sie sich gegenüberstanden. Madison nickte ernsthaft.

„Ich hatte echt viel zu tun, weißt du", lächelte sie dann und konnte es kaum erwarten, ihm von den großen Neuigkeiten zu erzählen, während sie es selbst noch immer nicht richtig fassen konnte.

„Natürlich - das hast du doch immer. Genau so wie ich auch. Es könnte aber sein, dass ich dich ebenfalls ein wenig vermisst habe“, grinste er. Ihre Hand hatte er noch immer nicht losgelassen und nun strich er mit dem Daumen über die zarte Haut zwischen ihrem Daumen und ihrem Zeigefinger.

„Könnte sein?“ Madison versuchte sich in einem entrüsteten Gesichtsausdruck. Zach zuckte mit den Schultern, doch dann verschwand sein spitzbübischer Gesichtsausdruck und wich einem ungewohnten Ernst.

„Nein Madison, ich habe dich mehr als nur ein wenig vermisst und zwar jeden Tag. Du hast mir furchtbar gefehlt“, gestand er dann mit rauer Stimme und gerunzelter Stirn. Es machte den Anschein, als würde es ihn wütend machen, dies auszusprechen und dennoch blickte er ihr offen in die Augen. Madison drückte seine Hand.

„Ich dich auch, Zach. Mit dir macht alles viel mehr Spaß und das Leben ist einfach schöner. Sogar Cookie ist nicht so happy wie wenn du auch dabei bist“, lächelte sie.

„Was hast du heute noch vor?“, erkundigte er sich. Madison zuckte mit den Schultern.

„Ich hole jetzt Cookie bei Grace ab und dann wollte ich nach Hause fahren. Für heute habe ich genügend erreicht und gearbeitet, also steht ein sehr gemütlicher Abend auf dem Programm“, meinte sie. Der Plan war gewesen, sich mit einem Buch vor den Kamin zu kuscheln und irgendetwas fettiges, fertiggekochtes aufzuwärmen und in sich hineinzustopfen. Nach dem obligaten Mittags-Salat war Madison oft nach ungesunden Kalorien, was sie sich mit ihrer Figur aber durchaus leisten konnte.

„Ist bei deinem gemütlichen Abend noch Platz für eine zweite Person, wenn diese dir ein leckeres Abendessen kocht? Du hast mich noch nie bei mir besucht und ich finde, dass das langsam an der Zeit ist. Ich habe außerdem auch ein bequemes Bett mit genügend Platz für zwei Personen." Zachs Augen leuchteten erwartungsvoll, doch offensichtlich entdeckte er in Madisons Gesichtsausdruck nicht die Antwort, die er sich erhoffte, denn er griff auch nach ihrer zweiten Hand. Leicht verunsichert aber mit verschmitztem Lächeln meinte er noch: „Wenn du lieber nicht bei mir bleibst über Nacht fahre ich dich auch gerne nach Hause, aber ich finde, dass du dem Bett zumindest eine Chance geben solltest, bevor du dich entscheidest, zu bleiben oder zu gehen."

Nun konnte Madison nicht anders, als in sein Lachen einzustimmen.

„Wenn in deinem Plan Platz für einen Welpen im Zahnwechsel ist, dann bin ich dabei."

„Na klar. So lange meine Möbel heil bleiben, darf Cookie bei mir außer Reinpinkeln alles", stimmte Zach fröhlich zu.

„Ich würde dennoch gern kurz nach Hause fahren und mich umziehen, wenn das okay ist", meinte Madison dann und Zach nickte.

„Ich fahre hinter dir her und hole dich dann ab, in Ordnung?" Zach öffnete ihr galant die Tür zur Pension.

„Und?" Hinter der Rezeption warteten Grace, Serenity und Ava in einträchtiger Gemeinschaft und hatten offensichtlich nichts anders zu tun, als sich von Madison auf den neuesten Stand bringen zu lassen. Zach war einige Schritte hinter ihr stehengeblieben und konnte sie nicht hören. Besser so, denn Madison brannte darauf, ihm die News persönlich und in einem etwas intimeren Rahmen mitzuteilen.

„Das erzähle ich euch morgen - weil jetzt habe ich ein Date." Den zweiten Satzteil sang die junge Frau fröhlich und zwinkerte den dreien schelmisch zu, während sie vorbeiging um in der Mitarbeitergarderobe ihre Sachen und ihren Hund abzuholen. Als sie wieder an ihrer Chefin und ihren Kolleginnen vorbeikam, winkte sie diesen zu und amüsierte sich über deren unbefriedigte Gesichtsausdrücke.

„Wenigstens ein Hinweis, Madison. Du kannst uns doch nicht so lang warten lassen und auf die Folter spannen", stöhnte Serenity und schlug sich die Hand vor die Stirn, als ob sie im nächsten Augenblick in Ohnmacht fallen würde.

„Nun gut: Die Antwort lautet ja!", lächelte sie und verschwand dann durch die Tür, die ihr Zach erneut galant aufhielt.

Hinter Gracies schnallte Madison Cookie auf dem Rücksitz ihres Autos an, während sie ihre Handtasche auf dem Beifahrersitz verstaute. Als sie den Zündschlüssel drehte, passierte einfach - nichts. Sie drehte noch einmal und komische Geräusche drangen aus dem Motorraum. Da sie sich inzwischen seit drei Jahren mehr oder weniger selbst um ihren Wagen kümmerte, zog sie den Motorhauben-Hebel neben dem Lenkrad und löste wieder den Sicherheitsgurt. In diesem Augenblick bemerkte sie es bereits: Zwischen Motorhaube und Kühler drang Rauch aus dem Vorderteil des Autos.

„Mist“, fluchte sie leise und beeilte sich nun noch mehr, aus dem Wagen und an den Motor zu kommen. Als sie die Motorhaube aufgestemmt hatte, hustete die junge Frau mehrere Male und ihre Augen begannen sofort zu brennen.

„Das sieht übel aus!“ Zach war von Madison unbemerkt neben sie getreten und blickte ihr über die Schulter. In dem dichten Rauch war es kaum möglich etwas zu sehen. Plötzlich riss Zach sie am Arm zurück.

„Weg hier!“ Er deutete auf eine kleine Flamme, die irgendwo im Inneren des Motors züngelte.

„Verdammt!“ Madison riss sich los und öffnete rasch die Autotür, wo sie mit zitternden Fingern Cookie losmachte und sofort auf den Arm hob. Mit dem anderen Arm angelte sie nach vorne um ihre Handtasche zu retten, dann gehorchte sie Zachs Aufforderung und entfernte sich vom Auto.

„Wir müssen Officer Camden benachrichtigen!“

„Die Feuerwehr wäre vielleicht die bessere Wahl“, widersprach Zach kurzatmig und nahm Madison Cookie aus den Händen. Der Hund zappelte wie wild und der junge Mann setzte ihn schließlich ab, einige Meter entfernt von Madisons Auto, das inzwischen mehr als nur ein bisschen qualmte.

„Ich weiß noch nicht einmal, ob Manyberries ein

Feuerwehrwagen besitzt. In all der Zeit, die ich hier wohne habe ich auf jeden Fall keinen im Einsatz gesehen", gab Madison zu bedenken. Gleichzeitig spürte sie, wie langsam Panik in ihr hochkroch. Neben ihrem Auto waren noch andere Wagen geparkt und die Hecke, die Gracies wunderschönen Garten vor neugierigen Blicken schützte, war ebenfalls nicht weit. Jetzt im Herbst, wo so viel dürres Laub herumlag, konnte dieser kleine Motorendefekt schnell zu einem Problem werden. Hektisch blickte sie sich um und rannte dann zurück zur Eingangstür der Pension.

„Ruf irgendjemanden an. Polizei oder Feuerwehr - hauptsache etwas geschieht hier", rief sie über die Schulter zu Zach zurück, der sich zusätzlich um Cookie kümmerte.

„Was ist passiert?" Grace war inzwischen alleine hinter der Rezeption. Anscheinend hatte sie es geschafft, ihre neugierigen Angestellten wieder zurück zur Arbeit zu verfrachten.

Madison keuchte, als sie in die Lobby rannte.

„Mein Auto brennt. Ich wollte es gerade starten, da begann der Motor zu qualmen", rief sie atemlos und hustete. Der Rauch mit dem Gemisch aus verbrannten Kabeln und Kunststoff war ihr rasch in die Lunge gedrungen und reizte sie noch immer.

„Was kann ich tun?" Grace sah einen Augenblick lang ratlos aus, griff dann zum Telefon und klingelt bei Dan durch, der wenig später mit zwei großen Eimern in der Lobby auftauchte.

„Ich bringe den Gartenschlauch aus dem Garten", rief

er und drückte Madison die beiden Eimer in die Hand. Sie wäre unter dem Gewicht fast zusammengebrochen und auf ihrem Weg nach draußen schwappte einen Teil des Wassers über, auch auf die schönen Teppiche von Gracies.

Im Hof stand Zach noch immer da und hatte inzwischen mit einer Decke aus seinem eigenen Wagen begonnen, den Brand zu bekämpfen, doch nicht allzu erfolgreich, denn die Flammen hatten inzwischen auf das Wageninnere übergegriffen.

„Wo ist Cookie?“, keuchte Madison atemlos, während Zach auf sie zueilte und ihr die Eimer abnahm.

„In meinem Auto, vor der Pension“, rief er ihr zu, während er das Wasser ins Innere der Motorhaube schüttete. Es zischte und weißer Dampf stieg auf. Doch die kleine Wassermenge reichte in keinem Fall aus. Da kam auch schon Dan aus dem Garten und hielt mit dem Gartenschlauch auf das Auto und die Hecke daneben, damit sich das Feuer nicht noch weiter ausbreiten konnte.

„Das bringt nichts“, stellte Zach fest, doch seine Aussage ging unter im Geheul einer Sirene, die die Ankunft eines Feuerwehrwagens und von Officer Camden ankündigte.

„Endlich“, murmelte Madison und nahm sich nun die Zeit, kurz zu Zachs Auto hinüberzueilen und Cookie an sich zu drücken.

„Ich bin so froh, dass dir nichts passiert ist“, flüsterte sie in sein kleines, pelziges Ohr. Er piepste ein wenig und leckte ihr über die Wange. Gerne wartete er nicht alleine im Auto, doch hier war er am Sichersten und nachdem

Madison sich vergewissert hatte, dass ihm nichts fehlte, ließ sie ihn wieder dort zurück. Sie kam gerade rechtzeitig, um Callum Peters aus Officer Camdens Auto steigen zu sehen.

„Oh scheiße, dein Wagen?“, rief er ihr im Vorbeigehen zu. Sie nickte bloß, da war er auch bereits weg. Er und sein lokaler Kollege sprachen mit dem Feuerwehrkommandanten, der nun Dan mit dem Gartenschlauch ablösen ließ. Währenddessen trat Zach ebenfalls gleichzeitig wie Madison zu dem kleinen Grüppchen.

„Ich denke nicht, dass wir ihr Auto retten können, Miss“, erklärte der Feuerwehrkommandant niedergeschlagen. Die junge Frau konnte sich erinnern, ihn schon mehrere Male bei einem Kaffee bei Gracies gesehen zu haben. Sein Name wollte ihr aber nicht einfallen. Sie zuckte mit den Schultern.

„Hauptsache kein anderes Auto kommt noch zu schaden - oder noch schlimmer vielleicht Gracies Hecke oder eines der umstehenden Häuser“, erklärte sie. Tatsächlich gab es eine Versicherung, die einspringen würde und so lange kein Schaden an anderem Eigentum entstand und auch kein Lebewesen in Gefahr war, konnte Madison diesen Verlust verschmerzen.

„Ich war immer regelmäßig in der Werkstatt damit. Der letzte Check ist erst drei Wochen her“, erklärte sie dann hilflos, während sie beobachtete, was mit ihrem Auto geschah. Mit der Wucht des großen Feuerwehrschlauches gelangten gefühlte hundert Liter pro Sekunden auf den Brandherd und nach wenigen Minuten stieg nur noch ein dünner Rauchkringel auf aus der Motorhaube.

„Dieses Auto hat auch nicht nur zu brennen begonnen, weil du den Zündschlüssel gedreht hast. An diesem Motor wurde gehörig herumgeschraubt und zwar mit voller Absicht“, erklärte Zach grimmig. Er hatte gemeinsam mit Callum und Officer Camden nicht viel mehr als einen Blick ins Innere des ausgebrannten Motors geworfen, um dies sagen zu können.

Nun trat auch Callum wieder zu ihnen.

„Jemand wollte dir schaden, Madison und wir wissen wohl alle, wer dafür in Frage kommt. Zu dumm, dass dein Auto zu kaputt ist, als dass wir daran irgendwelche Spuren sichern könnten“, erklärte er ernst.

„Du kannst nicht länger alleine dort draußen in deiner Hütte hausen – glaubst du mir immer noch nicht?“ Er klang aufgebracht, wütender als Madison ihn je gesehen hatte. Sie schüttelte den Kopf und wollte protestieren, doch Zach war schneller.

„Sie ist nicht alleine. Ich passe auf sie auf – okay Mann?“ Callums Blick wanderte von Madisons Gesicht zu Zachary und die beiden Männer schienen sich mit ihren Augen ein regelrechtes Duell zu liefern. Einige Augenblicke lang sagte niemand etwas, bis der Feuerwehrkommandant wieder zu ihnen trat und sich räusperte.

„Oh, mein armes Mäuschen, dein Auto sieht ja schrecklich aus!“ In diesem Moment kam Grace ebenfalls aus der Pension geeilt und trat zu ihnen. Fürsorglich tröstend legte sie den Arm um Madisons Schulter.

„Das tut mir so leid, Madison“, flüsterte sie etwas

leiser, nachdem ihr aufgefallen war, dass sie mitten in ein Gespräch geplatzt war.

„Wir wären jetzt soweit fertig", erklärte der Feuerwehrkommandant. Seine beiden Männer waren dabei, den Schlauch aufzurollen und das Fahrzeug wieder startbereit zu machen.

„Sollten Sie uns noch benötigen, rufen Sie uns jederzeit an, Miss. In Ordnung?" Er schenkte Madison ein aufmunterndes Lächeln und sie nickte, weit weniger optimistisch als er.

Damit verabschiedeten sich die Feuerwehrleute und hinterließen ein ausgebranntes Auto und eine sehr große Pfütze, von der Gracies Garten wohl mehr als nur einige Tage hätte bewässert werden können.

„Ich helfe dir gerne, einen neuen Wagen zu finden", bot Callum an. Wieder ein Blickduell zwischen ihm und Zach – letzterer hatte anscheinend dasselbe Angebot im Sinn gehabt. Siedend heiß fiel Madison ein, dass sie die Hälfte ihrer Ersparnisse soeben für die Kaution und die ersten Ladenmieten ihres großen Traumes ausgegeben hatte. Allzu viel blieb da nicht mehr übrig für einen neuen Wagen – dass dieser hier nicht mehr zu retten war, war aber ebenfalls offensichtlich. Madison merkte, wie sich ihre Kehle mehr und mehr verengte und sie immer schlechter atmen konnte.

„Madison?" Offensichtlich wartete Callum auf eine Antwort.

„Entschuldige bitte. Ich habe gerade darüber nachgedacht, was für ein Auto ich mir kaufen sollte", lächelte sie zerstreut.

„Für heute kann ich dich mitnehmen", meinte Zach. Madison nickte dankbar.

„Kann ich noch irgendetwas für dich tun?", fragte Callum. Sie schüttelte den Kopf.

„Ich danke euch allen – entschuldigt die ganze Aufregung. Ich bin nicht daran gewöhnt, dass mein Auto in Flammen aufgeht", sagte sie zerknirscht. Grace drückte sie noch einmal fest an sich.

„Das macht doch nichts, Schätzchen. Melde dich, falls du morgen lieber daheimbleiben möchtest", sie winkte allen zu, bevor sie wieder in ihrer Pension verschwand.

„Möchten Sie eine Anzeige erstatten, Miss?" Officer Camden hatte das Innere des Motors von allen Seiten fotografiert und kam nun wieder zu ihnen zurück.

„Der Wagen sieht eindeutig so aus, als ob er manipuliert worden wäre, allerdings wird es nicht einfach werden, jemanden dafür zur Verantwortung zu ziehen." Seine Erklärung klang einleuchtend für Madison und einmal mehr ärgerte sie sich, dass es wohl noch lange nicht wieder ruhige Nächte und alltägliche Tage geben würde, so lange diese drei Typen noch immer frei herumliefen. Dass jemand anderes an ihrem Wagen herumgeschraubt hatte, stand für sie außer Frage.

„Ich finde, du solltest unbedingt Anzeige erstatten. Früher oder später werden diese Mörder gefasst und dann können sie auch dafür zur Rechenschaft gezogen werden", erklärte Callum. Madison nickte zustimmend.

„Könnten Sie morgen dafür aufs Revier kommen?", bat Officer Camden. Madison warf Zach einen kurzen Blick zu.

„Ich kann dich fahren", versicherte er sofort und so nickte sie zustimmend.

„Ich werde da sein", versprach sie.

Später im Wagen hatte Madison beinahe vergessen, welch große Neuigkeiten sie Zach hatte berichten wollen. Durch den Fahrzeugbrand waren auch ihre Abendpläne in den Hintergrund getreten.

„Hast du immer noch Lust daruf, bekocht zu werden?", fragte Zach, kurz bevor sie bei Madisons Hütte angelangt waren. Seine Hand lag locker auf ihrem Oberschenkel und auch wenn es sich zu Anfang komisch angefühlt hatte, genoss die junge Frau inzwischen seine Wärme, die durch den Stoff ihrer Jeans drang.

„Aber natürlich. Ich habe sogar einen Bärenhunger von der ganzen Aufregung", lachte sie, bevor sie aus dem Auto sprang. Inzwischen hatte sie sich angewöhnt, erst die ganze Hütte von draußen ebenso wie das Gelände in Augenschein zu nehmen, doch auch heute konnte sie daran nichts Auffälliges entdecken und so trat sie ein, um sich umzuziehen, einige Wechselsachen für sie einzupacken und eine Tüte Hundefutter für Cookie abzufüllen, damit auch er nicht darben musste, während sie kulinarisch verwöhnt wurde. Auch drinnen vergewisserte sich Madison, dass alles in Ordnung war und alle Fenster verschlossen waren. Erst dann trat sie wieder aus der Hütte. Zach stand draußen an den Wagen gelehnt, während Cookie hinter ihm aus dem offenen Fenster spähte und sein Frauchen mit einem hellen Bellen begrüßte. Madison grinste, als er sogleich Zach über die Wange leckte und dann mit einem beherzten Sprung aus dem Fenster segelte, um sogleich auf sie zu zu wuseln.

„Ach Cookie, du bist so ein Clown. Pass doch auf mit solchen Aktionen, du könntest dich verletzen und das würde ich mir nie verzeihen!“ Sie bückte sich und ließ ihn auf ihre Arme klettern, wo er den Kopf an ihrem Hals vergrub und zufrieden piepste.

„Dieser Hund“, murmelte Madison, als sie ihn an Zach weiterreichte, der ihn wieder auf dem Rücksitz verstaute und darauf acht gab, dass er während der Fahrt nicht im Wagen herumklettern konnte.

„Alles klar?“, erkundigte sich Zach, als er wieder hinter das Steuer kletterte. Madison lächelte und nickte, während sie den Sicherheitsgurt einschnappen ließ.

Kapitel 19

Madison war total gespannt darauf, wo Zach sie hinbringen würde. Nachdem sie sich so unverhofft zum ersten Mal in ihrer Hütte begegnet waren, hatten sie sich immer entweder dort oder aber in Manyberries getroffen. Zu sich nach Hause eingeladen hatte Zach sie nie und bisher war dies Madison gar nicht aufgefallen, doch jetzt hatte eine nervöse Unruhe von ihr Besitz ergriffen, die sie sich nicht einmal richtig erklären konnte. Es fühlte sich fast an, wie seine Eltern kennenzulernen, dass er sie jetzt zu sich nach Hause eingeladen hatte. Dass sie sich ab und an für einige Tage oder sogar Wochen nicht sahen, hatte Madison gezeigt, wie wichtig Zachary ihr geworden war und wie sehr sie sich wünschte, mit ihm eine richtige Beziehung zu führen. Doch allem Anschein nach war er jemand, der es gerne langsam angehen ließ - sehr langsam. Normalerweise für Madison kein Problem, doch besonders jetzt wo sie wusste, dass auch Callum noch immer etwas von ihr erwartete, etwas das sie ihm vielleicht nicht geben konnte, spürte sie das Verlangen, Zach so nahe zu sein wie nie zuvor.

„An was denkst du, Baby?“, fragte er, als es plötzlich still geworden war im Wagen. Erst jetzt fiel ihr auf, dass er den Motor ausgemacht hatte. Sie waren durch Manyberries hindurch gefahren und eine Meile weiter mitten im Nirgendwo auf einen Feldweg abgebogen - dann war Madison in ihre Gedankenwelt davon gedriftet. Nachdem sie wusste, wie lange sein Weg von Manyberries aus und erst recht von ihrer Hütte war, realisierte sie den Grund, weshalb sie ihn vor dem Tag von Joeys Besuch nie angetroffen hatte. Nun hob sie den Kopf und erblickte ein kleines, aber total schmuckes Farmhaus mit einem weiß gestrichenen Holzzaun, der das gesamte Gelände einzäunte und nun im Licht des Sonnenuntergangs orange leuchtete. Neben dem Wohnhaus war ein kleiner Stall aufgestellt worden. Alles sah frisch renoviert, sauber und gleichzeitig urtümlich ländlich aus.

„Wow", machte Madison erstaunt. Sie hätte definitiv nicht damit gerechnet, dass Zach an einem solchen Ort lebte.

„Was denn?", fragte dieser erstaunt, kam um den Wagen herum und öffnete ihre Türe. Dennoch stieg sie nicht sofort aus und löste auch nur langsam den Sitzgurt.

„Dieser Ort ist… wunderschön", stellte sie fest. Die kleine Farm, die Sonne in ihrer abendlichen Röte, die feurigen Ahornbäume entlang der Einfahrt, die letzten Strohballen auf den Feldern und der weiße Zaun, all das war so unglaublich - kanadisch.

„Ich hätte nicht erwartet, dass du an einem Platz wie diesem lebst", gestand sie mit leisem schlechtem Gewissen. Zach grinste und streckte ihr galant die Hand entgegen. Cookie hatte er bereits ausgeladen und der Kleine streunte leinenlos über das Gelände. Da weit und breit kein Verkehr oder andere Gefahrenquellen in Sicht waren, ließ Madison ihm seine Freude.

„Warum denn nicht?" Klang Zach leicht beleidigt? Madison war nicht sicher, wie sie seinen Gesichtsausdruck deuten sollte. Sie lächelte versöhnlich für den Fall, dass sie ihn gekränkt haben sollte.

„Nun, du bist so oft unterwegs. Und wenn du an einem solch zauberhaften Ort lebst, weiß ich nicht, warum wir so viel Zeit in meiner engen kleinen Hütte verbracht haben“, grinste sie.

„Ja das stimmt, ich habe viel zu wenig Zeit, mein Zuhause zu genießen. Aber solange niemand da ist, mit dem ich es teilen kann, macht es auch wenig Sinn, öfters hier zu sein“, meinte Zach und Madison hörte eine Spur Melancholie aus seinen Worten heraus.

„Nicht einmal eine Katze?“, fragte Madison und versuchte, mit diesem Scherz die Stimmung ein wenig aufzulockern. Dann rief sie Cookie zu sich und ging hinter Zach auf die Eingangstür zu.

„Nicht einmal eine Katze.“ Seine Antwort klang nicht so, als ob der Scherz seine Laune in irgendeiner Form beeinflusst hätte.

„Da hinten wäre ein Stall für ein halbes Dutzend Pferde. Als ich das Haus nach dem Tod meiner Eltern renoviert habe, dachte ich, dass vielleicht eines Tages tatsächlich Pferde hier einziehen würden. Meine Verlobte war verrückt danach, also habe ich den Stall ebenfalls renoviert, obwohl ich ehrlich gesagt nicht allzu gut reite und nicht sonderlich viel von Pferden halte. Nun, wie du siehst steht der Stall immer noch leer.“ Zachs Gesicht hatte wieder den versteinerten, harten Ausdruck angenommen, den sie von ihren ersten Begegnungen kannte. In diesem Augenblick wo er direkt vor ihr die Haustür aufschloss, war er weiter entfernt von ihr als je zuvor - so jedenfalls fühlte es sich für Madison an.

Sie schwieg einen Augenblick und schluckte mehrmals. Hatte er tatsächlich von seiner Verlobten gesprochen? Es hatte allerdings weder so geklungen, als stünde sie noch irgendwo auf dem Plan, noch hatte Zachs Verhalten ihr gegenüber etwas erahnen lassen, dass er in festen Händen war. Während sie neben ihm ins Haus trat, checkte sie kurz seine Hände, wie sie es allerdings schon mindestens ein dutzend Mal zuvor getan hatte - nein, kein Ring.

Drinnen blickte sie sich um. Aus einer riesigen, offenen Eingangshalle trat man in ein Wohnesszimmer, das sogleich in eine Veranda überging. Gleichzeitig thronte oberhalb des Eingangs zusätzlich eine Galerie im ersten Stock, von der aus diverse Türen abgingen. Madison war so von diesem Anblick überrascht, dass sie nicht wusste, wohin sie zuerst schauen sollte. Das gesamte Gebäude bestand aus dem hellen, leicht rötlich gefärbten Holz, aus dem auch die Aussenfassade gebaut worden war.

„Na, was sagst du?“, fragte Zach mit einer ausladenden Handbewegung. Als Madison zu ihm hinüberblickte konnte sie in seinem Gesicht wieder ein zufriedenes Lächeln sehen - keine Spur mehr von den Gefühlsregungen von draußen.

„Was für ein schönes Zuhause du hast, Zachary“, sagte sie schließlich nicht allzu geistreich. Es gab so viel Details zu entdecken - an der Küchendecke hing ein altes Kanu, einige der Balken waren geschnitzt und die Veranda lag mitten in einer Pferdeweide, in der es ebenfalls noch einen kleinen Teich gab. Das alles war so idyllisch, sah so aus wie aus einem Bilderbuch auferstanden. Auch Cookie nahm fleißig alles in Augenschein. Madison freute sich, dass sie ihn nicht mehr so scharf beobachten musste wie zu Anfang, da er inzwischen sehr gut wusste, wann er raus musste und dies auch mitteilen konnte. Es gab hier eine Menge Holzbalken, die ihn hätten verleiten können, sein Beinchen daran zu heben, doch die junge Frau beschloss, ihm zu vertrauen und selbst den Abend zu genießen. Zach war kurz in der Küche verschwunden, während sie noch immer in die Betrachtung des Eingangs und des Wohnzimmers vertieft gewesen war. Nun trat er wieder neben sie und reichte ihr ein gefülltes Sektglas.

„Auf einen schönen Abend", prostete er ihr zu. Sie lächelte und versuchte, sich ein wenig zu entspannen. Insgeheim hatte das wunderschöne Haus sie nur kurzzeitig von seinen letzten Worten abgelenkt.

„Auf uns", hauchte sie und setzte schnell das Sektglas an die Lippen, bevor er zu ihrem Trinkspruch eine Bemerkung machen konnte.

„Möchtest du das ganze Haus sehen?", fragte Zach nachdem sie zwei tiefe Schlucke genommen hatte. Der Alkohol perlte ihre Kehle hinab und ließ sie kurz erschaudern. Normalerweise bevorzugte Madison andere Getränke als Sekt, doch im Augenblick erschien es ihr angebracht. Sie nickte - begeistert von seinem Vorschlag.

„Nichts lieber als das", stimmte sie zu.

„Darf ich den Stall auch sehen? Dan Camden hat mir nahegelegt endlich Reiten zu lernen, aber ich war noch nicht wieder in einem Stall seit den Reitstunden meiner Kindheit", erklärte die junge Frau ihren seltsamen Wunsch. Zach schien nichts besonderes daran zu finden und nickte.

„Klar", meinte er.

„Sollen wir gleich da anfangen, bevor es komplett dunkel wird?“, schlug er dann vor. Madison folgte ihm wieder nach draußen und schloss die Tür vor Cookies Nase, der kurz protestierend fiepte. Doch Zach hatte Recht, denn inzwischen war es schon ein wenig dämmrig geworden und sie wollte nicht, dass der kleine Hund sich auf dem Gelände verlief. Das Stallgebäude lag dunkel vor ihnen, doch beim Näherkommen aktivierte ein Bewegungsmelder eine Aussenlampe. Zach öffnete die unverschlossene Tür und betätigte drinnen einen weiteren Lichtschalter, der den Stall in ein angenehm warmes Licht tauchte.

Der Stall war nach den modernsten Standards eingerichtet, hatte sechs wunderschöne, geräumige Pferdeboxen. Dahinter führte eine Treppe zum Heuboden und eine Tür zur Sattelkammer, wie ihr Zach zeigte.

„Die hintere Tür kann geöffnet werden und ist ein direkter Zugang zu den Weiden. Besser gehts also gar nicht“, lächelte er stolz.

„Hast du das alles selbst renoviert?“, wollte Madison staunend wissen. Er lachte leise.

„Nein, nein, das hätte ich niemals geschafft. Ich habe zwar alles selbst entworfen und mir ausgedacht und auch das ganze Material eingekauft und hergeschafft aber bei der Umsetzung hatte ich einige Kollegen, die helfend eingesprungen sind. Schlussendlich stand der Stall in weniger als zwei Wochen.“ Man konnte ihm deutlich ansehen, wie zufrieden er sowohl mit seinem Werk als auch der Leistung war.

„Was ist mit deiner Verlobten passiert?“, platzte Madison heraus, ehe sie sich versah. Mist, das hatte sie doch wirklich nicht fragen wollen. Wenn der ganze schöne Abend nun verdorben war, dann war das alleine ihre Schuld. Die junge Frau errötete und biss sich auf die Lippen, doch Zach reagierte einiges entspannter, als sie erwartet hatte. Er setzte sich auf eine Vorrichtung vor der ersten Boxender, die eigentlich dazu da war, um Zubehör für das betreffende Pferd aufzustellen. Mit seinem kräftigen Arm zog er Madison auf den Schoß, sodass sie beinahe fiel vor lauter Überraschung. Dann vergrub er die Nase in ihren Haaren, die nach der ganzen Aufregung des Tages alles andere als schön frisiert aussahen. Eher machten sie den Anschein als hätte sie den Tag im Dschungel verbracht und wahrscheinlich roch sie auch ein wenig so, wobei sie letzteres Problem mit Deodorant und Parfum in ihrer Hütte ein wenig überdeckt hatte.

Es dauerte eine ganze Weile, bis Zach zu sprechen begann. An seinem Kiefer, den er heftig aufeinander presste und hin und her bewegte, konnte Madison sehen, dass es ihm nicht leicht fiel, irgendwo anzufangen.

„Jeder von uns bringt eine Vergangenheit mit sich - das ist völlig normal", hörte sie sich sagen und hätte sich gleichzeitig am liebsten geohrfeigt, als sie selbst merkte, wie scheinheilig das klang. Es war schließlich nicht so, als wäre sie bisher sonderlich offen gewesen - weder zu Zachary noch zu sonst jemandem in Manyberries. Und das obwohl all diese Menschen sie in ihrer Mitte aufgenommen hatten und so unglaublich freundlich und hilfsbereit gewesen waren, ohne zu wissen, wer sie wirklich war.

„Du hast Recht. Also raus mit der Sprache", murmelte Zach, weiterhin ohne sie anzuschauen.

„Ich lernte Drew kennen, als ich gerade erst von Zuhause ausgezogen war - mit siebzehn oder achtzehn. Ich tat, was alle Männer in diesem Land tun, wenn sie eigentlich noch Schuldbildung nötig hätten, Geld brauchen und einfach viel zu viel Blödsinn im Kopf haben. Ich nahm an einigen Rodeos teil. Doch das Bullenreiten verleidete mir glücklicherweise, bevor ich mich ernsthaft verletzen konnte." Der junge Mann grinste bei der Erinnerung an diese Zeit.

„Mensch, ich war eigentlich ganz schön dämlich. Mit Herden hatte ich nicht allzu viel am Hut, meine Eltern hielten einige Schafe und bewirtschafteten das restliche Land mit Korn - die damals erfolgreichste Methode für Farmer, ihr tägliches Brot zu verdienen. Da ich also kein guter Reiter war, kam ich wenigstens nicht auf die Idee, mich bei Barrelracing oder dem Reiten von Broncos, halbwilden Tieren, zu probieren. Nun, danach nahm ich noch an einigen Holzfäller-Wettbewerben teil und allen anderen Sportarten und Glücksspielen, bei denen Geschick mit der Axt gefragt war. Drew war Krankenschwester - und sie flickte mich zusammen beim bisher einzigen Mal in meinem Leben, dass ich mit der Axt mein Ziel nicht traf. Es war zwischen uns sozusagen Liebe auf den ersten Blick und wir waren fast vom Fleck weg ein Paar." Nun grinste Zach nicht mehr - was immer es war, seine Erinnerung war davon zu getrübt, als dass ihn die Erinnerung an diese Liebesgeschichte hätte aufmuntern können. Madison schwieg und hörte ihm nachdenklich zu.

„Sie brachte mich dazu, mich mit meinen Eltern wieder anzunähern, nachdem ich diesen, wie allem was meine Jugend bedeutet hatte, für Jahre den Rücken gekehrt hatte. Sie zeigte mir, dass meine Leidenschaft für Holz und Äxte zu mehr gut ist, als mich jedes Wochenende bei irgendwelchen Wettbewerben, Rodeos oder anderen Veranstaltungen zum Affen zu machen. Ich begann also ein Studium in Forstwirtschaft und belegte diverse Kurse zur Aufforstung von gerodeten Waldflächen und zum Natur- und Umweltschutz. Vieles davon konnte ich zum Glück ohne Anwesenheit an Unis absolvieren, denn nachdem ich nach Manyberries zurückgekehrt war, zeigte sich schnell, dass die Farm meiner Eltern in einem desolaten Zustand war. Sie hatten es nicht mehr geschafft, diese richtig zu bewirtschaften und auch die finanzielle Lage war mehr als prekär. Bei all dem unterstützte uns Drew wie selbstverständlich. Wir waren eine ganze Weile ein Paar, doch leider fiel mir schon nach einiger Zeit auf, dass ich sie nicht so schätzte und mochte, wie sie mich. Ihr Elternhaus war sehr gut situiert und auch sie profitierte von einem dicken Fonds, der sie definitiv nicht zwang, wirklich viel zu arbeiten und so wurde sie auch zu einer unersetzlichen Hilfe für meine Eltern. Was ich jedoch nie zuließ war, dass sie sich an der Farm beteiligte und so sparte ich mir meinen mageren Lohn vom Mund weg, um ihr den Traum eines Stalles zu erfüllen. Doch tatsächlich kurz bevor das Projekt fertiggestellt war, konfrontierte mich Drew damit, dass sie das Gefühl hatte, ich würde sie nicht genug lieben. Zu diesem Zeitpunkt hätte ich nicht einmal sagen können, ob ich sie überhaupt noch liebte oder nicht. Sie war auf jeden Fall der rettende Engel unserer Familie, arbeitete als Krankenschwester und griff uns gleichzeitig hier unter die Arme. Doch ich studierte, hatte viel daheim zu lernen, versuchte die Ranch in Schuss zu halten und hatte gleichzeitig noch einen Job als Holzfäller. Manchmal fuhr ich zusätzlich heimlich zu Rodeos, während ich auf der Uni hätte sein sollen, weil das Geld hinten und vorne nicht reichte. Schlussendlich brachte mich aber Drews Konfrontation dazu, etwas total Dummes zu machen. Ich fuhr in die Stadt und kaufte einen Ring - einen möglichst günstigen natürlich, aber einen Ring. Ich konnte ihn nicht bezahlen und verpachtete ein Stück des Landes meiner Familie - mit dem Einverständnis meiner Eltern, denn sie schätzten Drew inzwischen wohl mehr als ich. Außerdem denke ich, haben sie insgeheim gehofft, ich würde nach einer Hochzeit zulassen, dass Drew in die Farm investierte und uns damit allen den Arsch retten würde. Ich nehme an, sie haben ebenfalls bemerkt, dass es für mich nicht mehr die große Liebe war und dass ich Zweifel hatte - umso glücklicher waren sie wohl als sie von meinen Heiratsplänen erfuhren. Drew nahm den Antrag natürlich an und pochte auch auf einer baldigen Hochzeit. Ich stellte diesen Stall hier fertig und sie war zufrieden. Während sie sich auf die Suche nach passenden Pferden machte - ihr schwebte wohl eine ganze Zucht vor - fragte ich mich, wie lange es mir gelingen würde, die ganze Fassade aufrecht zu halten." Zach seufzte und stützte den Kopf in die Hand. Er sah so aus, als würde er die Last der damaligen Entscheidungen wieder auf seinen Schultern spüren.

„Schlussendlich kam die Trennung von ihr aus und war besonders für meine Eltern ein großer Schock, während es für mich eine Erleichterung darstellte", fuhr er fort, stockte aber erneut.

„Wieso hat sie sich von dir getrennt? War sie denn nicht glücklich, mit allem, was sie hatte?"

„Anscheinend war Drew einiges weniger dumm, als ich sie einschätzte - irgendwie habe ich ja schließlich ihren Scharfsinn und ihre Intelligenz auch mal an ihr geliebt. Sie spürte trotz Verlobung und glücklicher Fassade, dass die Beziehung für mich nicht so war wie für sie und sprach mich schließlich darauf an. Dazu kam, dass sie bei der Arbeit einen neuen Vorgesetzten hatte - einen jungen Arzt, der sich voller Begeisterung für Ärzte ohne Grenzen einsetzte und seinen nächsten Aufenthalt irgendwo in Afrika plante. Es muss ihm wohl nicht allzu schwer gefallen sein, sie zu umgarnen und sowohl für sich als auch für das Projekt zu gewinnen. Drew hatte wenigstens die Eier, mir davon zu berichten, bevor es zu einer allzu intimen Beziehung zwischen dem Arzt und ihr gekommen war. Und was soll ich sagen - böse sein konnte ich ihr nicht. Auch ich hätte sie vielleicht eines Tages betrogen, wenn ich die Gelegenheit bekommen hätte. Die Bequemlichkeit dieser Beziehung, von der ich und besonders meine Eltern so viel profitierten, aufzugeben, fiel mir schwer, doch ich bin Drew bis heute dankbar, dass sie das übernommen hat. Nur den Verlobungsring, den habe ich nie zurückbekommen, aber das erscheint mir ein kleiner Preis dafür, dass ich sonst vielleicht kopflos in eine Ehe geschlittert wäre, die ich von Anfang an nie wollte."

Nachdem Zach geendet hatte, schwieg Madison für lange Zeit. So lange, dass sie spürte, wie er unter ihr unruhig wurde. Sie lehnte den Kopf an seinen und atmete nun ihrerseits den Geruch seines Haares ein.

„Ich danke dir", murmelte sie leise und spielte mit einer seiner Locken. Auch wenn seine Frisur auf den ersten Blick glatt aussah, kringelten sich seine Haare auf süße Art und Weise, kaum dass sie ein wenig länger waren als normal. Madison gefiel es, dieses kleine Detail an ihm zu entdecken.

„Wofür denn?", hakte er nach und blickte zu ihr hoch. Er sah zumindest ein bisschen verwirrt aus.

„Dass du mir all das anvertraut hast. Ich bin sehr froh, dass ich es weiß, denn zu hören, dass du eine Verlobte erwähnst, hat mich im ersten Moment… nun ja… ein wenig verwirrt..." Sein Blick brachte sie dazu, unsicher zu stottern und sich auszudrücken, als hätte sie gerade erst sprechen gelernt.

„Eifersüchtig?", fragte er mit einem schelmischen Grinsen und zwinkerte ihr zu, als sie den Mund öffnen und protestieren wollte.

„Niemals", lachte sie und kitzelte ihn - ohne Erfolg. Dafür kitzelte er sie zurück und entlockte ihr ein lautes Kreischen. Endlich war die entspannte Stimmung wiederhergestellt, nachdem zuerst der Fahrzeugbrand und dann die Erwähnung der Verlobten diese ein wenig zerstört hatten.

„Sag mal, bist du noch gar nicht hungrig?", wollte Zach wissen. Eigentlich waren sie ja auf einer Hausführung unterwegs gewesen und nun schon seit einer ganzen Weile im Stall hängengeblieben.

„Oh doch, ich könnte ein ganzes Pferd verdrücken", lächelte Madison und tatsächlich fiel ihr erst in diesem Augenblick auf, wie hungrig sie tatsächlich war nach den ganzen Aufregungen. Zudem hatte sie zum Mittagessen mal wieder nur ihren Salat gehabt, also war es definitiv an der Zeit, etwas Richtiges in den Magen zu bekommen.

„Ich werde hinter dem Haus durch auf die Terrasse gehen und du kommst in fünf Minuten nach, aber nimm den Weg durchs Haus, okay?“, bestimmte Zach und machte die junge Frau damit ganz schön neugierig. Sie stimmte seinem Plan zu und erhob sich von seinem Schoß. Er verschwand blitzschnell, während sie noch einmal ihren Blick durch das wunderschöne aber leere Gebäude schweifen ließ. Es war zu schade, dass es seiner Bestimmung nicht gerecht wurde und vielleicht für immer sinnlos herumstehen würde. Auch wenn sie selbst keine besondere Beziehung zu Pferden hatte, brauchte es nicht viel Fantasie um sich das gemütliche Kauen, das Rascheln von Heu und das Scharren von Hufen vorzustellen, das eine leise, aber ständige Geräuschkulisse in diesem süßen kleinen Stall bilden würde. So viele Gedanken flogen durch Madisons Kopf - sie hatte Zach noch nicht einmal von ihrem neuen Laden erzählt, geschweige denn richtig realisiert, dass sie wohl oder übel ein neues Auto würde kaufen müssen. Als sie sich auf den Weg zurück zum Haus machte, knurrte ihr Magen vernehmlich.

„Ich sollte endlich anfangen, genügend Abendessen zu kochen, dass es für den nächsten Tag auch noch reicht. Dieser ewige Salat macht mich noch verrückt“, schimpfte sie leise.

Als sie auf die Veranda hinaustrat, registrierte sie im Vorübergehen den großen Kamin, der ihr zuvor gar nicht aufgefallen war. Er tauchte das Wohnzimmer in einen warmen Widerschein und leuchtete bis auf die Veranda und den kleinen Teich hinaus. Cookie lag auf einem Fell davor, dessen Herkunft Madison im ersten Augenblick nicht definieren konnte. Es hatte langes Haar, in dem der Welpe beinahe versank Der friedliche Anblick ließ ihr das Herz aufgehen und am liebsten hätte sie ihn aufgehoben und geküsst, doch sie wollte auf keinen Fall seinen Schlaf stören. Auf der Veranda erwartete sie dann die nächste Überraschung: Rundum brannten große Finnenkerzen und wiederholten das warme Licht von drinnen. Der angenehme Duft von holzigem Rauch schwebte über der Veranda, ohne dabei zu stark zu sein. Auf einem Holztisch war ein riesiges Tablett mit dutzenden verschiedenen Häppchen angerichtet und die Sektgläser von zuvor standen wieder gefüllt daneben. Zach hatte sich ein frisches Hemd angezogen und kam ihr nun entgegen. Galant half er ihr, sich an den Tisch zu setzen und reichte ihr das Sektglas. Das Klirren der zarten Kristallgläser war das einzige Geräusch, das die nächtliche Stille durchbrach.

„Ich danke dir für die Einladung!" Madison war für einen Augenblick zu sprachlos gewesen, um zu sprechen, doch mit einem Blick in Zacharys Augen sagte sie alles, was sie nicht in Worte fassen konnte.

„Ich habe dich wirklich vermisst, Madison", gestand dieser.

„Hast du all das hier schon vorbereitet, ohne zu wissen, ob ich in ein Date einwilligen würde?", erkundigte sie sich nach einer Weile neugierig. Lachstoasts, getrocknete Forelle, Tomatenspieße, Schinkengipfel, Melonenwürfel, Käsestreifen, die Häppchen waren bunt gemischt und ließen wirklich keine Wünsche übrig. Zach grinste auf ihre Frage hin.

„Das habe ich tatsächlich“, gestand er dann.

„Was hättest du denn gemacht, wenn ich heute schon etwas vorgehabt hätte?“, neckte sie ihn. Er zuckte mit den Schultern.

„Diese Dinger lassen sich auch verdammt gut vor dem Fernseher verdrücken“, lachte er und sie konnte nicht anders, als mit einzustimmen.

Kapitel 20

Madison hatte gefürchtet, dass Grace sich vielleicht nicht ganz so begeistert zeigen würde wie noch am Vortag. Doch sie hatte sich getäuscht und all ihre Befürchtungen lösten sich in Luft auf, kaum dass sie mit ihrer Chefin gesprochen hatte. Auch wenn sie wusste, dass Serenity und Ava ebenso darauf brannten, die Neuigkeiten zu erfahren, hatte sie zuerst mit Grace sprechen wollen, um sicherzugehen, dass ihre Pläne auch für diese in Ordnung waren.

„Und du bist sicher, dass dich das nicht stört?“, hakte sie nach, obwohl die Ältere ihr bereits mindestens drei Mal versichert hatte, wie sehr sie sich freute.

„Nun hör schon auf Madison. Immerhin habe ich dich auf die Idee gebracht und dir dieses Ladenlokal gezeigt. Wenn du mir jetzt noch immer nicht glaubst, dass ich voll und ganz hinter deiner Idee stehe, dann weiß ich auch nicht, wie ich dir das noch beweisen kann. Außerdem hast du in den letzten Wochen und Monaten so viele Überstunden geleistet, dass ich dich eine Weile lang noch bezahlen muss, obwohl du bereits die Straße runter arbeitest.“ Bei den letzten Worten lächelte sie.

„Natürlich kannst du auch jetzt dann dein Pensum reduzieren, wenn du den Laden einrichten möchtest. Allzu oft kann ich allerdings nicht auf dich verzichten, zumindest rund um Thanksgiving nicht“, gestand Grace dann und zum ersten Mal zeigte sich eine Sorgenfalte auf ihrer Stirn.

„Mein Timing ist wohl nicht das Beste?“, fragte Madison zerknirscht, doch ihre Vorgesetzte zerstreute ihre Einwände mit einer zackigen Handbewegung.

„Ach was, für so etwas gibt es kein Richtig oder Falsch“, meinte sie.

„Ich kann auch an den Weihnachtsfeiertagen einspringen. Bestimmt wollen die Leute nicht bis spät Abends Geschenke kaufen und so bleibt mir noch genügend Zeit, dir dann zu helfen“, schlug sie vor.

„Du weißt, dass ich immer zur Verfügung stehe, wenn du mich brauchst.“

„Solange ich auf pünktliche Korblieferungen zählen kann und du versprichst, mir jede neue Idee für Gastgeschenke vorzustellen, sehe ich überhaupt kein Problem. Sollte sich der Laden nicht so entwicklen, wie du dir das vorstellst, können wir uns immer noch überlegen, wie es weitergehen soll. Schließlich gibt es bei mir immer genügend Arbeit und ich weiß nicht, wann ich zum letzten Mal einen Urlaub hatte.“ Madison lächelte erleichtert.

„Ich bin froh, dass du das sagst. Und natürlich werde ich dir immer deine ganz speziellen Körbe liefern - ohne dass du mit wochenlangen Lieferfristen kämpfen musst oder dir gleich einen Jahresvorrat bestellst, nur um sicher zu sein, dass du deinen Gästen jederzeit ein Geschenk aufs Zimmer stellen kannst. Ich bin schließlich gleich nebenan“, versprach sie und meinte es genau so. Sie verdankte Grace so viel und hatte sich immer auf sie verlassen können. Da war es nur gut und recht, wenn sie dies nun so zurückgeben konnte.

„Wann möchtest du den Shop denn eröffnen?“, fragte

Grace nun - Madison zuckte mit den Schultern und lächelte verlegen.

„Da sind noch einige Dinge, die erledigt werden müssen und einige Ideen, die ich gerne umsetzen würde. Zudem brauchen die Regale im Laden ja auch erst ihre Füllung. Ich weiß, dass mein Ziel sehr ehrgeizig ist, aber ich dachte, wenn ich auf Ende November bei dir entbehrlich bin, würde ich mich freuen, die Eröffnung Anfang Dezember zu feiern, damit die Leute den ganzen Advent über Zeit haben, bei mir ihre Geschenke zu kaufen oder anfertigen zu lassen“, erklärte sie.

„Ganz genau habe ich das aber noch nicht geplant, falls es für dich nicht passt“, fügte sie hastig an, doch Grace winkte ab.

„Das klingt nach einem perfekten Plan. Wenn du im Januar eröffnest wirst du ziemlich lange warten müssen, bis das Ganze in Schwung kommt“, meinte sie.

„Das stimmt eben leider und stellt auch ein gewisses Risiko dar. Nur mit einem erfolgreichen Weihnachtsgeschäft kann ich nicht mehrere Monate die Miete bezahlen und meinen eigenen Lebensunterhalt bestreiten - so günstig er auch sein mag!“ Madison spürte wieder die leisen Zweifel an ihrer Idee, die sie in schwachen Momenten zu überkommen drohten.

„Ich würde das nicht so eng sehen, Liebes. Denk doch mal an mich und auch an Mrs Lacroix. Ganz egal ob du mir einen tollen Freundschaftspreis machst oder nicht, das sind immerhin fixe Einnahmen, die nicht zu unterschätzen sind.“ Grace lächelte Madison warmherzig und zuversichtlich an. Diese lächelte schon wieder ein wenig.

„Vielleicht werde ich demnächst mal nach Calgary fahren und bei einigen Hotels dort Probekörbe vorbeibringen. Wer weiß, ob nicht das eine oder andere daran interessiert ist, ebenfalls eine solche Tradition einzuführen wie du es hast. Ich könnte auch andere Gastgeschenke zusammenstellen - Bade-Sets oder so etwas“, meinte sie dann noch. Schließlich waren die Körbe Gracies Merkmal, das diese sicher gerne für sich behalten wollte. Doch anscheinend schien ihre Chefin gar nicht auf die Idee zu kommen, dass es ihrem eigenen Geschäft schadete, wenn Madison diese schönen Geschenke auch an andere Hotels verkaufte.

„Das ist eine sehr gute Idee. Wenn ich jeweils Zeit habe, bin ich immer Februar auf eine große Hotelmesse gefahren - vielleicht gehst du da einfach mit mir mit und wir teilen uns einen Stand, sodass du dort noch mehr Hoteliere und sonstige potenzielle Kunden triffst. Du wirst sehen, bald musst du jemanden anstellen und auch die Kundschaft aus Manyberries wird dir die Türen einrennen“, lächelte Grace.

„Die Messe ist eine gute Idee - ich bin auf jeden Fall dabei. Im Februar werde ich wohl kaum schon Ostersachen verkaufen müssen und einige Tage Abwesenheit werden die Leute verkraften, sofern sie nicht gleich vor den Valentinstag fallen werden“, überlegte Madison. Grace schüttelte den Kopf.

„Der erste wichtige Termin im Jahr, zu dem unglaublich viele Hotelzimmer gebucht werden, ist der Valentinstag. Die Hotelbranche wäre also ziemlich dämlich, ausgerechnet dann eine Messe zu veranstalten“, grinste sie und beruhigte Madison damit.

„Dann bist du also einverstanden, wenn ich bald nicht mehr hier arbeite und die Straße runter den Laden eröffne?“, hakte die junge Frau noch einmal nach. Ihre Chefin kam auf sie zu und tat etwas, was sie noch nie zuvor getan hatte. Sie schloss Madison in eine lange, herzliche Umarmung.

„Ich bin so stolz auf dich Madison. Wo du hierher gekommen bist, habe ich sofort gespürt, dass du Hilfe brauchst. Das ist jetzt so lange her und aus dir ist eine tapfere und starke Frau geworden. Nichts könnte mich mehr erfreuen, als zu beobachten, wie du deinen eigenen Weg gehst. Ich wusste vom ersten Moment an, dass du etwas Besonders bist und dass du viel zu viel drauf hast, um dein Leben lang meine Assistentin zu bleiben. Um dich als Nachfolgerin zu bestimmen bin ich einfach noch viel zu jung, sonst hätte ich das getan - glaub mir. Aber so ist das doch eine wunderschöne Lösung für uns alle“, erklärte sie. Madison spürte, wie ihre Augen zu brennen begannen und sich in ihrer Kehle ein dicker Kloß bildete.

„Danke“, murmelte sie. Es fiel ihr schwer, mehr zu sagen, sie war nie so gesprächig gewesen wie ihre Chefin. Und dennoch hoffte sie, dass diese auch ohne viel Gerede verstand, wie viel es ihr bedeutete, ihren Segen zu diesem großen Plan zu haben. Zu gern hätte sie erklärt, dass Grace die Hauptverantwortliche war, dass sie begonnen hatte, sich in Manyberries heimisch zu fühlen und eine Zukunft dort zu sehen. zu gern hätte sie gesagt, dass diese wie eine Mutter für sie geworden war und dass sie froh war, dass sie im Guten auseinandergingen und dennoch für immer verbunden bleiben würden.

„Wie wäre es, wenn ich heute nach der Arbeit eine

Runde für alle spendiere? Dan kommt nach dem Abendessen sicher alleine klar hier und wenn einer der Gäste einen Extrawunsch hat, sind wir ja nur über die Straße im Pub?", schlug Grace munter vor.

„Dann kannst du auch Serenity und Ava davon berichten. Die beiden brennen sicher schon darauf, zu erfahren wie deine Besichtigung gestern abgelaufen ist - mal abgesehen davon dass bereits die ganze Stadt weiß, dass dein Auto gebrannt hat", lachte Grace. Madison verzog das Gesicht bei der Erinnerung daran. Sie hatte ihr Wrack gesehen, als Zach sie am Morgen vor der Pension abgeladen hatte, doch absichtlich in die andere Richtung geschaut. In diesem Wagen hatte sie sich stets sicher gefühlt und es war nicht richtig, dass jemand gekommen war und ihr dies genommen hatte. Außerdem war dies das Auto gewesen, mit dem sie von den Staaten bis hierher gefahren war, ihr Fluchtauto sozusagen. Dass sie es nun niemals mehr fahren würde, schmerzte mehr, als Madison zugegeben hätte. Sie seufzte.

„Nun gut, dann muss ich wohl dem Abschleppdienst nicht mehr erklären, welchen Wagen er abholen muss", grinste sie und versuchte, sich wieder zu beruhigen.

„Ich denke nicht", stimmte Grace zu und sie mussten beide lachen. Manchmal war es unheimlich, in einer Gesellschaft zu leben, wo jeder über alles und jeden Bescheid wusste, doch es brachte auch den einen oder anderen Vorteil mit.

„Wenn du Zeit brauchst, um ein neues Auto zu finden, dann sags einfach, okay?" Grace wollte noch weitersprechen, doch dann klingelte das Telefon hinter der Rezeption und gleichzeitig kam ein Lieferant an. Madison nickte und lächelte.

„Danke“, formte sie mit den Lippen, während Grace schon den Hörer am Ohr hatte und sie selbst ging, um den Lieferanten zu begrüßen.

Am Abend mit Ava, Serenity und Grace zusammenzusitzen war definitiv eine gute Idee gewesen. Madison hatte schon lange keinen Abend mehr auswärts verbracht, der nicht ein Date oder etwas Ähnliches gewesen war. Dan hatte bereitwillig zugestimmt, in der Pension nach dem Rechten zu schauen und auch Cookie schien nichts dagegen zu haben, mit ihm eine Weile Zeit zu verbringen. Der gutmütige Freund des Hauses hatte auch das Herz des Welpen im Sturm erobert und er musste nicht einmal in der Garderobe schlafen, sondern durfte Dan auf Schritt und Tritt begleiten. Vor den vier Frauen standen gefüllte Sektgläser, in denen das kühle Getränk vor sich hin perlte.

„Auf dich, Madison!“ Grace hob als erstes ihr Glas und sie ließen den Sekt leise aneinanderklirren.

„Auf Madison“, stimmten Ava und Serenity zu, während die Angesprochene gerührt lächelte. So viel Liebe auf einmal hatte sie schon lange nicht mehr erlebt.

„Ich danke euch. Ohne eure Unterstützung und das nervige Drängen hätte ich vielleicht niemals gewagt, diesen Mietvertrag zu unterschreiben“, gestand sie. Kurz zuvor hatte sie von der Besichtigung erzählt und mit leuchtenden Augen erklärt, wie sie sich die Innenausstattung ihres Ladens vorstellte und welche Produkte sie am

Anfang im Sortiment haben wollte. Ihre Ideen waren begeistert aufgenommen oder noch weitergesponnen worden, sodass sie sogar irgendwann im Laufe der Diskussion einen Notizblock aus der Tasche geholt hatte.

„Wir werden sowieso deine Stammkundinnen und jedem einzelnen Gast bei Gracies deinen Laden empfehlen", versprach Ava mit leuchtenden Augen, nachdem sie das Sektglas geleert hatte.

„Aber sag mal, Madison. Du warst gestern Abend schon wieder mit Zachary Felton unterwegs. Kann es sein, dass es in deinem Leben nicht nur in beruflicher Hinsicht schöne Neuigkeiten gibt?" Serenity war selten so offen, doch anscheinend hatte Grace' Gesellschaft auch in ihr ein Gen für guten Klatsch und Tratsch hervorgerufen.

„Ja das würde uns alle interessieren, Liebes", stimmte Ava zu und Grace nickte bekräftigend. Normalerweise war sie die Wortführende bei solchen Verhören, doch anscheinend machten sich ihre Angestellten so gut, dass ihre Einmischung nicht von Nöten war.

„Ich weiß nicht, wovon ihr sprecht, Mädels", tat Madison harmlos. Ihre Chefin lachte laut auf - laut und herzlich. Einige Köpfe drehten sich zu ihnen und Madison spürte, wie ihre Wangen warm wurden und sich mit Sicherheit rot färbten.

„Gestern Abend war er auf jeden Fall mehr als nur ein bisschen besorgt, Schätzchen", lachte Grace. Madison konnte nicht anders, als ein wenig dämlich zu lächeln. Dabei hatte sie noch immer nicht herausgefunden, was sie tatsächlich für Zach fühlen sollte.

„Mein Auto hat gebrannt - schon vergessen?", gab sie

zurück und versuchte, sich gelangweilt zu geben, obwohl beides sie gleichermaßen aufregte: Dass sie ihren Wagen auf diese Art und Weise verloren hatte und was Zach für Gefühlsregungen in ihr auslöste. Definitiv war er ihr nicht gleichgültig und auch wenn er das gewesen wäre, hätte ihr Körper immer noch verräterisch rasch und heftig nur schon auf seine Erwähnung reagiert.

„Stimmt…“, murmelte Ava betreten und das schlechte Gewissen stand ihr ins Gesicht geschrieben, sodass es Madison beinahe leid tat, das Auto erwähnt zu haben.

„Warst du heute auf dem Polizeirevier?“, fragte Serenity mitfühlend. Zach schien für den Moment vergessen. Madison wunderte sich, wie viele Neuigkeiten und wie viel Aufregung es in ihrem Leben gab. In den letzten drei Jahren war sie nicht gewohnt gewesen, dass sie diejenige war, die für Gesprächsstoff sorgte. Bisher hatte sie das anderen überlassen und sich damit ganz wohl gefühlt. Jetzt nickte sie in Serenitys Richtung.

„Sie haben definitiv herausgefunden, dass an dem Motor herumgetüftelt worden ist, aber das Gutachten meiner Garage bescheinigt, dass der Wagen vor wenigen Tagen noch völlig in Ordnung war. Anscheinend wurde irgendetwas so arrangiert, dass der Motor beim Aktivieren der Zündung in Brand geriet. Leider waren viele Teile des Autos zu beschädigt vom Brand und von der anschließenden Löschaktion, sodass nur wenige Fingerabdrücke sichergestellt werden konnten“, erklärte Madison. Sie hatte sich nicht mehr allzu sehr gewundert, von Officer Camden zu erfahren, dass es kein Zufall war, dass ihr Auto abgebrannt war. Und die wenigen Fingerabdrücke hatten gereicht, um ihren Verdacht zu bestätigen.

„Es tut mir so leid, was du seit dem Verlust deines Freundes durchmachen musst“, meinte Ava mit traurigen großen Augen und drückte Madisons Arm. Diese lächelte ein wenig zerstreut.

„Ich hoffe nur, dass die Drecksäcke, die so etwas tun, bald gefasst werden“, fluchte Grace. Manchmal ließ sie durchblicken, dass alles andere als eine Lady in ihr steckte und sie brachte ihre drei Angestellten damit zum Lachen.

„Halb so wild. Immerhin wurde der Brand sofort gelöscht. Ich hätte mir nie verziehen, wenn mein Auto die Pension in Brand gesteckt hätte“, erklärte sie. Tatsächlich schmerzte sie der Verlust des Wagens und sie wusste noch immer nicht genau, wie sie das finanziell lösen sollte, doch es war dabei niemand zu Schaden gekommen und so doch noch alles gut ausgegangen.

Sie saßen noch eine Weile gemütlich zusammen, plauderten über dies und das und schlussendlich war Madison froh, dass die Sprache nicht noch einmal auf Zach kam. Später bummelten sie die Straße wieder zurück zu Gracies, wo Madison ihren Cookie holen wollte. Ava hatte versprochen, sie nach Hause zu fahren, da auch ihre Schichte zu Ende war.

Schon an der Straße kam ihnen Dan entgegen, aufgelöst und so erregt, wie Madison ihn in den letzten drei Jahren noch nie gesehen hatte.

„Was ist passiert?“ Grace, die ihren langjährigen Helfer, Freund und Angestellten am Besten kannte, wusste sofort, dass etwas nicht in Ordnung sein konnte und ihre Stimme klang alarmiert. Auch Madison wunderte sich, konnte doch nicht einmal ein Sturm Dan wirklich aus der

Ruhe bringen.

„Cookie ist weg", berichtete er sofort. Seine Stimme zitterte. Madison schrie leise auf und auch Serenity, Ava und Grace schauten entsetzt drein und begannen sofort zu diskutieren.

„Was ist passiert? Wo hast du ihn zuletzt gesehen?", unterbrach schließlich Grace das aufgeregte Geschnatter. Madison spürte, wie Tränen in ihre Augen stiegen. Der kleine Hund war ihr dermaßen ans Herz gewachsen und bisher hatte sie sich nie Gedanken darüber gemacht, dass er jemals wieder aus ihrem Leben verschwinden würde, nachdem er dieses dermaßen umgekrempelt hatte.

„Ich war mit ihm im Garten. Der ist ja schließlich von einer Hecke umgeben und er hat da geschnüffelt und Pipi gemacht. Mir ist dann aufgefallen, dass eine der Rosen beim Schneiden vergessen gegangen ist und ich habe das kurzerhand mit meinem Taschenmesser nachgeholt. Logisch war das dämlich, schließlich ist es schon dunkel, aber ich war höchstens fünf Minuten beschäftigt. Nun und dann war Cookie weg. Ich habe die Hecke abgesucht und bin natürlich auch gleich von aussen schauen gegangen, ob er sich irgendwo durchgequetscht hat, doch da war nichts. Ich habe ihn gerufen und gerufen und sogar Futter auf die Veranda gestellt, damit er mit seiner Schnüffelnase selbst wieder zurückfindet. Doch er ist seit vierzig Minuten nicht mehr aufgetaucht. Ich habe die gesamte Pension abgesucht - von den Gästezimmern abgesehen!" Dan raufte sich die Haare und so wie seine Frisur aussah, tat er das nicht zum ersten Mal am heutigen Tage.

„Wir suchen ihn alle zusammen. Gab es irgendwelche Probleme mit den Gästen?“ Grace war wie immer die Praktischste von ihnen allen, während Madison das Gefühl hatte, sich kaum bewegen zu können. Sie dachte kurz darüber nach, Zach anzurufen, aber ihr fiel ein, dass er am Morgen erwähnt hatte, dass er wohl über Nacht auf der Arbeit bleiben würde, da sie wieder einmal einige Stunden weg gefahren waren.

„Ein junger Mann ist angereist. Er möchte gerne auf unbestimmte Zeit bleiben. Ich habe ihm ein Zimmer am Ende des Flurs gegeben - er schien mir ein Sonderling zu sein, aber harmlos“, man merkte Dan deutlich an, dass er definitiv andere Sorgen hatte, als die Gäste von Gracies. Seine Chefin hingegen nickte zufrieden.

„Gut“, meinte sie dann.

„Ich habe auch bei dem Officer geklopft - wisst ihr, den aus Calgary. Aber er scheint nicht da zu sein. Sonst hätte er sicher bei der Suche geholfen, er ist doch sonst immer so nett“, Dan tat Madison inzwischen richtig leid.

„Grace hat Recht. Wir suchen alle zusammen. Er wird sicher irgendwo sein, vielleicht in einem Busch hängengeblieben oder so. Zum Glück fahren nicht allzu viele Autos auf der Hauptstraße, sodass er nicht in großer Gefahr ist, von einem Wagen übersehen und verletzt zu werden.“ Madison versuchte, ebenfalls sachlich zu bleiben, doch ihr Herz raste und sie hatte Schweißausbrüche.

„Vielleicht kann noch jemand aus dem Pub ebenfalls helfen. Ava, lauf noch einmal hinüber um zu fragen ob jemand Zeit hat. Ich habe drinnen einige Taschenlampen oder Stirnlampen, für den Fall, dass der Strom ausgeht.

Wir rüsten uns aus und dann werden wir vom Haus aus in jede Richtung suchen“, bestimmte Grace. Madison war froh, dass ihre Chefin das Kommando übernahm.

Die Suche bei der noch drei weitere Bewohner von Manyberries mithalfen, blieb erfolglos. Es war nach Mitternacht, als der Suchtrupp aufgab.

„Wir rufen dich an, sobald wir etwas sehen oder hören. Vielleicht hat sich der Kleine nur irgendwo festgehängt mit dem Halsband und wir hören ihn draußen jaulen“, tröstete Grace. Doch Madison war längst nicht mehr gefasst und entspannt, sondern Tränen strömten über ihr Gesicht und sie war froh, dass Ava sie schließlich nach Hause fuhr, da sie selbst am ganzen Körper zitterte und längst keinen Funken Optimismus mehr in sich finden konnte. Sie machte sich Sorgen, besonders weil die Nächte längst eisig kalt waren und ein kleiner Welpe ohne richtiges Winterfell war da draußen hilflos den Temperaturen und den anderen Gefahren ausgeliefert. Madisons Hoffnung, Cookie lebend wiederzusehen, war verschwindend gering.

Als sie schließlich in ihrem Bett lag, von Ava mit einer warmen Umarmung verabschiedet, schluchzte sie haltlos in ihr Kissen. Ihr stieg Zachs Duft in die Nase, was sie nur noch mehr weinen ließ, weil ihr plötzlich bewusst wurde, wie sehr sie ihn vermisste. Sie bekam sogar Schluckauf, weil sie so sehr weinte und schließlich musste sie aufstehen, um ein Glas Wasser zu trinken. Das Wasser plätscherte nur langsam aus der Leitung, weil der Boden rund um die Hütte bereits gefror. Während sie trank musste sie zwangsläufig mit dem Weinen aufhören und plötzlich drang ihr ein anderes Geräusch ins Ohr. Es klang nach Wolf, aber irgendwie dünner und jämmerlicher. Einen Augenblick lang dachte Madison an einen jungen Kojoten, doch angesichts der Jahreszeit fiel ihr auf, dass die Jahreszeit nicht angemessen für Jungtiere war. Plötzlich kam ihr ein Gedanke und sie griff schneller nach ihrer Winterjacke, als je zuvor. Dabei übersah sie völlig, dass sie noch immer ihre Hausschuhe an den Füßen trug. Draußen fiel leise und sachte ein wenig Schnee - der Waldboden war außer unter den dichtesten Tannen ebenfalls überall schon weiß. Madison folgte rasch dem Geräusch hinter ihre Hütte. Dort - an ihre Kühltruhe gebunden - saß Cookie am Boden und weinte jämmerlich. Er war festgebunden mit einem dicken Seil und ein Karton hing um seinen Hals. Auf den ersten Blick sah das ganz schön schlimm aus, auf den zweiten merkte Madison, dass dieses Stück Karton ihn vielleicht ein bisschen vor dem eisigen Winterwind geschützt hatte.

„Cookie“, schrie sie mit überschlagender Stimme, eilte zu ihm und sank auf die Knie.

„Ach Cookie“, seufzte sie und presste den zitternden Welpen an sich. Die Zunge, mit der er über ihr Gesicht schleckte, war eiskalt. Auch Madisons Herz wurde eiskalt, als sie las, was auf dem Karton stand.

„Sei gewarnt, Hure“, war mit zittrigen Buchstaben darauf geschrieben worden, in roter Farbe, die verschmiert worden war vom Schnee und deswegen den Anschein machte, als ob es sich dabei um Blut handelte. Madison merkte, dass sie selbst begann, am ganzen Körper zu zittern. An ihren Knien war ihre Pijamahose längst vom

Schnee durchnässt und auch ihre Hausschuhe würden sich demnächst im Schnee auflösen. Rasch band sie Cookie los und klemmte ihn sich unter den Arm. Er fiepte nun nur noch leise und es war offensichtlich, wie dankbar er war, endlich an die Wärme zu kommen. Madisons erster Impuls war, das Kartonschild zum Anfeuern zu nutzen, stattdessen fiel ihr im letzten Augenblick ein, dass es wohl von der Polizei als geeignetes Beweißtück angesehen wurde. Sie holte also draußen ein wenig Holz und entzündete in der Küche noch einmal den Herd, um ihre nassen Sachen zu trocknen und gleichzeitig noch mehr Wärme in der Hütte zu erzeugen. Nachdem sie Cookie mit einem Frotteetuch gut abgetrocknet hatte, steckte sie ihn unter die Bettdecke und machte noch eine Wärmflasche. Als das Feuer im Ofen munter prasselte, legte sie sich zu ihm und nahm ihn in den Arm, was er bereitwillig mit sich machen ließ. Seine Nase, seine Ohren und seine Pfötchen waren immer noch eisig und nur langsam tauten die kleinen Eiszapfen, die sich in seinem Fell festgesetzt hatten. Es war offensichtlich, dass dieser kleine Kerl nur um ein Haar dem Tod durch Erfrieren entgangen war.

„Ich bin so froh, dass du wieder bei mir bist." Während sie aufmerksam den schlafenden Hund beobachtete, wählte sie mit dem Satellitentelefon die Nummer von Gracies, um dort Bescheid zu geben, dass Cookie heil aufgefunden war. Dan, der den Anruf entgegennahm war unendlich erleichtert und entschuldigte sich zum wohl tausendsten Mal für seine Unachtsamkeit. Doch Madison wusste, dass er keinerlei Schuld daran trug und sie wusste auch, wer tatsächlich hinter dieser Warnung steckte. Doch vorerst drehte sie den Schlüssel in der Tür ihrer

Hütte, stellte einen Stuhl davor und kuschelte bis zum Einschlafen mit Cookie, der langsam auftaute, aber immer wieder aus Albträumen hochschreckte. Anscheinend hatte auch er nicht so richtig daran geglaubt, die heutige Nacht zu überleben. Irgendwann fielen sie beide in einen tiefen Schlaf.

Kapitel 21

Jeden Tag nach der Arbeit ging Madison nun hinüber um noch einige Stunden am Laden zu arbeiten. Über mangelnde Hilfsangebote konnte sie sich wahrlich nicht beklagen - im Gegenteil. Jeder, der sie kannte und von ihren Plänen erfuhr, bot ihr auf die eine oder andere Weise Hilfe an. Sie lieh sich Dan für einen Nachmittag, als sie beide keine Schicht bei Gracies hatten, um Regale aufzustellen, da das alleine eine große Herausforderung darstellte. Sowohl Serenity als auch Ava hatten ihr versichert, dass sie zwar gerne helfen, aber leider kein handwerkliches Talent mitbringen konnten.

Madison hatte den gesamten Laden schon gestrichen - in einem kitschigen Traum aus Minze und Lavendel, wie Zach scherzhaft meinte, als er zum ersten Mal sah, was sie aus den langweiligen, weißen Wänden gemacht hatte. Einen Augenblick lang hatte sein Scherz sie verunsichert, doch seitdem die weißen Regale da hingen, wusste sie, dass es perfekt war, so wie sie es gewählt hatte. Sogar von Dan kam ein Kompliment zur Gestaltung der Farben und dabei war sie sich sicher, dass er weder der Typ für Minze, noch für Lavendel war. Auch in ihren Geschenkkörben kamen diese beiden Farben oft vor und so war es nur logisch, dass sie sich im Laden wiederholten.

Eine wunderschöne Verkaufstheke hatte Madison auf einem Flohmarkt etwas außerhalb von Medicine Hat gefunden und zu einem Schnäppchenpreis erstanden. Das Möbel war ursprünglich weiß gewesen und nachdem sie es geschliffen und gepflegt hatte, konnte man es in derselben Farbe streichen und zum Schluss sah sie aus wie neu - nur irgendwie besser. Sie war der Blickfang im Laden, zusammen mit dem Teppich, der in einem sehr blassen Minzton gehalten war. Dabei hoffte Madison, dass er nicht allzu schnell dreckig aussehen würde, doch Serenity, die sich mit solchen Sachen erstaunlich gut auskannte, hatte ihr einige Tricks verraten, wie sie es schaffen würde, Dreck und Flecken auch aus dem hellen Teppich herauszubekommen.

Auf dem Speicher von Gracies hatte Madison einige Lampen und andere kleine, barock aussehende Accessoires gefunden und allesamt restauriert und weiß bemalt. Auch die Garderobenständer stammten von Gracies Speicher und so hatte es nicht mehr allzu viel gegeben, das Madison tatsächlich neu hatte kaufen müssen. Auf ihre Frage hin, wie sie sich jemals für all diese großzügigen Gaben und die Hilfe bedanken konnte, hatte Grace nur mit den Schultern gezuckt.

„Du wirst doch jetzt meine Korblieferantin, oder? Außerdem nehme ich nicht an, dass du mir für die paar Schritte die Straße runter Versandkosten berechnen wirst. Also kann ich eigentlich nur gewinnen“, lächelte sie und Madison stimmte ihr zu.

Es gab noch einen Nebenraum beim Laden, der sogar mit einem kleinen Bad ausgestattet war. In diesen Raum stellte Madison einen riesigen Tisch, der fast die gesamte Fläche ausfüllte. Es blieb noch Platz für einen Mini-Kühlschrank, ein kleines Sofa und ein Hundebettchen für Cookie. Mehr brauchte Madison auch nicht, denn hier würde sie vor allem ihre Produkte produzieren und hierher könnte sich Cookie zurückziehen, wenn ihm der Trubel im Laden zuviel wurde. Es gab auch einen Safe für die Einnahmen, falls es einmal spät würde und Madison keine Zeit mehr hatte, zur Sparkasse zu fahren. Dort hatte sie ein Konto eröffnet und mehr als stolz angegeben, dass es sich um ihr eigenes Geschäftskonto handelte.

Ein weiterer Meilenstein war für Madison der Abend gewesen, als Zach in ihrem Laden hereingeschaut hatte. Er hatte vorbehaltslos begeistert reagiert, als sie ihm ihre Pläne eröffnet hatte. Dass auch die Umsetzung davon in seinen Augen Anklang fand, machte Madison umso glücklicher und er hatte ihr seine volle Unterstützung für die Eröffnung zugesichert.

"Wenn meine Süße jetzt Ladenbesitzerin in Manyberries wird, muss ich das schließlich ausnützen und jedem erzählen, wie gut du bist", hatte er versprochen.

Es war noch eine Woche zur Ladeneröffnung hin und Madison hatte am Morgen in ihrem Postfach die bestellten Vorhänge gefunden. Es hatte sie den ganzen Tag über während der Arbeit bei Gracies in den Fingern gejuckt, die wunderschönen Stoffe endlich aufzuhängen und zu sehen, wie sie das Gesamtbild perfektionierten. Zugleich war dies ihr letzter Arbeitstag, den zu feiern sie allerdings verpasste, weil nun wo es auf Weihnachten zuging auch bei Gracies wieder viel los war und deswegen niemand Zeit hatte, mit ihr darauf anzustoßen.

„Wir sehen uns spätestens bei deiner Eröffnung. Und wenn du uns bis dahin vermisst, weißt du ja, wo du uns findest“, hatte Grace gemeint und Dan, Serenity und Ava waren gekommen, um ihr nur das Beste zu wünschen. Vier herzliche Umarmungen später spazierte Madison die Hauptstraße hinunter. Die Vorhänge waren sozusagen der letzte große Schritt, bevor sie am nächsten Tag all die Produkte, die sie daheim hergestellt hatte, mitbringen und in die Regale stellen würde. Die junge Frau war dermaßen aufgeregt und glücklich zugleich, dass sie ein Lied pfiff, während sie den Schlüssel im Schloss drehte und in ihren eigenen Laden trat. Kurz blickte sie sich um und sofort stockte ihr der Atem. Was sie vor sich sah hätte sie sich nicht in einem ihrer schlimmsten Albträume ausmalen können und hätte sie niemals ihrer ärgsten Feindin gewünscht. Der Laden war komplett zerstört. Die Wände waren mit Farbe beschmutzt, die Regale zu Boden gerissen, die Teppiche dreckig und die anderen Möbel wild durcheinander geworfen oder mit der Axt mutwillig zerstört worden. Rasch eilte sie in den Nebenraum, der zwar ein bisschen besser dran war, aber sofort enthüllte, wie diese Katastrophe abgelaufen war, denn hier war das Badezimmerfenster eingeschlagen. Es bestand nun keine Zweifel mehr, wie die Eindringlinge in den Laden gelangt waren. Auf dem riesigen, noch leeren Basteltisch lag ein Blatt Papier.

„Dies ist die letzte Warnung", stand darauf. Die Schrift war Madison nicht bekannt aber das musste sie auch nicht, um zu wissen, von wem die Nachricht und damit auch die Zerstörung stammte. Ohne einen weiteren Blick auf das Desaster zu werfen, durchschritt Madison erneut den Laden und ging zurück zu Gracies. Einen Augenblick lang stand sie vor der Pension, überlegte, ob sie eintreten sollte, aber ging dann weiter die Hauptstraße hinauf und stieß die Tür zur Polizeistation schwungvoll auf. Erst jetzt, als sie Officer Camden und auch Callum Peters gegenüberstand, traten Tränen in ihre Augen, sie zitterte und brachte einen Augenblick lang kein Wort heraus.

„Was ist passiert?“, fragte Callum sofort alarmiert.

„Miss?“ Auch Officer Camden kam um seinen Schreibtisch herum und führte sie mit sanftem Griff am Arm zu einem Stuhl. Sofort wurde ihr ein Glas Wasser gereicht.

„Mein Laden“, stieß sie schließlich hervor und es dauerte einen Augenblick, bis die beiden schalteten. Mit keinem von ihnen hatte sie bisher über ihre neue Selbständigkeit gesprochen, doch das Projekt hatte sich in Manyberries natürlich herumgesprochen.

„Was ist mit deinem Laden?“, fragte Officer Camden verwirrt.

„Er ist… zerstört“, murmelte Madison, die sich vorkam, als wäre sie in einem bösen Traum gefangen, aus dem zu erwachen ihr einfach nicht gelingen wollte. Der Polizist hingegen zögerte nicht lange, fragte auch nicht weiter, sondern bot via Funkgerät einen Kollegen auf und verließ dann den Polizeiposten. Zurück blieben Madison und Callum - letzterer schien nicht zu wissen, ob er sich nun dem lokalen Polizisten anschließen oder doch eher bei Madison bleiben sollte.

„Was ist denn zerstört im Laden? Hast du es soeben entdeckt? Es tut mir leid, dass ich bisher noch nicht vorbeigekommen bin um mir deinen Laden anzusehen, aber ich hatte einfach enorm viel Arbeit mit diesem Fall, der ja immer noch nicht aufgeklärt ist“, erklärte Callum und setzte sich neben Madison. Als er sah, dass sie ihr Wasserglas geleert hatte, sprang er sofort wieder auf und ging, um es zu füllen. Wieder zurück bei ihr griff er nach Madisons Hand.

„Es waren sie…“, murmelte diese, noch immer völlig unter Schock.

„Wer war es?“, hakte Callum nach, verstand anscheinend nicht ganz, was die junge Frau ihm sagen wollte.

„Die Mörder. Sie haben meinen Laden zerstört“, erklärte sie.

Callum schlug die Hand vor den Mund und schüttelte den Kopf. Es war offensichtlich, dass er keine Ahnung hatte, wie er auf diese Eröffnung reagieren sollte. Er ging nach hinten und telefonierte, doch schon nach wenigen Augenblicken war er wieder bei Madison.

„Das tut mir so leid, Madison. Ich weiß wie viel Zeit du invesiert hast, um aus diesem Laden deinen Traum zu verwirklichen. Es ist nicht richtig, dass jemand daher kommt und das alles kaputt macht.“ Die junge Frau wusste nicht, was sie mit dieser Ankündigung anfangen sollte.

„Weißt du, ich habs satt, das zu hören. Immer wieder geht irgendetwas in meinem Leben so dermaßen schief und das nur, weil ich zufällig mit jemandem bekannt war, der es sich zum Ziel gemacht hat, mein Leben zu zerstören und mich auszusaugen wie ein Vampir. Denkst du es interessiert mich, wieso diese Typen noch immer nicht gefasst sind oder wieso sie denken, mich dermaßen terrorisieren zu können? Das einzige was mich interessiert ist, dass es endlich aufhört - diese Drohungen und diese Angriffe. Ich schlafe noch nicht einmal mehr richtig und manchmal denke ich über ein One-Way-Ticket nach Hawaii nach", schrie sie wütend und erhob sich, um all ihre negativen Gefühle herauszulassen. Callum stand ihr gegenüber und machte ein Gesicht, als hätte er keine Ahnung, was er mit ihrem Wutausbruch anfangen sollte.

„Es tut mir leid Madison", entgegnete er, die Hände hilflos links und rechts vom Körper hinunter hängend, ohne dass er wirklich etwas hätte unternehmen können. Als ihr eine dicke Träne über die Wange kullerte, trat er einen Schritt auf sie zu und umfasste ihre Schultern mit den Händen. Langsam zog er sie näher zu sich.

„Es tut mir so leid und ich fühle mich so schuldig an deinem Elend. Bitte lass mich dich beschützen, Madison." Als sie keinen Widerstand zeigte, zog er sie noch näher zu sich und senkte langsam seine Lippen auf die ihren. Einen Augenblick lang rührte sich keiner von ihnen, bis Callum begann, sie sachte zu küssen. Es dauerte einen Augenblick, bis Madison sich im Klaren war, was sie wollte - und das war es nicht. Sanft aber bestimmt löste sie sich von ihm.

„Verzeih mir, Callum", murmelte sie dann und zog sich noch ein wenig weiter von ihm zurück.

„Was denn?", fragte er irritiert und musterte sie mit hochgezogener Augenbraue.

„Bitte, schau mich nicht so an", bat sie und blickte zu Boden, um seinem verständnislosen Blick nicht länger begegnen zu müssen.

„Diese ganze Situation - das ist alles zuviel für mich. Ich weiß, dass die Sache mit uns so schön angefangen hat. Ich habe jedes unserer Dates total genossen, aber auf

Dauer ist mir einfach klar geworden, dass du derjenige bist, der aufzuklären hat, wer meinen Exfreund umgebracht hat und sich seitdem einredet, auch mein Leben zerstören zu müssen. Dass wir zusammen sind, macht einfach keinen Sinn. Abgesehen davon ist mir während der Zeit in der ich darüber nachgedacht habe, noch jemand anderes begegnet. Es tut mir so leid!"

Bei den letzten Worten schluchzte die junge Frau leise. Der Anblick, den sie im Laden angetroffen hatte, wollte ihr nicht aus dem Kopf gehen.

Plötzlich spürte sie Callums starke Arme um sich. Sanft hielt er sie fest und drückte sie an sich. Diese Geste hatte nichts zweideutiges, sondern fühlte sich warm und freundschaftlich an. Stumm ließ Madison den Kopf an seine Schulter sinken.

„Es ist okay, Madison. Unsere Begegnung stand wahrlich nie unter einem guten Stern. Ich hatte zwar die Hoffnung bis zuletzt nicht aufgegeben, aber du hast Recht, wenn du sagst, dass wir beide uns auf unseren Job konzentrieren sollten. Schließlich bin ich deswegen aus Calgary hergekommen und nicht um eine Frau fürs Leben zu finden, auch wenn du meiner Vorstellung davon sehr nahe gekommen bist. Ich werde trotzdem alles tun, um deine Sicherheit zu gewährleisten." Als Madison zu ihm aufschaute, schenkte er ihr ein ermunterndes Lächeln.
In diesem Augenblick ging die Tür zur Polizeistation auf und eine leise Klingel deutete einen neuen Besucher an. Madison und Callum lösten sich voneinander. Sie griff nach ihrem Wasserglas, während er die paar Schritte zum Eingang hinüberging, um den Neuankömmling zu bedienen. Madison hob den Kopf und blickte direkt in Zachs

enttäuschtes Gesicht. Seine Blicke flogen zwischen Callum und ihr hin und her und schließlich machte er auf dem Absatz kehrt und rauschte wortlos hinaus. Madison verbarg das Gesicht in den Händen und seufzte tief. Sie wusste genau, was Zach dachte, gesehen zu haben und es erschien ihr wie eine weitere Ohrfeige des Schicksals, dass er anscheinend nicht bereit war, ihr zuzuhören und stattdessen wortlos davonging und sie verdächtigte.

„Scheiße", murmelte Callum, der die Situation anscheinend recht schnell erfasst hatte.

„Das kannst du laut sagen", entgegnete sie und atmete noch zwei Mal tief durch. Dann stand sie auf und ging hinaus. Irgendwann musste sie sich schließlich ihrem Schicksal stellen und sie war noch immer fest entschlossen in wenigen Tagen ihren Laden zu eröffnen. Doch um das Wirklichkeit werden zu lassen, lag noch eine Menge Arbeit vor ihr.

Kapitel 22

Ganz Manyberries kam, um zu helfen. Einige der Gesichter, die am nächsten Morgen vor ihrem Laden standen, hatte Madison zwar schon auf dem kleinen Wochenmarkt getroffen, konnte aber nicht einmal Namen dazu zuordnen. Nichts desto trotz genoss sie das Gefühl der Zusammengehörigkeit, welches sich bei diesem Anblick in ihrem Bauch ausbreitete. Werkzeug und Farbe stand noch bereit im Laden, doch einige der schönen Wandregale, die sie gemeinsam mit Dan angebracht hatte, musste sie nun nachkaufen, da sie nicht mehr genügend davon hatte. Ein ums andere Mal dankte sie Gott dafür, dass der Laden noch nicht eingerichtet gewesen war. Bei ihr daheim in der kleinen Hütte warteten stapelweise Kisten darauf, von ihr endlich in die Stadt gebracht und den potenziellen Käufern gezeigt zu werden.

Diese ganzen Produkte, die sie jeweils bis spät in die Nacht hinein angefertigt hatten, waren nicht dem Zorn ihrer Peiniger zu Opfer gefallen, sodass noch die Chance bestand, den Laden dennoch rechtzeitig fertig zu bekommen und zu füllen. Ähnlich wie auf der Farm von der Familie Tanner, nach dem großen Herbststurm waren auch diesmal die richtigen Leute gekommen. Gracie brachte gemeinsam mit Serenity und Ava Sandwiches und große Thermoskannen mit Tee oder Kaffee, während Dan und sein Bruder, Officer Camden, sowie ein paar weitere starke Männer da waren, um neue Regale zu zimmern. Weitere hilfreiche Hände waren damit beschäftigt, die

Wände neu zu streichen - zum Glück hatte Madison genügend Farbe gekauft und so musste diese nicht mühsam in Medicine Hat geholt werden. Madison hatte immerhin fast eine Stunde lang mit dem Experten im Bauhaus daran getüftelt, die richtigen Farbtöne zu mischen und eine kleine Abweichung hätte sich von den unversehrten Stellen unschön abgehoben.

Madison stand mitten in dem ganzen Gewusel von dutzenden helfenden Händen und beobachtete, wie innert achtundvierzig Stunden aus der Hölle wieder der Laden entstand, den sie sich vorgestellt hatte. Wie ein Phoenix aus der Asche wurde er noch schöner als zuvor und genau das war es, was sie schließlich trotz allem wieder optimistisch stimmte und darauf hoffen ließ, dass ihr Traum einer reibungslosen Eröffnung dennoch wahr werden konnte. Gemeinsam schrubbten sie zum Schluss die Fenster und den verschmutzten Teppich, von dem die junge Frau geglaubt hatte, ihn nie wieder retten zu können. Tatsächlich roch der ganze Ladenraum danach sehr steril nach den verwendeten Reinigungsmitteln, doch der Teppich, den Madison extra seiner hellen, freundlichen Farbe wegen ausgewählt hatte, glänzte wieder wie neu. Sie ließ sich von Grace, die die Putzsachen von der Pension gebracht hatte, eine Flasche des Teppichreinigers abfüllen, da sie sich sicher war, diese Grundreinigung wohl mehr als einmal machen zu müssen, wenn die Leute im Winter von den dreckigen Straßen in den Laden traten und vergaßen, die Schuhe abzuwischen.

„Platten hätten auch ihren Zweck getan", meinte Grace etwas skeptisch, doch Madison schüttelte den Kopf.

„Ich wollte, dass jeder Kunde, der hier hinein kommt,

sich fühlt, als wäre er Zuhause. Das geht nicht mit kalten Platten. Der Teppich soll ein wenig unter den Füßen federn und das Gesamtbild abrunden. Nur dann kann man sich genügend Zeit nehmen, die richtigen Geschenke auszuwählen oder vielleicht sogar etwas Eigenes zu entwerfen. Wer friert oder das Gefühl hat, irgendwo in einer Markthalle zu sein, wird nicht Platz nehmen und sich einen Kaffee einschenken lassen." Die ältere Frau nickte anerkennend, nachdem sie einen Augenblick lang nachgedacht hatte.

„Eigentlich hast du Recht. Mehr als Recht. Du bist gut, Schätzchen", lachte sie dann. Madison grinste und freute sich mehr über das Kompliment, als sie zugegeben hätte. Grace war nicht nur in den letzten drei Jahren ihre Chefin gewesen, sie war auch zu einer guten, mütterlichen Freundin geworden, der sich Madison in den vergangenen Wochen mehr als einmal anvertraut hatte.

Die Eröffnung rückte so schnell näher, dass Madison kaum mehr dazu kam, noch ein zweites Mal auf dem Polizeirevier vorbei zu gehen. Da Callum sie am Abend zuvor im Laden besuchte, war sie dennoch informiert, dass noch immer nichts gegangen war in Sachen der Täter. Diese waren weiterhin unauffindbar und anscheinend wartete man nur darauf, dass sie ein nächstes Mal zuschlugen. Dies zu hören war nicht unbedingt in Madisons Sinne und trug auch nicht dazu bei, ihr Gemüt ein wenig zu beruhigen.

„Was ist eigentlich mit Zach passiert? Habt ihr euch aussprechen können?", fragte Callum bei dieser Gelegenheit. Noch immer erschien es Madison seltsam, dass ausgerechnet er derjenige war, der Bescheid wusste dass und warum sie und Zachary Felton seit besagtem Tag nicht mehr miteinander gesprochen hatten. Auch jetzt schüttelte sie bedauernd den Kopf.

„Er soll morgen auf Cookie aufpassen - also werden wir uns zwangsläufig sehen. In meinen Augen ist das aber nicht unbedingt ein Schritt aufeinander zu - wenn du weißt, wie ich meine", erzählte sie bedrückt und schüttelte mehrmals den Kopf. Auch Callum blickte nicht allzu zuversichtlich drein.

„Es tut mir so leid, dass sich dieses Missverständnis zwischen euch gebildet hat. Wenn ich irgendetwas tun könnte, um es zu beseitigen, würde ich das sofort tun", erklärte er dann.

Madison nickte und legte ihm die Hand auf den Arm. Inzwischen fühlte es sich überhaupt nicht mehr so an, als ob zwischen ihnen irgendwelche Spannung existieren würde. Viel mehr war Callum zu einem Freund geworden - jemandem, dem sie sich gerne anvertraute.

„Ich weiß Callum. Es ist vielleicht auch ganz alleine meine Schuld. Wegen allem was in meiner Vergangenheit passiert ist, fällt es mir so schwer, mich näher auf andere Menschen einzulassen. Und anstatt mit Zach darüber zu sprechen oder vielleicht eines Tages meinen Mut zusammenzukratzen und die Wahrheit auf den Tisch zu legen, habe ich ihn hängen gelassen, wo er mir jederzeit zur Seite gestanden ist", erklärte sie voller Schuldgefühle. Callum konnte nicht allzu viel entgegnen, außer einiger tröstenden Worte. Insgeheim wussten sie beide, dass Madison Recht hatte.

„Das renkt sich sicher irgendwie wieder ein. Schließlich seid ihr beide erwachsene Menschen und so wie ich das sehe, passt ihr ganz gut zusammen. Dies alles wegzuwerfen nur wegen einer falsch interpretierten Situation, wäre zu schade, meinst du nicht?“ Callum sah zuversichtlicher aus als Madison sich fühlte - einiges zuversichtlicher.

„Hm, wenn du meinst“, entgegnete sie bloß immer noch ein wenig verunsichert.

„Wenn er plötzlich keine Lust hat auf Cookie aufzupassen oder es dir unangenehm ist, deinen Kleinen bei ihm abzuliefern, dann bring ihn einfach auf dem Polizeirevier vorbei - wir sind schon Schlimmerem begegnet als einem nicht ganz stubenreinen Welpen. Aber ich denke, dass Cookie eine gute Ausrede sein wird, damit du und Zach euch in Ruhe unterhalten könnt“, meinte Callum, bevor er wieder zu seiner Arbeit zurückkehrte.

In der letzten Nacht vor der Eröffnung tat Madison kaum ein Auge zu, kuschelte stundenlang mit ihrem kleinen Hund, bevor es tatsächlich so weit war, ihn im Morgengrauen bei Zach abzuliefern. Dieser öffnete im Trainingsanzug die Tür und machte trotz dampfender Kaffeetasse in der Hand nicht unbedingt den Eindruck, als wäre er auf ein Gespräch aus. Madison beschloss, ihr Glück am Abend zu versuchen, wenn sie selbst auch nicht mehr so unglaublich aufgeregt war, dass sie das Gefühl hatte, demnächst umzukippen.

„Danke fürs Aufpassen“, murmelte sie, ehe sie sich wieder umdrehte. Etwas enttäuschend kühl war ihre

Begegnung schon verlaufen, sodass sie der meiste Mut, der mehrheitlich von der Vorfreude kam, längst wieder verlassen hatte.

„Madison?“ Ehe sie bei ihrem Wagen angelangt war, rief Zach sie mit leiser Stimme. Langsam drehte sie sich um. Wie er ihren Namen ausgesprochen hatte, klang nicht unfreundlich.

„Viel Erfolg heute“, meinte er, als sich ihre Blicke begegneten. Sie nickte.

„Danke!“ Es kam sehr leise raus, weil in ihrer Kehle ein dicker Frosch festzustecken schien, doch er lächelte kurz und machte den Anschein, sie verstanden zu haben.

Im Laden angelangt wurde es erst langsam hell draußen. Sie war viel zu früh, doch das gab ihr die Gelegenheit, noch einmal das komplexe Kassensystem zu testen und die Produkte in ihren Regalen zu betrachten und ein wenig hin- und her zu rücken, ohne dass einer ihrer Handgriffe tatsächlich Sinn gemacht hätte. Tatsächlich vermisste sie Cookie jetzt schon ein bisschen – in den Tagen während sie den Laden eingerichtet hatte und mit den Renovationsarbeiten beschäftigt gewesen war, hatten sie sich keine Sekunde lang voneinander getrennt. Nun wusste sie zwar, dass er bei Zach am richtigen Ort war und sie konnte sich keinen besseren oder fürsorglicheren Hundesitter vorstellen und dennoch fehlte der quirlige Welpe.

Madison war soeben im kleinen Hinterstübchen, als die Türklingel einen Besucher ankündigte. Sie hatte, nachdem sie selbst in den Laden gekommen war, gar nicht mehr abgeschlossen und blickte jetzt erstaunt auf die Uhr.

Es war zwar noch fünfzehn Minuten zu früh, doch Madison machte für ihre Kundschaft keinen Unterschied und setzte ihr freundlichstes Lächeln auf. Dieses legte sie von nun an keine Sekunde mehr ab. Die Klingel stand kaum einmal still und als Grace hinüberkam, um ihrer ehemaligen Angestellten beim Kochen von Unmengen Kaffee zu helfen, war Madison mehr als nur erleichtert. Ihre Kehle war längst wundgescheuert vom vielen Erklären, Zeigen und besonders vom Entgegennehmen von Komplimenten. Hatte sie geglaubt, dass bereits viele Leute gekommen waren, um beim Wiederaufbau des Ladens zu helfen, entdeckte sie jetzt, dass Manyberries noch viel mehr Einwohner hatte, als sie jemals gesehen hatte. Die meisten waren schon mindestens einmal beim Morgenkaffee bei Gracies gewesen, aber anscheinend hatten auch Leute aus Medicine Hat ihr Zeitungsinserat gelesen oder einen der Flyer in die Finger bekommen, die besonders Grace fleißig verteilt hatte. Diese hatte ihr auch vorgeschlagen, eine kleine Nachricht in ihre Geschenkkörbe zu legen und als Madison dies auch ihrer Großkundin aus Calgary vorgeschlagen hatte, war diese ebenfalls Feuer und Flamme für die Idee gewesen. Eine kleine, sehr dezent angebrachte Nachricht hatte so in über hundert Körben für den heutigen Tag eingeladen und anhand der vielen unbekannten Gesichter erschien es Madison, als wäre diese Aktion tatsächlich erfolgreich gewesen.

Sie merkte kaum wie ihre Füße schmerzten und ihre Wangen vom ewigen Lächeln langsam aber sicher steif wurden. Sie nahm Bestellungen auf und verkaufte beinahe das ganze Sortiment ihres Ladens. Da sie glücklicherweise auf den Rat von verschiedenen Menschen aus ihrem Umfeld einen Samstag ausgewählt hatte. So hatten zwar eine unglaubliche Menge an Menschen tatsächlich Zeit, den Eröffnungstag zu nutzen und Madisons Laden fast leer zu kaufen, aber gleichzeitig würde ihr der Sonntag bleiben, um neue Produkte herzustellen und den Laden wieder ein wenig aufzuräumen. Madison hatte beschlossen, den Advent über den Laden ganztags geöffnet zu lassen und hoffte darauf, in den weniger gut besuchten Stunden auch im Hinterstübchen das eine oder andere Geschenk herstellen zu können. Im Januar dann hieß es, wieder an den großen Bestellungen für Grace und Mrs Lacroix zu arbeiten, damit sie ihre Liefertermine einhalten konnte. Deswegen würde sie den Laden an einem Morgen und einem Nachmittag in der Woche geschlossen lassen um auch stets ein frisches Sortiment garantieren zu können. Erstmal aber war dies alles Zukunftsmusik und Madison hoffte einfach, dass ihre Füße diesen Tag überstehen würden. Die Uhr schien nur so zu rasen und schon bald begann es wieder, draußen zu dämmern. Währenddessen hatte Madison außer einem Becher Glühwein und einigen Weihnachtskeksen nicht einen Happen zu sich genommen, ohne zu merken, wie rasch der Tag verflogen war. Sie musste nicht auf ihre Bestellzettel und in ihre Kasse schauen um zu wissen, dass sie einen mehr als erfolgreichen Start hingelegt hatte. Zudem hatten viele Kunden ihr versichert, in der Adventszeit noch einmal vorbeizuschauen, um in aller Ruhe ohne den Rummel der Eröffnung ihre Einkäufe zu tätigen und Geschenke für ihre Liebsten auszusuchen. Besser hätte es also gar nicht laufen können und Madison war unendlich erleichtert und froh, als sich die Ladentür hinter dem letzten Besucher schloss.

Kapitel 23

Am Abend nach der Ladeneröffnung stand Madison hinter der Theke, starrte in ihre Kasse und während sie sich den schmerzenden Rücken rieb, konnte sie nicht verhindern, dass eine Welle des Stolzes sie durchflutete. Es war nicht alleine das Geld, das sie so glücklich zurückließ - nein all die Sympathiebekundungen, all die Liebe, die ihr entgegen geschwappt war und gezeigt hatte, dass sie in Manyberries am richtigen Ort war, das ließ in ihr eine Wärme auflodern, die auch von der schönen Weihnachtsbeleuchtung nicht getoppt werden konnte.

Auch wenn sie noch nicht gezählt hatte, was sich nun in ihrer Kasse befand, sie wusste, dass es weit mehr war, als sie hatte erwarten können. Ein Blick in die halb leeren Regale genügte, um zu zeigen, dass die gesamte Stadtbevölkerung eingekauft hatte und das nicht gerade sparsam. Madison würde am kommenden Tag alle Hände voll zu tun haben, wieder aufzufüllen um das Weihnachtsgeschäft nicht ins Stocken zu bringen. Viele Leute, die heute einfach nur ein oder zwei Stücke gekauft hatten, waren mit dem Versprechen gegangen, all ihre Geschenke bei Madison zu suchen. Zudem waren auch zwei Frauen da gewesen, die in Medicine Hat auf einer Ranch ein Bed and Breakfast führten. Sie waren so begeistert gewesen von den Gastgeschenken, dass sie für die kommende Woche einen Termin ausgemacht hatten, um sich beraten zu lassen. Für diese Besprechung würde Madison sich noch einige Besonderheiten einfallen lassen, damit sie diesen

Auftrag - eine weitere langfristige Einnahmequelle – auch ganz sicher erhielt.

Madison hatte soeben beschlossen, dass sie nur die Kasse einstecken und den Rest des Ladens morgen früh aufräumen würde. Es fiel ihr von der Arbeit bei Gracies her nicht allzu schwer, pünktlich aufzustehen und loszulegen, aber heute schmerzten nicht nur all ihre Wirbel, sondern auch die Füße fühlten sich in den ungewohnten Pumps alles andere als wohl.

„Ich brauche eine warme Dusche und eine Tasse Tee im Bett", murmelte sie zu sich selbst. Zum Glück hatte Zach angeboten, an diesem speziellen Tag auf Cookie aufzupassen und sie würde ihn später bei ihm abholen. Der Kleine sollte auf jeden Fall das Maskottchen ihres Ladens werden, doch Madison wusste, dass er am heutigen Tage eindeutig zu kurz gekommen wäre. Er hatte hinter der Ladentheke bereits ein Körbchen mit Kissen bekommen. Jetzt freute sie sich sehr auf den Kleinen. Sie nahm ihren Mantel von der wunderschönen, weißen Garderobe mit den Blumenverzierungen, als sie das leise Klingeln der Ladentür hörte. Sie runzelte sie Stirn. Eigentlich hatte sie gedacht, die Tür nach dem letzten Kunden abgeschlossen zu haben, doch anscheinend war dies nicht der Fall. Nun, es würde entweder Grace sein, die sich Sorgen machte und noch einmal nach ihr schauen wollte oder Zach, der das Licht im Vorbeigehen gesehen hatte und sie deswegen vielleicht abholen wollte. Madison trat aus dem Hinterzimmer auf die Ladenfläche hinaus – und erstarrte.

Dort, seltsam surreal im Licht der Weihnachtsbeleuchtung, standen die Mörder von Joey, einer ekliger und unheimlicher als der andere.

„Na, wolltest du schon Feierabend machen?“, fragte der eine, der auch bei ihren bisherigen Begegnungen stets der Wortführer gewesen war.

Madison nickte.

„Der Laden ist geschlossen“, verkündete sie und versuchte, das Zittern in ihrer Stimme so gut wie möglich zu verbergen.

„Ach was, zier dich nicht Mädchen. Du weißt ganz genau, weshalb wir hier sind und wie ich sehe, hast du das Geld schon bereitgelegt für uns!“ Er deutete auf die Kasse, die gut sichtbar neben dem Eingang platziert war. Doch Madison wusste auch ohne nachzuzählen, dass dies ihre Gier und ihren Hunger nicht stillen würde.

„Das ist nicht für euch“, erklärte sie, auch wenn ihr Herz bis zum Hals schlug. Sie hatte Angst, unglaubliche Angst und sie war komplett alleine, was ihr mehr als bewusst war.

„Oh, die Warnsignale waren wohl nicht deutlich genug. Ich hab euch doch gesagt, wir hätten ihren Hund abschlachten sollen, Jungs“, spottete der eine. Auch wenn sie alle die schäbigsten, amüsiertesten Grimaßen zur Schau stellten, wusste die junge Frau ganz genau, das hier war kein Spiel. Eine Gänsehaut breitete sich über ihren Körper aus, ihre Nackenhaare stellten sich auf - zumindest fühlte es sich so an. Unauffällig blickte sich Madison in dem Laden um, doch es gab beim besten Willen nichts, das ihr als Waffe zur Verteidigung geeignet erschien.
Vor ihrem inneren Auge zogen all die Schrecken und all die Rückschläge vorbei, die sie wegen diesen drei Män-

nern hatte erleiden müssen. Der Tierkadaver nach dem Sturm, das ausgebrannte Auto, der verwüstete Laden und Cookies Verschwinden. Die Männer hatten eigentlich Recht. Das war mehr als genug und sie hatte nicht zum ersten Mal gedacht, dass es einfacher gewesen wäre, zur Bank zu gehen und sich einen Kredit über die geforderte Summe zu besorgen. Doch stattdessen hatte sie diesen Laden eröffnet und nun immerhin einen wunderschönen Tag damit verbringen können.

„Verschwindet aus meinem Laden oder ich rufe die Polizei. Und taucht nie wieder hier auf, nicht in Manyberries und nicht in meinem Leben, habt ihr verstanden?“, Madison fühlte sich nicht halb so tough wie sie sich anhörte, doch sie musste diese Sache jetzt durchziehen, wenn sie ernsthaft auf die Chance hoffte, ohne diesen ständigen Albtraum im Hinterkopf leben zu können.

„Hört, hört“, spottete der dritte, der sich bisher nur höchst selten zu Wort gemeldet hatte.

Madison griff in ihre Manteltasche und nach dem Telefon, das sie dort bereits eingesteckt hatte.

„Oh nein, Kleines. Wir spielen hier nach unseren Regeln, also keine Telefone, kein Geschrei, gar nichts, okay? Wenn du Glück hast ergeht es dir dann nicht ganz so elend wie deinem kleinen Freund aus Portland, der dir dies alles hier eingebrockt hat“, erklärte der Wortführer.

Madison ließ sich nicht beirren. Mit fliegenden Fingern suchte sie nach Callums Kontakt in ihrem Handy, nachdem es ihr zuerst vor lauter Zittern kaum gelungen war, das Teil zu entsperren. Sie drückte soeben auf den grünen Hörer, als ein Schuss durch den Laden peitschte.

Madison konnte nicht anders, sie kreischte laut auf und ließ das Handy fallen. Mit einem hässlichen Geräusch fiel es aufs Display, das wohl zersprang beim Aufprall, doch das Klingeln in ihren Ohren, das vom Schuss kam, übertönte jedes andere Geräusch. Sie war wie betäubt, sodass sie sich auch nicht richtig wehren konnte, als zwei der Ganoven auf sie zutraten und ihr die Hände auf den Rücken drückten.

„So, und nun zeigst du uns, wo der Hintereingang ist. Ohne weitere Mätzchen, okay?" Madison spürte plötzlich den Lauf einer Pistole zwischen ihren Schulterblättern.

„Wenn du brav bist lassen wir dich vielleicht wieder gehen, wenn wir das Geld haben und unseren Spaß mit dir gehabt haben", erklärte der zweite, welche von allen der wohl Schmierigste war. Wer von ihnen den Wettbewerb um den miesesten Geruch gewonnen hätte, konnte Madison nicht sagen. In Kombination von allen drei war es ihr beinahe nicht möglich, zu atmen, zumal ihr Angst die Kehle zuschnürte.

„Nimm die Kasse mit", wies einer den anderen an, woraufhin die Pistole an ihrem Rücken verschwand und sie kurz darauf das Klimpern von Geld in einer metallenen Dose hörte. Nun, vielleicht blieb es ihr nun erspart, die Tageseinnahmen zählen zu müssen, da diese Kerle das auf jeden Fall übernehmen würden. Ebenfalls würde es ihr wohl erspart bleiben, das Geld auf ihr neu eröffnetes Geschäftskonto einzahlen zu dürfen, denn wenn diese Kerle fertig waren, würde wohl nicht mehr allzu viel übrig bleiben, das sich einzahlen ließ. Gehorsam öffnete sie die Hintertüre und entdeckte da ein wartendes, dunkles Auto mit getönten Scheiben. Anscheinend waren das nicht einfach irgendwelche dahergelaufenen Typen, die mal eben beschlossen hatten, eine junge Frau zu entführen. Eher schien es Madison, als wären sie gut vorbereitet, zu gut vorbereitet. Wenn ihr Plan bisher irgendeine Schwachstelle gehabt hatte, dann war ihr das nicht aufgefallen. Sie blieb dennoch wachsam, nachdem der erste Schock langsam Ärger wich. Wenn es eine Gelegenheit geben würde, zu entkommen, dann galt es, keine Sekunde zu zögern und diese zu nutzen.

Doch anstatt Fluchtgelegenheiten bekam sie einen harten Stoß in den Rücken und landete damit im Fond des Wagens. Hinter ihr wurde die Tür zugeknallt und prallte unsanft gegen ihren Knöchel. Da es sich um einen Geländewagen handelte, stiegen all ihre drei Peiniger vorne ein und sie lag alleine auf der Rückbank. Der Motor wurde gestartet und röchelte ein wenig, sodass die junge Frau kurzzeitig die Hoffnung hegte, er würde die drei Entführer im Stich lassen. Doch dann setzte sich das Auto doch noch in Bewegung. Madison schloss die Augen. Inzwischen gab es diverse Körperstellen, die sie schmerzten und die Lage, in der sie sich befand, war alles andere als bequem. Zum ersten Mal seit Ewigkeiten erwog sie, ein Gebet zu sprechen, doch stattdessen konzentrierte sie sich darauf, das Gespräch der drei Männer zu verfolgen. Da allerdings das Autoradio lief und die drei nicht allzu laut sprachen, drangen nur Wortfetzen auf die Rückbank, mit denen Madison nicht allzu viel anfangen konnte. Sie versuchte, zumindest die Zeit ungefähr im Kopf zu behalten, doch ohne Uhr und ohne Anzeige war das schwierig. Es war dunkel und während am Anfang noch der Widerschein von Straßenlampen draußen vor den Fenstern vorbeigeflitzt war, hatte dies schon länger aufgehört. Es dauerte nicht allzu lange und das Auto wurde abrupt gestoppt.

„Aussteigen", herrschte einer der Männer sie an, kaum dass er die Tür geöffnet hatte. Madison stöhnte und probierte sich mühsam aufzurichten.

„Heute noch", knurrte der Typ und sie wurde unsanft an den Haaren gerissen. Schon wieder der Pistolenlauf, diesmal an ihrem Hinterkopf. Sahen diese Idioten denn nicht, dass sie sich bemühte, so rasch wie möglich aus dem Auto zu kommen? Sie wurde gepackt und halb heraus gerissen, wobei die Männer nicht darauf achteten, dass sie sicher zu stehen kam, sodass sie zu Boden fiel und ihren Kopf an der geöffneten Autotür anschlug. Ein Schmerzenslaut entfuhr ihr, doch niemand achtete darauf. Unsanft wurde Madison erneut auf die Beine gezerrt und nachdem der erste Schmerz hinter ihrer Stirn nachgelassen hatte, nutzte sie die Gelegenheit, sich umzuschauen. Eine Waldlichtung, offensichtlich. Die Bäume rundherum waren meist Kiefern, Föhren und Lärchen, allesamt Nadelbäume, die eine dichte Wand gegen den Nachthimmel boten, während das gesamte Laub aller anderen Bäume längst am Boden vermoderte. Madison seufzte innerlich - einen besseren Platz für ihre geheimen Machenschaften hätten die drei Mörder nicht finden können. Eine einzelne Lampe brannte auf der Lichtung und die junge Frau erkannte, dass sie zu einer Hütte gehörte. Das kleine Häuschen war auf den ersten Blick ihrem eigenen nicht unähnlich. Wenn man aber näher hinschaute, erkannte man, wie schäbig es war. Die Dachbalken hingen schief und einige davon fehlten komplett. Auch in den Mauern, die aus dicken Baumstämmen errichtet waren, fehlten hie und da Stücke - offensichtlich ein ganz schön zugiges Versteck. Madison fragte sich, ob die Männer die letzten Wochen darin verbracht hatten. Wenn ja war es nicht verwunderlich, dass niemand sie gefunden hatte, denn das Häuschen sah nicht so aus, als ob es wirklich bewohnbar war.

Doch genau dahin manövrierten die drei Männer Madison nun. Immer wieder stolperte sie auf dem Waldboden, einerseits wegen Unebenheiten wie Steinen oder Wurzeln, andererseits aber auch weil ihre Füße in den Pumps schmerzten und sie diese nicht einmal abstreifen konnte, da sie mit breiten Riemen um ihre Knöchel befestigt waren. Andererseits erschien es Madison auch nicht prickelnd, im Dezember barfuß im Dunkeln durch den Wald zu marschieren. Es hatte wieder zu schneien begonnen und ganz egal, was die Entführer vorhatten, es würde eine kalte Nacht werden - eine kalte und eine einsame zudem.

Langsam aber sicher schwand Madisons Hoffnung, dass sie bald gefunden würde. Mit Sicherheit würden allfällige Reifenspuren in weniger als einer Stunde zugeschneit sein und wahrscheinlich würde Zach noch eine ganze Weile warten, bevor er sich auf die Suche nach ihr machte. Sollte Grace oder jemand anderes entdecken, dass im Laden noch Licht brannte, dann war das wohl ihre größte Chance, dass ihr Verschwinden rasch entdeckt wurde - das oder wenn ihr Handy den Sturz doch überlebt und tatsächlich zu Callum durchgewählt hatte. Dann war er vielleicht schon auf dem Weg hierhin, doch diese Möglichkeit erschien Madison fast zu schön um wahr zu sein. Wie in Trance erlebte sie, dass die Türe der Hütte aufgestoßen und drinnen eine alte, angelaufene Glühbirne entzündet wurde. In der Mitte des Raumes standen einige nackte Holzstühle und an einen solchen fesselten die Entführer sie nun. Vom Hüttenboden, der aus nacktem Lehm bestand, stieg Kälte auf, ebenso wie der Winterwind durch die Ritzen in den Wänden zog. Sie fröstelte, denn im Laden hatte ein angenehm warmes Klima geherrscht, zu dem sie sich für ein schickes Strickkleid entschieden hatte.

Die Fesseln um ihre Handgelenke lösten in Madison unangenehme Erinnerungen an den dunkelsten Part ihrer Vergangenheit aus. Sie konnte nicht fassen, dass sie erneut in eine solche Situation geraten war und fragte sich, ob sie tatsächlich zu leichtsinnig gewesen war, wie Callum dies immer gesagt hatte.

Wo war dieser ausgerechnet heute, wo sie ihn so sehr brauchte? Und wie lange würde es dauern, bis Zach auf die Idee kam, dass sie längst zu spät war um Cookie abzuholen? Würde er dann hier vorbei kommen oder doch eher zuerst in der Stadt nach ihr suchen? Oder hatte er auf ihr Handy angerufen und gedacht, sie wäre noch beschäftigt, wenn sie nicht zurückrief?

So viele Gedanken rauschten durch ihren Kopf und etwas nagte ganz besonders an ihr, jetzt wo sie sich nicht sicher war, ob sie diese Nacht überleben würde: Dieses elende Zerwürfnis mit Zach, das sie noch immer nicht aus der Welt geschafft hatten, obwohl er heute Cookie bei sich hatte. Warum hatte sie nicht darauf bestanden, mit ihm zu sprechen, obwohl es so viel anderes in ihrem Kopf gegeben hatte? Warum hatte sie ihm nicht einfach gesagt, dass sie ohne ihn nicht leben konnte? Jetzt war es zu spät.

Eine Ohrfeige holte Madison in die Gegenwart zurück. Empört schrie sie auf, eher wütend denn verletzt.

„So, du kleines Flittchen - und nun verrate uns, wo du dein restliches Geld versteckt hast? Oder dachtest du etwa deine jämmerlichen Tageseinnahmen reichen aus, um uns zufrieden zu stellen? Schließlich weißt du selbst, zu welchen Schuldbeträgen dein Lover Joey fähig war“, grinste der eine dreckig in ihr Gesicht. Madison zitterte, doch sie riss sich zusammen und sprach kein Wort. Insgeheim wusste sie, dass ihre Tageseinnahmen alles andere als jämmerlich waren und sie ärgerte sich, dass diese drei Ganoven ihr die Freude darüber auf diese Art und Weise verdarben. Sie wusste, dass sie in Lebensgefahr schwebte - wenn einem dieser drei Typen die Nerven durchgingen, dann war sie geliefert. Doch noch stärker als ihre Todesangst war diesmal die Wut - darüber, dass die drei dachten, sie könnten dasselbe mit ihr anstellen wie es Joey damals getan hatte und darüber, dass noch immer diese Angst in ihr schlummerte. Darüber, dass die Mörder von Joey ihr bis nach Kanada gefolgt waren und darüber, dass der elende Joey sie auf ihre Spur gelockt hatte. Im Nachhinein hätte sie ihn ganz gerne selbst getötet, auch wenn sie wusste, dass sie das nicht hingekriegt hätte. Hatte sie jedoch jemals um ihrer gemeinsamen Vergangenheit willen ein wenig Bedauern über sein Ableben verspürt, war sie darüber längst hinweg. Nun wünschte sie nur noch, diese drei Typen, die nun mit ihren dreckigen Fingern ihre Hütte durchwühlten, würden ihm möglichst bald in die Hölle folgen. Sie beschäftigten sich nun zu dritt damit, ein Feuer zu entzünden, da sie offensichtlich ebenfalls festgestellt hatten, wie kalt es in diesem Schuppen war. Sie hatten nicht allzu viel Erfolg mit ihrem Unternehmen, sodass sie Madison nicht weiter beachteten und ihr somit die Gelegenheit gaben, ihre Fesseln am Stuhl zu reiben, bis sie irgendwann immer dünner wurden. Doch es handelte sich dabei um Seile, die mit Nylonfaden verwebt waren, sodass nur einzelne Fasern rissen und die plastifizierten Fäden begannen, immer tiefer in ihre Haut einzuschneiden.

„Ihr werdet kein Geld mehr von mir bekommen", erklärte sie aufsässig, als die Typen sogar ihre Unterhose checkte, da ihn der Inhalt der Kasse nicht zufrieden stellte.

„Es gibt hier nichts für euch, also verschwindet endlich", fügte sie hinzu, als sie ihre Aufmerksamkeit hatte.

„Das würde dir so passen, kleines Flittchen, oder?", fragte der eine mit hämischem Grinsen und kam auf sie zu, immer näher. Ein wenig bereute sie bereits, so frech gewesen zu sein, doch die aufgestaute Wut verflog nicht einfach so, sondern wurde eher noch größer.

„Wir wissen, dass du auch andere Möglichkeiten besitzt, zu bezahlen", meinte ein anderer, der von hinten an Madison herangetreten war. Ehe sie sich versah, hatte er mit groben Fingern ihre Brüste gepackt und brutal zugedrückt. Die junge Frau unterdrückte ein jämmerliches Stöhnen, drehte den Kopf, zielte und spuckte ihm mitten in die überraschte Visage. Er knurrte auf, wie ein Tier und wischte sich mit dem Hemdsärmel übers Gesicht. Insgeheim triumphierte Madison, dass sie so gut getroffen hatte, da traf sie eine Ohrfeige mitten ins Gesicht. Sie wäre beinahe vom Stuhl geschleudert worden und einen Augenblick lang hörte sie ein Summen im Inneren ihres Schädels, während sie verzweifelt blinzelte und darum kämpfte, ihre Sehkraft zurückzubekommen. Währenddessen ging mit einem lauten Geräusch ihr Häkelkleid kaputt - der Gauner vor ihr hatte es aufgerissen und ihre Brüste in winzigem Spitzen-BH entblößt. Jetzt bereute sie umso mehr, sich nicht wärmer angezogen zu haben, denn in der eisigen Nachtluft fröstelte sie so sehr, dass sich ihre Brustspitzen empört aufrichteten.

„Lasst eure dreckigen Finger von mir", knurrte sie wütend. Die nächste Ohrfeige hatte Madison erwartet, dennoch knallte sie ganz schön heftig in ihren Ohren und erneut zerrte sich jeder einzelne Muskel in ihrem Nacken. Ein weiterer Knall ertönte, doch diesmal blieb ihre Wange verschont und Madison blinzelte verwirrt in das grelle Licht mehrere, unglaublich starker Taschenlampen. Lauter Lärm erklang, Schüsse und die Geräusche von verschiedenen Rangeleien, Gefluche und dann wieder Ruhe.

Während all der Zeit drehte Madison den Kopf hin und her, riss an ihren Fesseln und blinzelte, um etwas erkennen zu können. Eine ganze Handvoll Polizisten hatte ihre Hütte gestürmt und die drei Mörder dingfest gemacht - all das in wenigen Augenblicken. Mittendrin aber saß sie auf ihrem Stuhl und versuchte, sich durch das Zusammenziehen ihrer Schultern ein wenig zu bedecken - vergeblich. Ausgerechnet Callum war es, der zu ihr trat. Einen Augenblick lang meinte Madison, das alte Begehren in seinen Augen aufblitzen zu sehen, doch er blinzelte nur einmal, um die professionelle Maske, die er trug, wieder zurechtzurücken.

„Ich bin so froh, dass ihr mich gefunden habt", meinte Madison erleichtert.

„Glaub mir, ich habe mir solche Sorgen gemacht, als ich deinen Anruf erhalten habe und dich dann im Laden nicht finden konnte", berichtete Callum. „Der verdammte Schnee hat es uns allerdings nicht allzu leicht gemacht euren Spuren zu folgen. Zun Glück haben diese Großstadt-Ganoven nicht bedacht, dass ihre Lampen das einzige Licht weit und breit sind. Bist du verletzt?" Er untersuchte sie rasch und reichte ihr dann seine Jacke, damit sie sich diese um die Schulter legen und ihre Brust bedecken konnte.

„Mir gehts gut", murmelte sie erleichtert und nun unendlich müde. Geistesabwesend wischte sie sich Blut von den Lippen, die offensichtlich bei einer Ohrfeige aufgeplatzt sein musste, aber nicht schmerzte.

Während Callum und sie sich unterhielten, wurden die drei Männer in die wartenden Polizeiwagen geschafft. Madison berichtete kurz vom Tathergang, wie die drei ihren Laden gestürmt und sie schließlich hierher geschafft hatten. Callum machte sich Notizen und stellte hie und da eine Zwischenfrage.

„Wir können diesen Bericht auch morgen früh fertig machen, wenn Sie lieber nach Hause möchten, Miss", warf ein anderer Cop ein und Callum schaute sie fragend an. Sie schüttelte den Kopf.

„Schon in Ordnung. Solange ich diese drei Typen nie mehr wiedersehen muss, ist das für mich okay", lächelte sie und Callum versprach, dass nun das Gesetz über diese drei Mörder und Entführer entscheiden würde. Madison sagte nicht, dass sie froh war, dass nicht nur die drei, sondern auch Joey für immer aus ihrem Leben verschwunden waren.

Später hatte Madison endlich die Gelegenheit gehabt, Zach zu erreichen. Dieser war tatsächlich schon krank vor Sorge im Laden vorbeigefahren, wo Grace soeben klar Schiff gemacht hatte. Zum Glück hatte Madison daran gedacht, ihrer ehemaligen Chefin einen zweiten Schlüssel zu geben. So klopfte Zach ausgerechnet dann an die Tür ihrer Hütte, als Madison in ein warmes, schaumiges Bad eintauchte und mit einem wohligen Seufzer gerade die Augen schließen wollte. Sie hörte zuerst Cookies aufgeregtes Piepsen, dann Zachs Klopfen.

„Herein", rief sie und war froh, dass es sich nun nicht mehr unangenehm anfühlen würde, die Hüttentür unverschlossen zu lassen.

„Oh, störe ich?" Zach blieb in der Badezimmertür stehen, während Cookie wild mit dem Schwanz wedelnd hereinkam und sich am Badewannenrand aufstellte. Mit freudigem Piepsen versuchte Cookie, ihr Gesicht abzuschlecken. Madison schüttelte den Kopf.

„Nein, komm ruhig herein", bat sie und deutete auf einen Stuhl in der Ecke. Sie bog den Kopf nach hinten und tauchte die Haare damit ins schaumige Wasser. Währenddessen schloss sie die Augen und genoss, wie die

Wärme auch ihre Kopfhaut wieder zum Leben erweckte. Als sie auftauchte und die Augen öffnete, begegnete sie Zachs Blick, in dem sich Verlangen und Begehren widerspiegelten.

„Was ist?“, fragte sie und versuchte, sich gelassen zu geben, während ein leises Schmunzeln um ihre Lippen spielte.

„Du bist so unglaublich heiß, Madison. Manchmal denke ich, du merkst gar nicht, wie verrückt du mich machst...“ Seine Stimme klang rau und auch wenn er sich an einem Grinsen probierte, war klar, dass seine Worte mehr als ernst gemeint waren.

„Ich bin froh, dass du da bist“, entgegnete Madison, anstatt auf seine Aussage einzugehen. Es genügte schon, dass ihre Brustwarzen meinten, sie verraten zu müssen und sich trotz des heißen Wassers verräterisch aufrichteten, ganz so als würden sie Zach einladen, seine Gedanken weiterzuspinnen.

„Und ich bin froh, dass dir nichts passiert ist, Baby“, meinte Zach und rutschte ein wenig unruhig auf seinem Stuhl herum.

„Als ich erfahren habe, was geschehen ist, musste ich als erstes daran denken, dass wir mit diesen unausgesprochenen Sachen auseinandergegangen sind. Das darf nicht sein, denn dafür bist du mir viel zu wichtig, hast du gehört, Madison?“ Er schaute eindringlich, fast wütend auf sie hinunter. Die junge Frau nickte.

„Ich musste auch pausenlos daran denken. Es tut mir so leid, dass du denken musstest, dass zwischen Callum mir etwas anderes ist als Freundschaft“, es fiel ihr leicht, sich zu entschuldigen, denn sie wollte keine Sekunde länger mit diesem schlechten Gewissen leben.

„Mir tut es auch leid, Baby. Ich weiß, dass du es dir ganz alleine zu verdanken hast, wie sich dein Leben in den letzten Jahren entwickelt hat. Ich habe nicht das Recht zu kommen und mich einzumischen. Inzwischen ist mir bewusst geworden, dass es Dinge gibt, die man einfach alleine schaffen muss. Callum selbst hat mir übrigens versichert, dass du wohl nie an ihm interessiert gewesen bist, auch wenn es von seiner Seite her anders ausgesehen hat." Auch Zach blickte zerknirscht drein.

„Zu zweit ist doch alles viel schöner und einfacher", entgegnete Madison.

„Das finde ich auch Madison!" Zach blickte sie ernst an und umfasste ihre Hände.

„Ich habe dich so sehr vermisst. Ohne dich war es ganz schön einsam bei mir, weshalb ich dich fragen wollte, ob du vielleicht in Erwägung ziehen könntest, deine Hütte aufzugeben und in Zukunft deine Vollbäder auf der Ranch zu nehmen?" Es lag Unsicherheit in Zachs Blick, auch wenn er ihr zum Schluss zuzwinkerte.

„Warum nicht?" Die Frage kam völlig überraschend, doch nach den Schrecken dieses Abends hatte Madison keine Lust, Zach jemals wieder gehen zu lassen.

„Ernsthaft? Wirklich?" Zach sprang von seinem Stuhl auf.

„Cookie fühlt sich ja bereits so wohl bei dir uns ich habe mich auf den ersten Blick in deine kleine Ranch verliebt, also ja - ich ziehe sehr gerne mit dir zusammen", bestimmte Madison glücklich. Zach, der seine Freude nicht zurückhalten konnte, beugte sich vor und küsste Madison, die ihre schaumigen, nassen Arme um seinen Nacken schlang.

„Hey, ich falle gleich in die Badewanne und das wäre meinem Vorhaben für heute Abend alles andere als zuträglich“, grinste Zach, als er sich aus ihrer Umarmung befreit hatte.

„Was für ein Vorhaben?“, hakte Madison nach, neugierig geworden durch das Glitzern in seinen Augen.

„Nun, eigentlich wollte ich das erst in die Tat umsetzen, wenn du nicht mehr feucht und warm bist, aber anscheinend lässt es sich nicht vermeiden“, seufzte Zach gespielt theatralisch und verdrehte die Augen. Madison blickte ihn gespannt an.

„Ich…“, plötzlich wirkte er unsicher.

„Ich wollte dich fragen, ob du nicht nur bei mir einziehen, sondern auch meine Frau werden willst, Madison Parker?“ Er sprach hastig und tatsächlich - er errötete. Madison zuckte zusammen und wäre vor Schreck beinahe untergetaucht.

„Was?“, machte sie und ihre Lippen zitterten ein wenig. Ihre Augen brannten, doch es war ein gutes Gefühl. Dann erhob sie sich aus der Badewanne, hüpfte auf den flauschigen Teppich davor und schloss Zach in ihre Arme. Dieser war zu perplex um sich gegen die nasse Umarmung zu wehren. Madison legte ihre Lippen auf sein Ohr.

„Das ist der seltsamste Heiratsantrag, von dem ich je gehört habe, Zachary Felton!“ Sie grinste und schob ihn ein wenig von sich.

„Ich weiß. Und was sagst du?“ Auch sein Grinsen konnte die Nervosität in seinen Worten nicht überspielen. Dann begann er plötzlich hektisch in seiner Jackentasche zu kramen und brachte schließlich eine kleine Ringschachtel zum Vorschein. Doch Madison antwortete, noch bevor sie das Schmuckstück gesehen hatte.

„Natürlich will ich deine Frau werden!“ Sie presste ihre Lippen fest auf die seinen und sich selbst, nass und nackt wie sie war, in seine Arme. Sie spürte, dass er die Luft angehalten hatte und nun langsam ausatmete.

„Puh, Glück gehabt“, seufzte er zwischen zwei Küssen und sie lachte herzhaft.

„Würde es dir denn etwas ausmachen, wenn wir jetzt ins Schlafzimmer gehen? Ich wüsste gerne wie du aussiehst, wenn du diesen Ring trägst - und nichts anderes“, raunte Zach, während er eine heiße Spur aus Küssen auf Madisons Hals verteilte. Sie nickte und keuchte leise. Mit einem glücklichen Lächeln folgte sie ihm aus dem Badezimmer.

A pocket full of Love

Eine romantische Kurzgeschichtensammlung

Inhalt: Die Adventszeit ist die Zeit der Hektik, der Vorbereitung, der Jahresendspurt – aber auch die Zeit der Besinnung und der Liebe. Und diese zelebriert „a pocket full of Love“ mit 24 Kurzgeschichten, die sich genau um dieses Thema drehen. Platonische Liebe, erste Liebe, unschuldige Liebe, körperliche Liebe – in allen Formen wollen wir sie feiern und gleichzeitig auf ihren Höhepunkt – das Fest der Liebe – einstimmen. Liebe ist nicht das, was man erwartet zu bekommen, sondern das, was man bereit ist zu geben.

ISBN: 978-3-907270-01-1 (eBook)
978-3-907270-00-4 (Print)
www.way2-verlag.ch

way2verlag

Stefanie Steuri – Das Reisen ist ihre grosse Leidenschaft – doch sie will mehr, als einfach nur konsumieren: Um ihre einzigartigen Erlebnisse rund um den Globus weiterzugeben, hat sie in die Tasten gehauen und 2017 ihren ersten Reiseführer herausgegeben. Weitere sind nicht nur in Planung, sondern bereits voll in Arbeit. Im echten Leben ist die 28- jährige in ihrem Traumjob als Reiseberaterin tätig, verheiratet und liebevolle Katzenmama.

„Into the wild I go: losing my way, finding my soul."

Noëmi Caruso – Mit ihrem ersten Roman ‚Princess Reality' wagte sie sich an fantastische Jugendliteratur mit aktuellem Bezug zum Weltgeschehen. Daneben ist sie die Gestalterin hinter den Lifestyle-Tagebüchern. Im echten Leben ist sie Fotografin und Geschäftsführerin einer eigenen Firma, 27, verheiratet, Mama und Hundemama.

„Die blasseste Tinte ist besser als das beste Gedächtnis."